Cecily von Ziegesar

Altijd dichtbij

Gossip girl

Vertaald door Esther Ottens

SLOTERVAART

Pieter Callandlaan 87 b   1065 KK Amsterdam
Tel. 615 05 14
slvovv@oba.nl

Gottmer · Haarlem

Lees alle delen uit de Gossip Girl-serie:

1. *Gossip Girl*
2. *We mailen!*
3. *Ik wil alleen maar alles*
4. *Omdat ik het waard ben*
5. *Ik hou van lekker*
6. *Ik wil jou voor altijd*
7. *Er is geen betere*
8. *Wat er ook gebeurt*
9. *Altijd dichtbij*

Tweede druk

© 2006 Alloy Entertainment, New York
Oorspronkelijke titel: *Only in your dreams, a Gossip Girl novel*

Voor het Nederlandse taalgebied:
© 2007 Uitgeverij J.H. Gottmer / H.J.W. Becht BV,
Postbus 317, 2000 AH Haarlem (e-mail: post@gottmer.nl)
Uitgeverij J.H. Gottmer / H.J.W. Becht BV is onderdeel van
de Gottmer Uitgevers Groep BV
© 2007 Nederlandse vertaling: Esther Ottens, Haarlem
Omslagillustratie: Stefanie Kampman, Schiedam
Omslagontwerp: Jan Brands Bureau voor Grafische Vormgeving,
's-Hertogenbosch
Zetwerk: Rian Visser, Haarlem
Druk en afwerking: Drukkerij Hooiberg, Epe

Kijk voor meer informatie over de boeken van Gottmer op **www.gottmer.nl**
Gossip Girl heeft ook een eigen site: **www.gossipgirl.nl**

ISBN 978 90 257 4213 3 / NUR 285

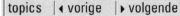

Disclaimer: alle namen van plaatsen, mensen en gelegenheden zijn veranderd of afgekort om de onschuldigen te beschermen. Mij, vooral.

ha mensen!

Het is pas vijf minuten zomer en nu al is het in de stad veertig graden. Godzijdank kunnen we ons afgetrapte blauwwitte school-uniform eindelijk uitgooien – en nu voorgoed! Tenzij we besluiten het voor ons eerste Halloweenfeestje op onze nieuwe school in ere te herstellen. Jongens gaan uit hun dak van plooirokjes!

De middelbare school was hard werken, een combinatie van feesten, shoppen, leren, feesten en shoppen... en precies genoeg ambitie en beheersing om tot de beste universiteiten toegelaten te worden. Maar het is ons mooi gelukt; onze diploma's en bijbehorende cadeautjes (*vroem, vroem, vroem*) bewijzen het.

Voor het geval je het hele jaar op een onbewoond eiland hebt gezeten: wij zijn die lui die net zo goed zijn in beesten als in shoppen, en nu we onze nieuwe zomergarderobe bij elkaar hebben gesprokkeld is het tijd om weer eens ernstig de beest uit te hangen. Je weet wie we zijn en je mag het best toegeven: je wou dat je bij ons hoorde. Wij zijn de meiden die in fleurige Marni-jurkjes en op teenslippers van Jimmy Choo (die van ons helemaal niet per se heel hoeven te blijven) door Manhattan slenteren. We zijn de in de voorjaarsvakantie op St. Barts bruin geworden gasten die op het dak van het Metropolitan Museum uit antieke zilveren flacons gin-tonic zitten te lurken. Het is zomer en die saaie examens zitten er eindelijk op. De komende maanden zijn gereserveerd voor de goede dingen in het leven: liefde, seks, roem en *schandalen.* Over schandalen gesproken...

HET BEROEMDSTE MEISJE VAN DE STAD IS STRAKS NÓG BEROEMDER

Ze is al een plaatselijke legende, maar kan het zijn dat haar faam nieuwe hoogten bereikt? Het omslag van *Vanity Fair*, premières met rode lopers, dat werk? Daar ziet het wel naar uit nu *S* het enige interessante vakantiebaantje ter wereld in de wacht heeft weten te slepen: de hoofdrol in een grote Hollywood-productie, geregisseerd door de altijd dwarse en mogelijk krankzinnige Ken Mogul, met als tegenspeler die lekkere, blond-stoppelige megaster *T. Kwijl*. Gezien haar verleden zal *T* binnen de kortste keren ook buiten de set haar man zijn. Sommige meiden hebben ook altijd geluk.

Hoewel iedereen dacht dat *B* voor de rol *geboren* was, lijkt ze niet in te storten nu haar beste vriendin haar (alweer) het gras voor de voeten heeft weggemaaid. Misschien raakt ze eraan gewend, of misschien heeft ze het in Londen zo druk met haar nieuwe droomprins, tussen de roomwitte lakens van Egyptische katoen in Claridge's bijvoorbeeld, dat het haar allemaal worst is. Ja inderdaad: dankzij haar stormachtige affaire met die stoere Engelse lord *M* is de actie verplaatst van heet New York naar cool Londen, en ik stel me zo voor dat ze optimaal gebruikmaken van *B*'s hotelsuite. Lord *M*'s landhuis schijnt nóg mooier te zijn dan Claridge's, als dat mogelijk is, dus waarom logeert ze eigenlijk niet bij hem? Daar zullen we snel genoeg achter komen: de eerste geruchten over haar escapades waaien al over zee deze kant op.

Ook over onze lieve, altijd wazige maar ook altijd leuke *N* bereiken schandalige praatjes de stad, al zit hij maar op een steenworp afstand in de Hamptons, ons zomerse paradijs. Hij bivakkeert onder zwaar regime op Long Island, na dat beroerde incident met de Viagra van zijn lacrosse-coach en een bijna niet-behaald diploma. Ik heb gehoord dat hij van al dat dakdekken bij zijn coach thuis al lekker bruin is en de hele dag door druipt van het zweet. Sommige dames uit de buurt maken speciaal een omweggetje om hem met ontbloot bovenlijf te zien zwoegen. Intussen, aan deze kant van Long Island, in Brooklyn dus, genoot **V** van de opbrengst van haar korte samenwoonperiode met **B**. Hallo, lief zwart omslagjurkje van Diane von Furstenberg! Alleen **B** kan zoiets achterlaten, alsof het een oude tandenborstel is. Niemand weet of **V** het echt met allebei de leden van dat stiefduo deed, maar **A** én **B** hebben hun koffers gepakt. Letterlijk. Volgens de laatste berichten zit hij bij een buikdanseres in Austin, Texas, een dame met tattoos en twee kleine boxertjes. Gelukkig is **D** er nog. Hij wordt in alle hoeken en gaten van Manhattan gespot, druk door de stad rennend als een toerist. Zo te zien begint er iemand een tikje sentimenteel te worden met een verhuizing voor de deur.

Jullie e-mail

Beste GG,

Daar stond ik dus, op Heathrow Airport, onderweg naar die compleet imbeciele Engelse kostschool waar mijn ouders me naartoe sturen, en wie kom ik daar tegen? **B**, alias het meisje van mijn dromen. Ik dacht dat mijn problemen opgelost waren, tot ik op die school aankwam en drie errug akelige roddels hoorde:

1) **B** doet het niet alleen met een of andere Engelse klojo, ze is zelfs met hem *verloofd*.

2) Híj is al verloofd met iemand anders.

En, het ergste van alles:
3) Lord Klojo is niet in staat **B**'s vrouwelijke behoeften te

bevredigen, als je begrijpt wat ik bedoel. Misschien maakt zijn verloofde hem te moe?

Help deze arme gast, alsjeblieft. Ik word gek als ik niet snel een meisje vind dat weet dat de bal niet altijd rond is.

– B Weer op de Markt?

P.S.: Ík ga met gemak de hele nacht door.

A:

Beste BW op de M,

Ik weet niet hoe ze dat in Engeland doen, maar hier in Amerika is zeventien véél te jong om te trouwen. Hallo, we weten nog niet eens wie volgend jaar onze studiegenoten zijn! Maak je niet druk. Niets duurt eeuwig...

– GG

P.S.: De hele nacht dus? Hoe zei je dat je eruitzag?

V:

Beste GG,

Ik moest er bijna voor op mijn knieën, maar eindelijk had ik mijn vader zo ver dat hij voor mij en mijn vriendinnen een huis in Southampton huurde. Nu zitten we hier, maar er is verder niemand. Hebben wij dat?

– No Sex on the Beach

A:

Beste NSOTB,

Als je het zo nodig wil weten: te vroeg in het seizoen naar de Hamptons gaan is een beetje... hoe zal ik het zeggen, ordi. Tenzij je er iets te zoeken hebt, zoals sommige mensen. Maar waarom zou je er niet iets van maken, nu je er toch bent? Je hebt een heel huis tot je beschikking; laat de slijter komen en begin vast te oefenen voor als je straks op jezelf woont!

– GG

Gezien

B, die een medewerker van *Virgin* ervan beschuldigde een van haar véle kanten Cosabella-strings uit haar Tumi-tas te hebben gestolen. Dat krijg je er nou van als je met een prijsvechter vliegt! *S*, lezend – *lezend*? Hallo, het is vakantie hoor! – in een verfomfaaid exemplaar van *Breakfast at Tiffany's*, op een bankje ergens in de schaduw in *Central Park*. Op een dag zal ze er in een praatprogramma op tv aan memoreren. Een bezwete *N* die stampend en zwoegend – mijn verbeelding slaat op hol! – op zijn oude rode fiets door het centrum van *East Hampton* reed. Wat is er met die Range Rover gebeurd? *V* bij *Bonita*, dat knusse kleine Mexicaanse restaurantje in Williamsburg, waar ze iemand vroeg het tafeltje voor haar schoon te maken voor ze ging zitten. Misschien heeft *B* haar toch besmet. *D*, urenlang heen en weer rijdend over *West End Avenue* – waar zou hij die grote blauwe pimpmobiel die hij als examencadeau heeft gescoord trouwens in godsnaam moeten parkeren?

Dat was het voorlopig weer even. Ik ben weg. Je hoeft tenslotte geen nerd aan de technische hogeschool te zijn om te snappen dat we nog maar elf weken (zevenenzeventig dagen) de tijd hebben voor we te maken krijgen met zaken als gemengde studentenhuizen en modeontwerpen als hoofdvak en gepassioneerde affaires met onder hun tweedjasjes en vlinderstrikjes best leuke literatuurdocenten. Maar laten we niet op de dingen vooruitlopen: het is heet buiten en er broeit alweer genoeg. Het leven zit vol verrassingen – om nog maar te zwijgen over mooie meiden in stippeltjesbikini's en lekkere jongens in pastelkleurige surfshorts. De zomer, al die maanden zonder regels en roosters, is de perfecte tijd voor het betere wangedrag. Nu ga ik met mijn nieuwe roze Gucci-bril, de Franse *Elle*, mijn sunblock van Guerlain en een lekker zacht, blauw-oranje gestreept

Missoni-badlaken naar het park. Waar in het park? Dat zou je wel willen weten, hè?

Je weet dat je van me houdt,

gossip girl

b gaat op huwelijksreis

'Goedemorgen, *madam*!' piepte een vrouwenstem met een meer dan bekakt Engels accent.

Blair Waldorf draaide zich zuchtend op haar zij. Ze was nu al drie dagen in Londen, maar ze had nog steeds last van jetlag. Niet dat ze het erg vond: je moest tenslotte iets over hebben voor een mooi, adellijk Engels vriendje als lord Marcus.

Wendy, een van de drie kamermeisjes die bij Blairs suite in het Claridge's hoorden en samen dag en nacht voor haar klaarstonden, klikklakte over het lichtbruine parket en zette een zwaar mahoniehouten dienblad op het bed, dat zo groot was dat Blair het in vier compartimenten had verdeeld: een om in te slapen, een om in te eten, een om tv in te kijken en een om in te seksen. Tot nu toe had ze dat laatste nog niet gedaan. Wendy schoof de dikke, roodfluwelen gordijnen open en het ochtendlicht viel door de hoge glaswand de enorme kamer in. Het weerkaatste tegen het bewerkte, goudgele plafond en de vergulde spiegels in de aangrenzende kleedkamer.

'Jakkes!' riep Blair, terwijl ze tegen de zon een van de zes dikke donskussens over haar hoofd trok.

'Uw ontbijt, miss Waldorf,' kondigde Wendy aan. Ze tilde het zilveren deksel van het dienblad, waarop een viezige brij van waterig roerei, dikke vette worstjes en drassige gebakken tomaten lag.

De klassieke Engelse keuken. Jammie.

Blair streek door haar warrige kastanjebruine haar en trok de bandjes van haar zachtroze Hanro-babydoll recht. Het eten zag er weerzinwekkend uit, maar het rook heerlijk. O nou ja, ze had wel iets lekkers verdiend, of niet soms? Ze had de vorige dag flink wat calorieën verbrand, met al dat gesjouw langs de bezienswaardigheden van Londen.

Als je Harrods, Harvey Nichols en Whistles *bezienswaardigheden* noemt.

'En uw krant,' voegde Wendy eraan toe, terwijl ze met een zwierig gebaar de *International Herald Tribune* op het dienblad legde. Blair had bij het inchecken om de krant gevraagd; een Yale-vrouw moest tenslotte op de hoogte blijven van wat er in de wereld gebeurde. Goed, aan lezen was ze nog niet toegekomen, maar een kniesoor die daarop lette.

'Verder nog iets van uw dienst?' vroeg Wendy stijfjes.

Blair schudde haar hoofd en het kamermeisje verdween in de zitkamer. Blair stak haar vork in een van de dikke worsten en pakte de krant. Ze scande de voorpagina, maar de kleine lettertjes en zakelijke foto's waren zo saai dat ze zich er niet op kon concentreren. De enige krant die ze ooit las, was de zondagse lifestyle-bijlage van de *New York Times*, al was het alleen maar om te zien of er nog foto's van bekenden in stonden. Waarom zou zo'n vrouw van de wereld het wereldnieuws eigenlijk moeten volgen? Ze was zelf wereldnieuws.

Blair was een impulsief mens, maar haar reis naar Londen was een ideetje van Marcus geweest. Behalve een stel absurd extravagante Bvlgari-oorbellen had hij haar voor haar eindexamen een vliegticket naar Londen gegeven. Blair had gefantaseerd over regenachtige weken in zijn gigantische kasteel, waar ze niets anders deden dan kettingseksen – net zoiets als kettingroken – en kauwen op koude schapenbouten, of wat voor middeleeuwse hapjes er dan ook uit de primitieve maar goed voorziene keuken kwamen. Maar Marcus' vader liet hem zo hard werken dat hij telkens alleen maar tijd had om te lunchen en snel even te zoenen.

Ze liet de opgevouwen krant op de grond vallen en zocht op haar nachtkastje naar de Engelse *Vogue* – ze had alle Engelse tijdschriften gekocht, zodat ze precies wist wat ze waar moest gaan kopen – toen haar nieuwe ultraplatte Vertu-telefoon melodieus begon te rinkelen. Er was er maar één die haar nieuwe Londense telefoonnummer had.

'Hallo?' antwoordde ze zo sexy als ze maar kon met een mond vol roerei.

'Lieverd,' sprak lord Marcus Beaton-Rhodes met zijn charmante Engelse accent. 'Ik kom naar je toe. Wilde alleen even weten of je wakker was.'

'Ik ben wakker, ik ben wakker!' Blair kon haar opwinding niet verbergen. Ze was de afgelopen twee nachten alleen geweest en ze kookte bijna over van hitsigheid. Ze snapte niet hoe ze zover gekomen waren zonder het ook maar één keer echt te doen. Was dit hun kans op een ochtendlijk intermezzo *sans* ondergoed?

'Oké,' vervolgde hij op de innemend onderkoelde toon die ze inmiddels van hem kende. 'Ik ben er zo. En ik heb een verrassing voor je.'

Een verrassing! Een beetje duizelig klapte Blair haar telefoon dicht. Dit was precies de wake-up call die ze nodig had. Ze haastte zich naar de badkamer en ontdeed zich onderweg van het weinige waarin ze had geslapen. Zou hij met rozen en kaviaar komen? Gekoelde champagne en oesters? Daar was het nog een beetje vroeg voor, maar afgaand op het laatste cadeautje dat hij haar had gegeven, de Bvlgari-oorbellen met de gouden *B*'tjes eraan, die ze sinds het examenfeest in de Yale Club ruim twee weken geleden niet meer uit had gedaan, moest het ook nu wel iets spectaculairs zijn. Nog zo'n uitgelezen symbool van zijn bodemloze liefde voor haar? In New York waren ze allemaal zo jaloers op haar volmaakte Engelse vriendje dat ze elkaar wijs maakten dat Marcus al verloofd was. Er was maar één manier om dat praatje voorgoed de wereld uit te helpen: thuiskomen met zijn ring aan haar vinger. Bij voorkeur een heldere vierkaraats, rechthoekig geslepen diamant, maar een oud erfstuk van de familie was ook goed.

Wat is ze toch bescheiden.

Lord Marcus had haar aanvankelijk uitgenodigd om de zomer in zijn vaders herenhuis in Knightsbridge door te brengen, maar toen hij haar in zijn roomwitte Bentley met chauffeur van Heathrow was komen halen, waren ze meteen naar Claridge's gereden. 'We hebben gewoon niet genoeg plaats, schat,' had Marcus in haar oor gefluisterd toen de receptionist haar de sleutel van haar suite gaf. Zijn warme adem had rillingen langs haar ruggengraat gejaagd. 'Bovendien hebben we zo alle privacy als ik naar je toe kom.'

Tja, daar valt weinig tegen in te brengen.

Blair wist niet precies wat de vader van Marcus voor werk deed, maar het had iets met obligaties te maken en het klonk stomvervelend. Marcus liep de hele zomer stage op het kantoor van zijn vader en door de lange werkdagen had hij amper energie voor... seks. Blair had het alleen maar één keertje met Nate Archibald gedaan en popelde om het met een ouder en meer ervaren iemand als Marcus te proberen – niet dat de seks met Nate zo slecht was geweest.

Nadat ze met haar La Mer-badessence en pepermunttandpasta van Marvis de lucht van roerei en tomaat had weggewerkt, rende ze weer terug naar de slaapkamer. Met niets anders dan de subtiele geur van lavendel en Chanel No. 5 en de Bvlgari-oorbellen aan haar lijf sprong ze weer in bed.

Toen ze de deur van Vanessa Abrams' flatje in dat armoedige en maffe Williamsburg achter zich dicht had getrokken, en niet terug wilde naar de gestoorde wereld die ooit haar thuis was geweest, had Blair besloten in de Yale Club te gaan wonen. Lord Marcus en zij hadden elkaar in de lift ontmoet, en zijn spannende accent en keurig gestreken spijkerbroek hadden meteen een snaar bij haar geraakt. Het lot wilde dat hun kamers vlak naast elkaar lagen. Ze kon zich zijn sexy Engelse adem in haar hals al voorstellen nog voor ze gezoend hadden – wat ze diezelfde avond nog deden. Nadat ze hem bij zes of zeven cocktails haar hele levensverhaal had verteld, wist Blair zo zeker dat ze haar grote liefde had gevonden dat ze zich min of meer op hem wierp. Ze was te dronken, en hij was te veel heer, om verder te gaan dan zoenen. Maar daar zou nu verandering in komen.

Blair drapeerde de lakens over zich heen, stak een sigaret op en nam een houding aan die zei: *Ik ben op huwelijksreis en ik kán bijna niet meer, maar wat maakt het uit; we doen het gewoon nog een keer.* Ze raapte de krant van de vloer op en vouwde hem open, zodat het leek alsof ze las. Zo. Helemaal goed. Een intellectuele sekspoes. Een vrouw van de wereld die op de hoogte was van alle internationale crises en die crises het liefst *in bed* besprak. Had ze nou maar zo'n leuk jarenvijftigbrilletje om op het puntje van haar neus te zetten.

Dan kan ik je beter zien in je nakie!

Alsof het zo afgesproken was, gooide lord Marcus net op dat moment de deur van de slaapkamer open. Blair draaide langzaam haar hoofd opzij, alsof ze zich met moeite van het pluimveetekort in Azië losrukte. Hij droeg een perfect op maat gesneden, leigrijs zomerkostuum met een olijfgroen t-shirt dat zijn sprekende groene ogen iets ernstigs en o zo veelbelovends gaf.

'Wat krijgen we nou?' vroeg hij, en hij fronste zijn goudbruine wenkbrauwen. 'Ik zei toch dat ik een verrassing voor je had?'

'Ik heb ook een verrassing voor jou,' kirde Blair uitdagend. 'Kijk maar eens onder de lakens.'

'Oké,' vervolgde hij een beetje ongeduldig. 'Trek je kleren aan, schat.'

'Daar heb ik geen zin in,' pruilde Blair.

Hij liep met grote stappen naar het bed en kuste haar snel op haar neus. 'Straks,' beloofde hij. 'Trek nou maar gauw iets aan, dan zie ik je in de lobby.' Hij draaide zich om en liep de kamer uit, haar geurig en onthaard en naakt achterlatend.

Het mocht wel een heel bijzondere verrassing zijn.

Blair stapte uit de lift in een haastig bijeengezocht ensemble: een chocoladebruine Tory Burch-tuniek (dank je wel, Harrods), haar geliefde oude True Religion-spijkerbroek en een paar onelegante gouden Marc by Marc Jacobs-klompen. Ze zag eruit als een jetsetter op vakantie. Precies goed voor een uitstapje naar Tunis in het privévliegtuig van lord Marcus. Zou dát de verrassing zijn?

De imposante, met kroonluchters verlichte marmeren hotellobby bruiste van activiteit, maar Blair merkte dat het stil werd zodra zij op haar luidruchtig klepperende klompen naar de zwartfluwelen chaise liep waar Marcus op haar zat te wachten. Hij was zo gruwelijk knap dat Blair niet anders kon dan hem van een afstandje bewonderen, alsof hij een schilderij was of een heel bijzonder beeldhouwwerk. Het was moeilijk om niet gewoon op hem af te snellen en haar vingers in zijn dikke, goudbruine krullen te laten verdwijnen. Ze ging zo op in lyrische gedachten over haar fantastische Engelse minnaar dat ze eerst niet eens in de gaten had dat hij hand in hand zat met iemand die niet Blair was.

Joehoe? Iemand thuis?

Zonder nog aan het romantische uitstapje naar Afrika te denken, loerde Blair naar de knokige blondine die de hand van haar vriendje vasthield. *What the fuck?*

'Blair, daar ben je dan,' zei lord Marcus gladjes. Hij stond op, maar liet de hand van de vrouw niet los. 'Schat, dit is mijn lieve nicht Camilla, over wie ik je verteld heb. Mijn beste vriendin. Ze is een paar weken in de stad. We zijn zo'n beetje als een tweeling opgegroeid. Is dat niet een heerlijke verrassing?'

'Heerlijk,' papegaaide Blair terwijl ze zich in een fauteuil liet vallen. Ze kon zich niet herinneren ooit iets over ene nicht Camilla gehoord te hebben. Maar luisteren was natuurlijk ook niet echt haar sterkste punt.

'Wat fijn om je te leren kennen,' zei Camilla, die haar langs een grote, opvallende neus aankeek – het was het soort gok waar zelfs de beste plastisch chirurg geen raad mee wist. Haar bleke Engelse huid ging schuil onder een lachwekkende hoeveelheid beige poeder en knalrode rouge. Ze had clownesk lange, dunne benen, alsof ze uitgerekt was op zo'n ouderwetse mangel, waarnaar Blair op eBay wel eens had gezocht.

'Mimi stond gisterenmorgen opeens voor de deur, onaangekondigd,' legde lord Marcus uit. 'Zie je het voor je? Als een zwerver, met al haar tassen in de hand.' Hij grinnikte.

'Nou ja, gelukkig staat het huis van mijn lieve Mar-mar altijd voor me open,' zei Camilla dweperig. Ze liet haar vrije hand terloops door haar lange, vlassige haar gaan. Haar dat midden in de nacht met gemak kon worden afgeknipt.

Wacht even – zijn *huis*?

'Je logeert bij hem?' informeerde Blair onvriendelijk. Ze had nu al de pest aan die Camilla met haar scheve tanden en lelijke gele zijden jurk die vast stinkduur was maar eruitzag als een tafellaken. Ze richtte zich tot Marcus. 'Maar ik dacht dat je geen plaats had.'

'Voor familie is er altijd plaats,' antwoordde lord Marcus. Hij gaf een kneepje in Camilla's klauwachtige hand voor hij zich weer tot Blair richtte. 'Maak je geen zorgen, lieverd. Het wordt reuze gezellig met z'n allen.'

Ja, vast.

alleen is ook maar alleen

'Archibald!' schreeuwde coach Michaels richting dak. 'Schiet eens op met je luie reet! Ik wil je op die dakspanen horen rammen. Nu!'

'Ja meneer,' mompelde Nate Archibald toen coach Michaels in zijn blauwe bestelbusje stapte en met een vrolijk *toet toet toe-toet* de straat in scheurde. Nate zag al voor zich hoe hij onderweg van de Viagra snoepte en zich afrukte boven de pornoblaadjes die hij vast en zeker in het handschoenenvakje bewaarde.

Klootviool, voegde Nate er in stilte aan toe. Het zweet prikte in zijn ogen. Hij veegde zijn voorhoofd af en keek fronsend naar de zwarte planken op het dak. *Stomkop*, zei hij tegen zichzelf, voor de honderdste keer die ochtend. Het was pas negen uur, maar de zon was al fel, de ruwe planken haalden zijn knieën open en zijn rug deed pijn. Nate rekte zich in zijn volle lengte uit en trok zijn doorweekte limegroene Stussy-t-shirt uit. Toen liet hij zijn hamer vallen en ging zitten, al was het dak zo heet dat hij dwars door zijn korte broek heen zijn kont verbrandde.

Hij voelde in zijn zakken naar de liefdevol gedraaide joint van Thaise wiet, die hij daar slim genoeg de vorige avond in had gestopt. Nate viste zijn gele plastic aansteker uit zijn sok, stak de joint aan en inhaleerde diep.

Een joint, da's altijd goeiemorgen.

Zijn gekloot kwam hem duur te staan, dat was wel duidelijk, maar Nate vertikte het om door één foutje zijn hele zomer te laten verpesten. Zijn dagen waren van coach Michaels, maar zijn avonden waren nog altijd van hemzelf en hij had het huis van zijn ouders aan Georgica Pond helemaal voor zich alleen; zijn ouwelui gaven de voorkeur aan de volmaakte afzondering van hun landgoed op Mount Desert Island voor de kust van Maine.

Nate klapte zijn mobiel open en scrolde door zijn telefoonboek tot hij bij de eerste kwam die 's zomers ook altijd naar de Hamptons ging. Het zou dom zijn om dat perfecte feesthuis niet te gebruiken. Beter mee verlegen dan om verlegen.

'Hé, met Charlie,' sprak de voicemail. 'Ik ben een paar weken het land uit, maar spreek een boodschap in, dan bel ik je als ik terug ben. Later.'

Shit. Nate hing op zonder een boodschap in te spreken.

Hij scrolde verder tot hij bij het nummer van Jeremy Scott Tompkinson kwam, een andere vriend van school. Nate herinnerde zich vaag dat Jeremy de hele zomer in Los Angeles zou zijn, voor een acteercursus of zo.

De enige van wie Nate zeker wist dat hij in de Hamptons zat, was Anthony Avuldsen. Nate drukte op 'bellen', maar ook Anthony nam niet op. Die lag vast nog te slapen; geen verstandig mens was zo vroeg op de dag al wakker.

Nate nam peinzend nog een trek van zijn joint. Als een berg zag hij op tegen de eindeloze reeks hete, zweterige dagen en eenzame, stille nachten die hij nog moest wachten voor hij in de herfst naar Yale kon.

Arme schat.

Vanaf het dak keek Nate in de brede achtertuin van de coach, de tuin die hij de komende weken zou moeten herinrichten. Hij was zo in gedachten verzonken geweest dat hij het mooiste aan het uitzicht helemaal gemist had: de vrouw van de coach, die naast het zwembad topless in de heldere ochtendzon lag. Ze was moeder en niet bepaald jong, maar ook weer niet zó oud. Haar borsten waren in elk geval goed geconserveerd. Hij had *The Graduate* gezien, en hij had nog nooit iets met een oudere vrouw gehad. Zulke dingen gebeurden. Misschien was het toch niet zo heel erg om gratis en voor niks voor de coach te moeten werken.

Of misschien heeft hij een zonnesteek.

v's date met het lot

Licht wankelend op haar zwarte Celine-sandalen met pla-
teauzolen – oké, officieel waren ze van Blair, maar ze wist dat
haar vroegere huisgenote nooit meer naar Williamsburg zou
komen om haar spullen op te halen – hobbelde Vanessa over
de kinderkopjes van het veel te modieuze want naar dood
beest stinkende Meatpacking District naar de roestige deur
van het pakhuis waarin Ken Moguls een gigantische woon-
/werkruimte had.

Hoewel haar klasgenote Serena van der Woodsen haar een
paar weken eerder op Blairs woeste examenfeest in dronken-
schap beloofd had een goed woordje voor haar te doen, had
Vanessa Abrams niet gedacht ooit nog wat van Ken Mogul
te horen. Eerder dat jaar had hij, nadat er wat half porno-
grafische, door haar in Central Park geschoten filmbeelden
van Jenny Humphrey en Nate Archibald op internet waren
verschenen, belangstelling opgevat voor haar carrière en aangeboden haar op sleeptouw te nemen. Maar Vanessa wilde
niet op sleeptouw genomen worden en grote Hollywood-pro-
ducties waren niet bepaald haar ding. Ze maakte liever films
over dode duiven en gebruikte condooms dan kaskrakers voor
simpele tieners, maar *Breakfast at Fred's* zou pal om de hoek in
Barneys worden opgenomen. Het was verleidelijk om het als
leerervaring bij te schrijven. En toch kreeg ze er een ongemakkelijk gevoel bij.

Ze drukte op de bel, waar alleen de initialen van de regisseur
bij stonden, en friemelde nerveus aan haar kleren. Bijna alles

wat ze aanhad kwam uit de berg die Blair had laten liggen. Ze droeg een zwart, mouwloos Mayle-truitje op haar eigen versleten zwarte spijkerbroek, Blairs hoge Celine-sandalen en de staalgrijze leren dkny-tas waar Blair altijd haar laptop in had vervoerd. Het effect was stijlvol en artistiek; ze zag eruit als iemand die zich niet afvroeg of ze er wel stijlvol uitzag.

Deed ze dat dan wel?

Opeens vloog de deur open, en erachter stond een onwaarschijnlijk lang meisje in een ultrakorte afgeknipte spijkerbroek en een roze tanktop. Ze had een vlekkeloze donkerbruine huid, lang, gitzwart en supersteil haar en enorme groene, sprankelende ogen. Toen ze glimlachte kwamen er twee rijen volmaakt witte tanden tevoorschijn.

Dan kan ik je beter opeten...

'Ja?' zei de Afro-Aziatische godin met een vals lachje. Ze leek wel zo'n kwaadaardig personage uit dat Xbox-spel Jade Empire, en Vanessa zag al voor zich hoe het mens haar met één beweging van haar slanke, snelle pols zou onthoofden.

'Eh, ja, ik kom voor Ken.'

'Kom boven,' mompelde Jade Empire terwijl ze zich omdraaide. De zware, stalen deur viel met een dreun dicht. Vanessa liep achter haar aan een smalle, betonnen trap op naar een enorme, lichte open ruimte. Een woud van roestige stalen pilaren ondersteunde het gewelfde plafond en een rij ramen bood een ongelooflijk uitzicht op de rivier de Hudson. De grote ruimte werd in tweeën gedeeld door een lange, open boekenkast en stond vol met zware kunstboeken en lp's, ingelijste foto's en stoffige vazen. De laatste plaat van Arcade Fire dreunde uit piepkleine Bose-speakertjes op de boekenkast; de muziek galmde door de hele ruimte.

'Hij moet hier ergens zijn,' zei Jade Empire onverschillig. 'Je hebt toch wel een afspraak?'

'Ik dacht het wel.'

'Nou, wacht dan maar gewoon. Vroeg of laat duikt hij wel weer op. Veel geluk met wat dan ook.' Ze schokschouderde en schopte haar met kraaltjes bezette gele Chinese slippers uit, waarna ze weg sjokte en achter de boekenkast in de verte verdween.

Vanessa draaide zich om naar de muur achter haar, die van de vloer tot aan het plafond vol hing met ingelijste foto's in alle mogelijke maten. Sommige had ze eerder gezien – het was allemaal werk van Ken Mogul zelf. Voor ze hem leerde kennen had Vanessa de filmmaker aanbeden; ze wist alles van hem: zijn lievelingsplek op aarde was het Italiaanse eiland Capri en voor hij zich op de film stortte was Mogul een gerenommeerd fotograaf geweest. Tussen zijn kunstfoto's van halfnaakte modellen die rondhingen op met afval bezaaide metroperrons hingen kiekjes van Ken, zittend in nachtclubs naast beroemdheden als Madonna, Angelina Jolie, Brad Pitt en David Bowie.

'Bevalt het je?' knarste een stem achter haar.

Vanessa draaide zich om en keek in het gespannen, ongeschoren gezicht van Ken Mogul zelf. Hij had de ergerlijke gewoonte om schijnbaar niet met zijn ogen te knipperen, en keek haar nu met zijn bolle, ietwat bloeddoorlopen ogen verdwaasd aan. Hij droeg een geruit flanellen vest en een bij de knie slordig afgeknipte Levi's.

'Luister en huiver,' vervolgde hij zonder op haar antwoord te wachten. Hij draaide zich om en Vanessa kon alleen maar achter hem aan lopen, langs de gigantische boekenkast naar een enorm kantoor met een raam zo groot als een staldeur. 'Hier. Ga zitten.' Hij schonk Vanessa uit een groene glazen kan een groot glas in van iets wat op gekoelde muntthee leek en wees naar een rode leren Eames-stoel aan de andere kant van een met papier beladen jarenvijftigtafel. Hij schonk zichzelf ook een glas in en liet zich in een bureaustoel zakken, draaide een paar keer doelloos rond voor hij de stoel liet kantelen en zijn voeten op tafel legde. 'Het is natuurlijk puur een geldklus, maar onder ons gezegd en gezwegen, *Breakfast at Fred's* wordt mooi wel een megahit. Niets tegen de producers zeggen, maar dit is geen doorsneetienerfilm. Ik denk aan Godard. Iets menselijks, iets geestigs, iets *duisters*, weet je.'

'Mm-mm,' mompelde Vanessa, nippend van haar thee. Niet alleen werd ze afgeleid door de kunst in het kantoor van de regisseur – boven zijn bureau hing een groter-dan-levensgrote foto van de man zelf, poedelnaakt, spetterend in de golven met die bitch van een Jade Empire – ze had ook een gloeiende hekel aan dit soort pretentieuze praatjes.

Wen er maar aan, mevrouw Filmacademie.

'Nou, wat zeg je ervan?' vroeg Ken, die openlijk in zijn neus zat te peuteren en de opbrengst met duim en wijsvinger de kamer in schoot. 'Ik weet dat het om een grote studio gaat, en om een groot budget, ik weet dat het een romantische komedie is. Maar daarom heb ik jou juist nodig. Ik heb jouw visie nodig om iets af te leveren waarvan het publiek wakker schrikt.'

Alsof dat niet al gebeurd was.

Vanessa keek uit het raam naar een hooggelegen spoorbaan, die al tientallen jaren niet meer in gebruik was en waarop nu gras en bomen groeiden. Even verderop stond een groot gebouw in aanbouw. Dit was alles waar ze tegen was: een romantische komedie voor tieners, gemaakt door een grote studio. Maar Ken Mogul had haar nodig; hoeveel aankomende filmstudenten konden dat haar nazeggen? Plus... het klonk wél helemaal te gek en ze had deze zomer toch geen moer te doen. Dat was ook de reden dat ze vandaag gekomen was: pure verveling.

Ze keek weer naar Ken. 'Ik moet er even over nadenken.'

Ken haalde zijn voeten van het bureau en rommelde tussen

zijn papieren tot hij een verfomfaaid pakje sigaretten vond. Hij stak er een in zijn mond maar stak 'm niet op. 'Mijn vrouw zou eigenlijk de hoofdrol spelen,' vervolgde Ken, 'maar zoals je weet heb ik besloten een andere weg in te slaan.'

'Vrouw?' Vanessa kon zich nauwelijks voorstellen dat iemand met zo'n bologige, neurotische, zelfingenomen griezel als Ken Mogul zou willen trouwen.

'Heather. Volgens mij heeft zij je binnengelaten.'

Juf Lief en Aardig was mevrouw Mogul?

'O ja.' Vanessa móést nog een keer naar die naaktfoto achter het bureau kijken. Het leek wel een scène uit een pornofilm op een piratenzender.

Freaks of the Caribbean?

'Ze praat niet meer met me. Omdat ik voor Serena gekozen heb. Serena gaat het helemaal maken. En jij ook.'

'Ik voel me vereerd,' antwoordde Vanessa. 'Echt waar. Maar ik moet er echt even over nadenken, oké?'

Doe dat dan maar snel, schatje. Hollywood wacht op niemand!

s verhuist

'Ik moet naar East Seventy-first Street, nummer 169,' zei Serena van der Woodsen tegen de taxichauffeur terwijl ze op de met kunststof beklede achterbank schoof. Ze draaide het raampje open en liet de warme ochtendbries in haar gezicht waaien. Ah, zomer. Haar hele leven lang had de zomer gestaan voor feesten in het landhuis van haar familie in Ridgefield, of lange, zonovergoten middagen in het park, waar ze samen met Blair stapels oude tijdschriften las en wodka-bosbessen-ijsjes slurpte. Nu had Serena voor het eerst werk. Ze draaide de dikke envelop die ze in haar handen hield om en haalde er de brief uit die ze al een paar keer had gelezen:

Holly: Je moet lijden voor je kunst. Je moet ÉÉN zijn met je rol. Pak je koffers. De sleutels in deze envelop zijn de sleutels van je nieuwe leven – het oorspronkelijke leven van Holly. Zie je snel. Kenneth.

Het was een rare brief, maar wat had ze anders verwacht van een wereldberoemde excentriekeling als Ken*neth* Mogul?

Ze klopte op de twee oude rood-wit gestreepte Kate Spade-tassen naast haar. Ze roken nog heerlijk naar zee en zonnebrandolie en bevatten een stapel Cosabella-ondergoed, een oud Brown-t-shirt van haar broer Eric, dat ze de laatste keer dat hij thuis was achterover gedrukt had, een flinterdun Milly-jurkje, haar lekkerste Michael Kors-teenslippers, een zwart-roze jurk van Cynthia Vincent met paisleyprint, haar ouwe trouwe Seven-spijkerbroek, een extra paar teenslippers voor het geval dat, en een wit truitje van Viktor & Rolf. Alleen het hoogstnoodzakelijke.

Ze keek uit het raam naar de monumentale trappen van het

Metropolitan Museum of Art, de groene bomen in Central Park, de imposante gebouwen in Seventy-second Street, het weidse Park Avenue en toen de onbekende, lelijke wolkenkrabbers aan Third Avenue. Iew.

'We zijn er, dame,' verklaarde de taxichauffeur, met een mond vol gouden tanden grijnzend in het achteruitkijkspiegeltje. In een van zijn tanden stond zelfs de letter Z gegraveerd. Misschien van Zorro of Zeus? vroeg Serena zich af.

'O.' Ze pakte haar bordeauxrode Bottega Veneta-portefeuille en ging met haar duim langs het papiergeld. Toen stapte ze, met in elke hand een propvolle Kate Spade-tas, de taxi uit en bekeek de stopverfkleurige huizen op zoek naar het juiste nummer. Daar was nummer 171, en daar nummer 167, maar daartussenin stonden een paar gebouwen zonder nummer en ze had geen idee welk ze moest hebben. Ze sjouwde haar tassen naar het dichtstbijzijnde trappetje en ging zitten. Te zien aan de lage, hoekige gebouwen in de straat was haar nieuwe adres niet helemaal wat ze gewend was. Ze stak een sigaret op en deed snel een stap opzij toen er uit een put in de goot opeens een sliert stinkende grijze rook opsteeg.

Wakker worden, prinsesje, je bent niet meer in je sprookjeswereld.

Gek hoe snel de dingen konden veranderen: eerst was ze gewoon Serena van der Woodsen, leerlinge van Constance Billard en af en toe model, en nu was ze opeens Serena-de-actrice. Het leek nog maar zo kort geleden dat haar grootste zorg was waar die maand de *sample sale* van Catherine Malandrino zou zijn, of waarom ze ook alweer ruzie had met Blair, of wanneer ze het weer met Nate kon doen (wat hem betrof: altijd).

Wat heeft ze toch een rotleven.

'Verdwaald?'

Serena keek op... en op, en op. Boven haar uit torende een verrukkelijk lange vent met brede schouders, kortgeknipt donkerbruin haar, een kuiltje in zijn brede kin en mooie blauwe ogen. Hij droeg een saai grijs pak en een stijve blauwe das, maar hij lachte zo charmant dat ze bereid was zijn duffe kantooroutfit over het hoofd te zien.

Maar gold dat ook voor de duffe geruite boxershort die hij eronder aanhad?

'Ik zoek dit adres,' zuchtte Serena. Ze gaf de onbekende haar sleutels met daarop in rode verf het nummer 169.

Sommige meiden zijn echt heel goed in die hulpeloze-vrouwtjes-act.

'Tja,' zei hij grijnzend, 'ik weet wel waar dit is. Ik woon er namelijk zelf.' Hij stak een hand uit en hielp Serena overeind. 'Hoi, ik ben Jason Bridges.'

'Serena van der Woodsen.' Serena streek haar groene Lilly Pulitzer-rokje glad en schonk hem dat sluwe quasi-naïeve lachje waar Audrey Hepburn om bekendstond.

Geen wonder dat ze die rol in de wacht had gesleept. Net als Holly Golightly had Serena de allure van een onwaarschijnlijk mooie vrouw die tegelijk zo onschuldig is als een kind, een combinatie waar jongens als een blok voor vielen.

'Nou, Serena.' Jason bukte zich om haar twee overvolle tassen te pakken. 'Laten we dan maar eens naar huis gaan.'

Hij liep naar nummer 169, een wit huis met zwart lijstwerk en klimop tegen de muren. Hij duwde de zware, oude, zwarte deur open en liet Serena voor.

Wat een heer!

'Zo,' begon hij toen de deur achter hem dichtviel. 'Je komt zeker voor Therese?'

'Nee.' Met gefronst voorhoofd inspecteerde Serena het verveloze trappenhuis, dat alleen verlicht werd door een mooie maar doffe kroonluchter. De hele tent riekte naar dode bejaarde, alsof er sinds het heengaan van de eerste eigenaar dertig jaar geleden niemand meer geweest was. Toch was het op zijn manier wel een charmant en semi-monumentaal huis. 'Ik kom hier wonen, geloof ik.'

'Geloof je?' Lachend begon Jason de houten trap op te lopen, die luidruchtig piepte en kraakte. 'Wat bedoel je daar precies mee?'

'Nou,' begon Serena, 'ik speel in een film, en vanochtend kreeg ik een briefje van de regisseur dat ik mijn koffers moest pakken om hiernaartoe te gaan, en nu ben ik dus hier. Volgens mij is het bedoeld om me vertrouwd te maken met mijn personage of zo.'

'Filmster dus, hè?' vroeg Jason.

'Zoiets ja,' antwoordde Serena een beetje opgelaten.

'Wauw.' Hij draaide zich om en schonk haar een aarzelend, verlegen lachje. 'Dit is best een mooi huis, maar ik denk dat de meeste filmsterren de voorkeur zouden geven aan iets chiquers, het Waldorf of zo.'

'Het wordt een navertelling van *Breakfast at Tiffany's*,' legde ze uit, in precies dezelfde woorden die Ken Mogul had gebruikt om *Breakfast at Fred's*, zijn eerste grote Hollywoodfilm, te beschrijven. 'Hier woonde Holly Golightly in de oorspronkelijke film, maar dat wist je natuurlijk al. Het is de bedoeling dat ik me net zo ga voelen als zij. Het is mijn eerste film.'

'O ja?' vroeg Jason op de eerste overloop, waar in de zwartwitte mozaïekvloer een paar tegeltjes ontbraken. 'Waar gaat hij over?'

'Over een wild stadsmeisje – dat is mijn rol – die kennismaakt met een onschuldige jongen van buiten die probeert acteur te worden.' Voor het gemak vergat ze erbij te vertellen dat die rol gespeeld zou worden door superlekker ding Thaddeus Smith. 'Een of andere kakmadam verleidt hem met haar geld... en dingen zoals lunchen bij Fred's, je weet wel, dat restaurant in Barneys?' Serena hoopte maar dat het ergens op sloeg wat ze zei. Ze had nogal de neiging om te gaan ratelen en de grote lijn uit het oog te verliezen.

Alsof de jongens met wie ze praatte dát wat uitmaakte.

Ze moesten nog een trap op en Serena, die een beetje begon te hijgen, vervolgde: 'Dat andere meisje berooft hem van zijn onschuld, wat zo'n beetje de enige eigenschap is waarmee hij als acteur iets zou kunnen bereiken, en maakt een cynische New Yorker van hem. En dan moet mijn personage hem redden.'

'We zijn dus de hele zomer buren?' vroeg Jason hoopvol. Het klonk aandoenlijk.

'Eigenlijk maar een paar weken,' bekende ze. *Breakfast at Fred's* was een film met een groot budget, maar voor de opnames zelf had Ken Mogul maar twaalf dagen uitgetrokken.

Ze kwamen op de volgende overloop en liepen een smalle gang in. Toen sloeg hij een hoek om en ging haar voor een andere trap op.

'Hoe hoog moeten we eigenlijk?' vroeg Serena zich hardop af. Ze begon een beetje buiten adem te raken.

Stop dan ook eens met die zware Franse sigaretten.

Ze kwamen op weer een andere overloop, liepen door weer een andere gang en begonnen aan weer een volgende trap. Kon het zijn dat hij haar naar een geheim verkrachtershol bracht? Moest ze bang worden? Voor de zekerheid voelde ze of haar mobiel nog in de zak van haar rokje zat.

'Ik heb ook voor het eerst een baan,' vertelde hij. 'Ik werk deze zomer bij Lowell, Bonderoff, Foster en Wallace. Het advocatenkantoor. Ik ben vannacht tot vier uur gebleven, daarom ga ik nu pas naar mijn werk. Normaal begin ik niet zo laat.'

Eindelijk kwamen ze op de bovenste verdieping, waar het plafond laag en de gang donker was. Serena zag de blos op Jasons wangen. Ze wist niet of het van al die verdomde trappen kwam of dat hij bloosde door haar.

'We zijn er,' zei hij.

Ze stak de sleutel in het slot en deed de deur open. Jason

kwam achter haar aan en liet haar tassen met een bons op de grond vallen, zodat het galmde tussen de muren van het lege appartement. Twee kale peertjes hingen aan het pisgele plafond, waar zoveel watervlekken in zaten dat het net leek alsof ze er expres op geschilderd waren.

'Leuk,' zei hij dapper.

Leuk?

Serena liep door de woonkamer en verloor bijna haar evenwicht op de hellende, krakende houten vloer. Aan de straatkant zaten drie ramen met kapotte horren en uitzicht op het logge bejaardentehuis aan de overkant. Uit het raam in het piepkleine keukentje zag Serena de brandtrap uit *Breakfast at Tiffany's*, waar Holly Golightly op haar mandoline tokkelde en 'Moon River' zong. Bij die scène kreeg Blair altijd tranen in haar ogen. Serena zette het raam open. Er hing een muffe, benauwde, misselijkmakende geur in het appartement, de geur van zweetvoeten en sardientjes.

'Maar waar zijn de meubels?' vroeg ze met een vervaarlijke jengel in haar stem. Een zwarte kat trippelde vanuit de slaapkamer aan de achterkant de woonkamer in.

Dat verklaart die lucht.

Serena haalde een pakje Gauloises tevoorschijn en stak haar hoofd uit dat beroemde keukenraam. Ze hoopte op inspiratie, maar ze voelde zich alleen maar opgelaten en een beetje verloren. Waarom was ze daar ook alweer?

Omdat ze de ster werd in een belangrijke Hollywoodfilm – *duh*.

'Wat een schatje.' In de keuken bukte Jason zich om de kat achter zijn oren te krabbelen.

Serena draaide zich om, stak haar sigaret op en bekeek haar donkerharige, blauwogige buurman, die speelde met een kat die hier blijkbaar ook in huis woonde.

Zie je? Het uitzicht is niet overal *slecht.*

d en de kunst van
klantvriendelijkheid

'Pardon, meneer, kunt u me zeggen waar ik de streekromans vind?'

Daniel Humphrey zat op zijn knieën de biografieën niet op auteur maar op onderwerp te rangschikken. Als je bij de Strand werkte, de beste en grootste boekwinkel van New York, was het van groot belang dat je aandacht besteedde aan details als de juiste rangschikking van biografieën.

Als hij het maar naar zijn zin heeft.

'Daar bij de trap staan er misschien een paar, maar we hebben geen speciale afdeling Streekromans,' antwoordde Dan, die zijn ongenoegen niet helemaal wist te verbergen.

'Bedankt,' zei de vrouw opgewekt, en ze liep weg om tussen de stoffige boeken van Johanna Lindsey en de paar romans van Nora Roberts die er misschien nog stonden iets van haar gading te zoeken.

De Strand was legendarisch, niet alleen vanwege de ongelooflijke sortering maar ook vanwege het hoogopgeleide, hoogsnobistische personeel, en Dan was dolblij dat hij de baan gekregen had. Hij had de 'personeel gevraagd'-poster zien hangen nadat hij zijn zusje Jenny naar Kennedy Airport had gebracht – ze had opeens besloten bij hun moeder in Praag op bezoek te gaan en daar een schildercursus te volgen – en hij zich een beetje down voelde omdat hij niet wist wat hij met zijn vakantie aan moest. Toen hij die poster in de etalage zag hangen, vatte hij dat op als een teken.

En nu zat hij dus boeken op planken te zetten, in de beste winkel van de stad. Maar vergeleken met andere boekwinkels had de Strand nul sfeer. Er was geen muziek, geen koffie. Alleen maar rijen en rijen niet bij elkaar passende kasten tjokvol boeken.

Dan duwde een gammel karretje met stapels stoffige boeken door het smalle pad waarin de biografieën stonden. Zijn werk betekende dat hij veel alleen deed en weinig met klanten te maken had, zodat hij tijd genoeg had om na te denken: over literatuur, over zijn dichtwerk, over Evergreen College en hoe het daar zou zijn, en vooral over zijn laatste zomer in New York – en zijn laatste zomer met Vanessa. Op de diploma-uitreiking had hij voor veel tumult gezorgd door te verklaren dat hij toch maar niet zou gaan studeren omdat hij liever bij zijn grote liefde bleef, maar nu verheugde hij zich er toch wel op om in de gave metallic blauwe Buick Skylark '77, die zijn vader hem voor zijn eindexamen cadeau gegeven had, naar het westen te rijden. Het was de perfecte auto voor zo'n rit; hij zou net Jack Kerouac in *On the Road* zijn, scheurend over de wegen en de liefde bedrijvend met het land en de lucht in de woorden die onder het rijden in zijn hoofd opkwamen. Voor alle vrouwen die hij ontmoette zou hij een gedicht achterlaten – de mysterieuze minnaar die nooit echt de hunne zou zijn. Tot die tijd zou hij nog één perfecte zomer lang met Vanessa in de stad zijn.

Dan pakte een exemplaar van James Boswells biografie van Samuel Johnson van de stapel en hurkte op de stoffige vloer op zoek naar het juiste plekje. Zijn gedachten dwaalden af terwijl de woorden in zijn hoofd opborrelden:

Warme handen op het stuur
Je bent mijn pook, mijn pedaal
Smelt het asfalt. Heet. Heet. Neem me mee

Oké, het was een beetje klef, maar jezus, zo voelde hij zich nu eenmaal. In gedachten maakte hij een lijstje van klassieke romantische uitjes in New York: Shakespeare in Central Park, met de veerboot naar Staten Island, naar de brug bij Fifty-ninth Street om de zon te zien opkomen, net als Woody Allan en Diane Keaton deden in *Manhattan*. Misschien een ritje naar Jones Beach in de Skylark, met de zilte wind die door de open raampjes blaast, Vanessa's wapperende haren... Oké, geen wapperende haren – ze had praktisch geen haar – maar misschien kon ze een sjaal omdoen of zo. Hij zag het al helemaal voor zich. Het werd een superromantische zomer.

Het wordt íéts, dat staat vast.

'Sorry, heeft u een uittreksel van *Ulysses*?' fluisterde een hoge jongensstem bijna onhoorbaar. Dan schrok op uit zijn dagdromerij.

Een uittreksel van James Joyce? O gruwel!

Dan keek nors naar de sullige goth die hem om hulp had gevraagd. Hij had een Batman-broodtrommel in zijn hand, en Dan besefte dat hij niet zozeer sullig of goth was als wel hopeloos.

'Waarom lees je niet gewoon het boek?' vroeg hij minachtend.

Hopeloosje, die waarschijnlijk ouder was dan Dan zelf – student misschien, of een dombo die een zomercursus moest volgen om op zijn drieëntwintigste eindelijk zijn middelbare-schooldiploma te halen – haalde zijn schouders op. 'Saai.'

Dan had zin om hem een stomp in zijn ingevallen buik te geven, maar opeens realiseerde hij zich dat het zijn werk – nee, zijn taak – was om deze eikel aan het lezen te krijgen. Hij richtte zich op. 'Kom mee.'

Hij ging de hersenloze goth voor naar een achterkamertje vol in leer gebonden klassiekers en vond een prachtig exemplaar van Joyce's meesterwerk. Dan begon op een willekeurige bladzijde te lezen: '*Raak me aan. Zachte ogen. Zachte zachte zachte hand. Ik ben eenzaam hier. O, raak me aan, vlug, nu. Wat is dat woord dat ieder mens kent? Ik ben stil hier alleen. Somber ook. Raak me, raak me aan.*' Dan stopte en keek op. 'Kom op, dit wil je vast wel,' drong hij aan.

De jongen keek hem geschrokken aan, vast vrezend dat Dan een of andere literatuurfetisjist was die de Strand als jachtterrein had. Hij liet zijn broodtrommel vallen en ging er als een haas vandoor.

Dan ging op de grond zitten en las de bladzijde uit. Hij moest bekennen dat James Joyce hem altijd nogal opwond.

O ja, het wordt een interessante zomer.

een helm is bijna net zo belangrijk als een condoom

Nate ging op de pedalen van zijn oude fiets staan, trapte een paar keer stevig en ging toen op het ongemakkelijke, harde leren zadel zitten. Hij vond het lekker om zo te fietsen; even zo hard als hij kon trappen en dan gaan zitten om de warme wind in zijn gezicht te voelen. Rechts van hem kabbelden de golven op het strand. Links lag een wijngaard vol Chardonnay-druiven. In de lucht hing de geur van zout en gegrilde biefstuk. Hij luisterde naar het bevredigende knerpen van het grind onder zijn banden en grijnsde loom.

Zijn ochtendjoint had zijn werk gedaan, en aan het eind van de dag had hij bijna zitten spacen op wat bedoeld was als straf. Zwaar lichamelijk werk had wel iets geruststellends. De zomer voor hij naar de vijfde ging had hij zijn vader op hun landgoed op Mount Desert Island geholpen met de bouw van hun zeiljacht, de *Charlotte*, en die middag had het werk aan het huis van coach Michaels hem aan die vakantie herinnerd, al was het decor, met al die huizen en overvolle stranden, een stuk minder sereen. Toch ging er niets boven hard werken in de zon en aan het eind van de dag een welverdiend koud biertje. Meer had een mens toch niet nodig?

Hij hoefde zich geen zorgen meer te maken over cijfers, want hij was eindelijk van school en Yale leek nog onmogelijk ver weg. Blair, het meisje dat toch echt zijn grote liefde was, ook al deed hij in haar ogen altijd alles verkeerd, zat met haar nieuwe aristocratenvriendje in Engeland en was vast druk met winkelen, scones eten en veel en veel te veel thee drinken. Serena was in de stad filmster aan het worden en Jenny, de weelderig geschapen onderbouwer met wie hij afgelopen winter een tijdje iets had gehad, was naar Europa verscheept. Zonder dat drietal in de buurt was hij veel beter af.

Hij grijnsde bij de gedachte dat het de rest van de zomer zo zou gaan: overdag hard werken, op de fiets naar huis, een douche, een joint. Een tijdje alleen zijn was misschien precies wat hij nodig had. Het huis van coach Michaels stond in Hampton Bays, maar een paar kilometer van East Hampton, waar Nates ouders een huis hadden, maar met zijn burgerlijke huizen, stationcars en winkelcentra bijna een andere wereld. Het was precies de plaats die hem kon helpen de zaken eens goed op een rijtje te zetten, wat ook zijn plan was. Hij had op het moment geen belangstelling voor een bepaald meisje, en bovendien brachten meisjes hem toch altijd in de problemen. Misschien kon hij beter solo door het leven gaan.

Alsof hij ooit langer dan een halve minuut alleen bleef.

Nate moest afstappen om zijn piepende fiets tegen een steile heuvel op te duwen. Hij hijgde van inspanning.

Dat krijg je van drie joints per dag.

Zwetend en buiten adem stapte hij op de top van de heuvel weer op zijn fiets, waarna hij de zwaartekracht zijn werk liet doen. Hij keek omlaag en prikte in zijn onderarm om te zien of de roze huid daar wit van werd. Blair deed dat altijd bij hem als ze samen op het strand waren. Als ze vond dat hij verbrand was, smeerde ze hem teder in met haar dure zonnebrandcrème. Hij prikte nog een keer in zijn arm. Ja, hij was best een beetje geschroeid.

En dat krijg je als je de Nivea vergeet!

Toen hij opkeek zag hij dat hij recht op de berm af scheurde. Hij gaf een ruk aan het stuur, slingerde de andere kant op, maar hij had zoveel vaart dat hij onderuit ging. En niet zo'n beetje ook.

Er klonk een beleefd applausje, net als bij een golfwedstrijd. Nate keek op en zag dat hij op de parkeerplaats van de Oyster Shack lag, een grijs, houten visrestaurantje halverwege het huis van de coach en het honderd jaar oude landgoed van zijn ouders in East Hampton. Een groepje middelbareschoolkinderen zat aan een picknicktafel vol natte bierflesjes en bakken gefrituurde vis, en ze keken allemaal naar hem.

'Shit,' mompelde Nate. Kleine steentjes zaten in zijn handpalmen gedrukt en het verschoten limegroene Stussy-shirt waar hij de hele dag in had gewerkt was gescheurd. Hij veegde zijn handen af en keek naar zijn korte kakibroek – nog helemaal heel.

Wie anders dan Nate Archibald krijgt het voor elkaar om er onder een laag bloed, zweet en vuil nog beter uit te zien dan normaal?

Hij boog zich fronsend over het voorwiel van zijn fiets. Er zat een slag in.

'Balen voor je.'

Nate keek op. De stem hoorde bij een welgevormde blondine met blauwe ogen en donkerblonde krullen, die in een strakke knot onder een rode bandana zaten. Haar roze topje had een gevaarlijk decolleté en haar spijkerrokje was veelbelovend kort. Een met lipstick besmeurd rietje stak uit het colablikje in haar linkerhand. Ze stak Nate haar rechterhand toe. Haar lange, perfect gelakte nagels waren net zo rood als het blikje.

'Let maar niet op mijn vrienden,' zei ze verontschuldigend.

Haar huid had de goudbeige kleur van zelfbruiner, maar daaronder waren haar neus, wangen, schouders, armen en borst bespikkeld met sproeten. Nate had van Blair geleerd dat meisjes meestal ingewikkelder waren dan ze op het eerste gezicht leken, en de opvallende sproeten van dit meisje leken te zeggen dat ze meer was dan een doorsnee Long Island-babe.

Nate pakte grijnzend haar hand en liet zich overeind trekken. 'Nee hoor, doe ik ook niet,' antwoordde hij schaapachtig.

'Daar moet je iets aan laten doen,' oordeelde Sproet, wijzend naar het fietswiel.

'Ja,' mompelde Nate. Om die fiets maakte hij zich niet zoveel zorgen. Het enige waar hij naar wilde kijken stond recht voor hem.

'Ik ben Tawny. Ik weet wel waar je je fiets kunt laten maken. Maar misschien kan ik eerst een ijsje voor je kopen.'

'Graag.' Voor hij op de fiets was gestapt, had hij het restje van de joint van die ochtend opgerookt – vandaar misschien het ongeluk? – en ijs klonk hem heel aantrekkelijk in de oren. 'Ik ben Nate.'

'En wat is jouw verhaal, Nate? Ik heb je hier nog nooit gezien,' vroeg Tawny terwijl ze de straat overstak naar een bleekblauw gebouwtje. Het was zo klein dat het recht uit een cartoon leek te komen, en op het opstapje zaten en paar kleine kinderen aan een aardbeienijsje te likken.

'Twee vanillehoorntjes,' zei Tawny met een lief stemmetje tegen de pokdalige man achter de toonbank. Ze sprak met een licht accent dat Nate niet goed kon plaatsen.

'Geen verhaal.' Met de neuzen van zijn afgetrapte Stan Smiths schopte Nate afwezig tegen de wand van het tekenfilmhuisje. Hij wilde haar warme, sproetige armen strelen.

Tawny bukte zich, legde glimlachend een briefje van vijf op de toonbank en stak beide handen door het loket om de hoorntjes, hoog opgetast met romig wit ijs, van de man aan te pakken. Ze gaf er een aan Nate.

'Bedankt.' In de latemiddagzon begon het ijs onmiddellijk

te smelten. Het sijpelde langs zijn hand en hij likte het voorzichtig af.

Tawny raakte even zijn geschaafde knie aan. Iets aan de manier waarop ze dat deed – een zekere bezitterigheid of vanzelfsprekendheid, een bepaalde *je ne sais quoi?* – deed hem aan Blair denken. Maar dit meisje was heel anders dan Blair: Blair zou nooit in een roze topje de straat op gaan of ijs langs haar vingers laten lopen of... op een eerste uitje iets voor een jongen betalen.

Uitje? Is dat niet een groot woord?

'Alles goed?' vroeg Tawny toen ze weer overeind kwam. Ze likte langs haar volle roze lippen. 'Je kijkt zo ernstig.'

De waarheid was dat Nate zich stond af te vragen hoe Tawny er zonder dat topje uit zou zien. Had ze ook sproeten op haar borsten? Zijn handen jeukten als hij eraan dacht.

'Ik ben gewoon blij dat ik je heb leren kennen,' antwoordde Nate een beetje sullig. Hij veegde zijn kin af met een servetje. 'We kunnen leuke dingen doen deze vakantie.'

Een wereldrecord: Nate Archibald heeft het klaargespeeld om meisjes drie hele minuten lang af te zweren.

hallo zus, dag zus

Vanessa gooide het roestige portier van de taxi dicht en keek op naar de verweerde gevel van haar huis in Williamsburg, nog steeds peinzend over Kens aanbod. Ze wou dat ze iemand om raad kon vragen, maar bij haar ouders, een stel hippies die in Vermont woonden en alleen maar met zichzelf bezig waren, hoefde ze niet aan te kloppen. Die zouden haar toch maar de les lezen over kunst en commercie en 'creatieve verantwoordelijkheid'. Was haar zus Ruby er nu maar – zij was de enige met wie Vanessa echt over zulke dingen durfde te praten.

Voor het gebouw stond al weken een witte Ford-stationcar met een gebarsten voorruit. Een van de achterportieren was weg en de stoelen lagen vol vuilniszakken en oude dekens. Blijkbaar was er iemand ingetrokken, wat verklaarde waarom het rond de auto zo naar urine stonk. Lekker, hoor.

Vanessa haalde de buitendeur van een ingewikkelde reeks sloten en grendels en kloste de trap op. Halverwege bleef ze staan; er kwamen stemmen uit haar appartement. Had ze de tv aan laten staan? Ze liep op haar tenen naar de deur en luisterde met ingehouden adem. Ja, het waren echt stemmen en ze kwamen echt van binnen, en een van de stemmen klonk haar bekend in de oren.

Vanessa's oudere zus Ruby was met haar band SugarDaddy in acht weken tijd heel Europa af gereisd. Vanessa had wel eens een kaart uit Madrid of Oslo gekregen en Ruby had een paar keer gebeld, maar het leven van een rockster op tournee was niet bepaald bevorderlijk voor de sociale contacten.

Vanessa gooide opgewonden de deur open. 'Ruby!' riep ze terwijl ze de paarse leren broek en het bijpassende paarse haar van haar zus in zich opnam. Dat haar leek wel lichtgevend. 'Wauw, je bent terug!'

'Hoi,' zei Ruby achteloos vanaf de bank. Ze zat schrijlings op een magere vent met een stoppelbaardje. Hij had net zo'n leren broek aan als zij, maar dan in het zwart. Ruby hield het puntje van haar sigaret tegen die van hem en begroette haar zus zo terloops alsof ze alleen maar even een pak melk was wezen kopen.

'Eh, hallo.' Lichtelijk van haar stuk gebracht deed Vanessa de voordeur achter zich dicht.

'Alles goed, zus?' vroeg Ruby, die al rokend de geblairificeer-de kamer in zich opnam. 'Je hebt de boel opgeknapt, zie ik.'

Vanessa had geen zin om over Blairs herinrichting te babbe-len. Ruby was terug, net nu ze haar zo hard nodig had! *'Hallo, je bent er weer! Natuurlijk is alles goed. Hoe was je tournee?'*

Haar zus haalde haar schouders op. 'Berlijn, Londen, Parijs, Boedapest. We waren keigoed. Het was vet.'

'Gegroet, onoverwinnelijke rockster! Hoi, ik ben Vanessa.' Ze beende naar de vent waar Ruby op zat. Hij had niet één keer haar kant op gekeken.

'Dit is Pjotr,' verklaarde Ruby, wiebelend met haar paar-se leren kont alsof alleen al het uitspreken van zijn naam haar opwond. 'We hebben elkaar ontmoet na ons optreden in Praag.'

'Dag,' zei Pjotr met een zwaar accent. Onder het praten blies hij een dikke rookwolk uit.

Charmant wel.

'Het ziet er cool uit hier.' Ruby klonk sceptisch. Ze keek om zich heen. 'Maar waar heb je dit allemaal van betaald? De meubels, die gordijnen?'

'Lang verhaal,' antwoordde Vanessa. Ze leunde tegen de

lavendelkleurige muur en deed haar best om niet naar de ree-bruine suède bank te kijken, waarop die vieze, broodmagere Oost-Europese vreemdeling languit onder haar zus lag.

'Net zo lang als het verhaal over die schoenen van je?' vroeg Ruby. Ze gooide haar paarse haar naar achteren; het had dezelfde kleur als de hoed van Willy Wonka. 'En dat truitje? Jezus, moet je jou nou zien. Je lijkt wel een modepop.'

'Ik had een bespreking.' Vanessa was gekwetst. Waarom deed Ruby zo bitchy? Rotte die slijmbal tussen haar benen nou maar eens op, dan konden ze sushi laten komen en als zussen onder elkaar een goed gesprek voeren.

'Even onder vier ogen?' Ruby klom van Pjotrs schoot en knikte in de richting van de keuken.

Vanessa liep achter haar aan, benieuwd om te horen hoe lang Ruby thuis zou blijven. Ze leunden tegen het formica aanrechtblad. 'Het ziet er behoorlijk... serieus uit tussen jullie,' merkte Vanessa op.

'Het is liefde,' fluisterde Ruby op smachtende toon. Ze klonk opeens helemaal niet meer als een coole rockster. Ze maakte een halve pirouette, bleef zogenaamd gegeneerd staan en leunde weer tegen het aanrecht.

'Mooi,' zei Vanessa geïrriteerd. Bij nader inzien zou er van een vertrouwelijk gesprek onder zussen waarschijnlijk niets terechtkomen. Ze friemelde aan het peper- en zoutstel in de vorm van het Vrijheidsbeeld, dat Dan haar in een vlaag van romantische slijmerigheid cadeau had gedaan.

'Het is echt leuk geworden hier, ook al ziet het er anders uit dan ik verwacht had,' zei Ruby. 'Maar het zit me dwars dat je al die moeite gedaan hebt terwijl...'

'Terwijl wat?' vroeg Vanessa wantrouwig.

'Ik vind het vervelend om met slecht nieuws aan te komen, maar... Pjotr blijft voorlopig wel even. Een paar galeries in de buurt hebben belangstelling voor hem – hij is schilder, zei ik dat al? Hij maakt monolitische naakten met hond. Hij is heel bekend in de alternatieve scene van Praag en hij hoopt in Williamsburg ook voet aan de grond te krijgen.'

Vanessa snapte niet precies wat er bedoeld werd met 'monolitische naakten met hond', maar ze stelde zich voor dat Ruby van iemand een pitbull leende en poedelnaakt en grommend voor hem poseerde. 'Fijn voor hem.'

'Ja, en ik dacht dat hij het beste hier kon komen wonen, bij mij dus,' zei Ruby zacht.

'Dat wordt dan krap,' antwoordde Vanessa al even zacht. 'Maar dat geeft niet. We vinden er wel iets op.'

'Dat is het hem nou juist,' wierp Ruby tegen. 'Pjotr heeft een atelier nodig. En aangezien hij geen geld heeft om er een te huren, waren we van plan... om van de andere kamer, jouw kamer, een atelier te maken.'

Wat zullen we...?

'O, dus je *schopt me eruit?*' Vanessa hield op met friemelen en keek haar zus aan. Ze woonde al sinds haar vijftiende bij Ruby. Dit was ook háár huis.

'Nou ja, het was toch ook bedoeld als tijdelijke oplossing? Zolang je nog op school zat en zo? Maar nu je van school bent is het tijd dat je op eigen benen gaat staan, net als ik toen ik achttien was.'

'Best,' snauwde Vanessa. 'Goed hoor, ik snap het: ik ben volwassen en moet het zelf maar uitzoeken. Duidelijk.'

'Doe nou niet zo,' smeekte Ruby schuldbewust. 'Laten we even gaan zitten, dan hebben we het er rustig over.'

'Nee, laat maar. Ik pak gewoon mijn spullen, dan heeft Pitabroodje of hoe die gast ook mag heten verder geen last van me.' Bevend stormde Vanessa de keuken uit en de kamer in, waar Pizzavulling een stinkende Tsjechische sigaret zat te roken. Vanessa griste haar filmfoto van een dode duif van de muur boven zijn hoofd en klemde hem onder haar arm. Het was haar lievelingsfoto en ze was niet van plan die te laten hangen zodat hij hem lekker na kon schilderen. Ze zag het al helemaal voor zich: straks werd hij beroemd als de 'dodeduivenschilder', terwijl het háár dode duif was en háár huis.

Een paar minuten later denderde Vanessa met haar filmapparatuur en een enorme zwarte plunjezak de trap af. Ze vloog naar buiten en beende over een zonovergoten Bedford Avenue, zigzaggend langs onverschillige, hip geklede voetgangers en hopen hondenpoep, niet wetend waar ze eigenlijk precies naartoe zou gaan.

Ze liet haar plunjezak op de grond vallen en ging erop zitten, haalde haar mobiel tevoorschijn en drukte op een toets. Na twee keer overgaan hoorde ze de vertrouwde klank van Dans stem.

'Hoe gaat-ie?'

'Mijn zus heeft me eruit gegooid.' Haar stem brak. Ze deed wanhopig haar best om niet te huilen. 'En ik heb geen rooie cent en ik kan nergens heen en ik weet niet wat ik moet doen.'

Dan zal ze die baan nu wel aannemen.

s staat voor spiritualiteit, onder andere

'Hé,' fluisterde Dan in zijn zwarte Nokia terwijl hij achter een stokoude metalen boekenkast van de Strand dook. Alleen iemand die vijf keer *Hamlet* had gelezen kon zich op zo'n plek op zijn gemak voelen. 'Ik moest net aan je denken.'

Hij kon Vanessa's antwoord niet goed verstaan: ze klonk buiten adem en bijna in tranen.

'Wacht, wacht,' zei hij troostend. Hij stapelde een stel Ronald Reagan-biografieën op elkaar en ging erop zitten. 'Niet zo snel. Ik versta er geen woord van.'

'Ik zei dat ik mijn huis uit ben gezet!' schreeuwde Vanessa. 'Ruby is terug uit Europa en ze heeft een eikel van een nieuw vriendje, een of andere Tsjechische kloteschilder, en ze heeft gezegd dat ik op moest rotten.'

'Shit,' mompelde Dan. Hij keek om zich heen; het was eigenlijk niet de bedoeling dat hij onder het werk zat te bellen.

'Wat moet ik nou? Waar moet ik heen?'

'Wat denk je van mijn huis?' vroeg Dan voor hij kans had gehad om erover na te denken. Hij voelde aan een stoffig gebonden boek over Walt Whitman en overwoog het mee naar huis te nemen.

'Jouw huis?' herhaalde Vanessa zielig. Dan dacht niet dat hij haar ooit zo hulpeloos had meegemaakt, en hoewel hij wist dat het niet deugde gaf het hem best een lekker gevoel. Alsof hij een stoere macho was en zij een zwak en breekbaar poppetje. Hij nam zich voor dit gevoel in een gedicht te verwerken.

Meisje van rijstpapier, ik ben de veer, de inkt, de pot...

'Het komt best goed,' zei hij geruststellend. 'Pak je spullen, stap op de metro en ga naar mijn huis. De deur zit niet op slot – mijn vader laat hem altijd openstaan. Ik ben over een paar uur thuis.'

'Echt?' vroeg Vanessa aarzelend. Ze was altijd superonafhankelijk geweest. Dan wist dat ze het vreselijk vond om iets van iemand te vragen. 'Weet je zeker dat je vader het goed vindt?'

'Die vindt het best.' Hij veegde het stof van de bovenste plank en het dwarrelde in zijn oog. 'Je zult het zien. Ik kom er zo snel mogelijk aan. Maak je geen zorgen.' Hij wreef in zijn ogen en luisterde naar Vanessa's ademhaling aan de andere kant van de lijn.

'Het goede nieuws is dat Ken Mogul me vandaag een baan aangeboden heeft.' Vanessa lachte bitter. 'Het ziet ernaar uit dat ik wel ja móét zeggen.'

'Wauw, te gek!' jubelde hij, al was hij ook een beetje teleurgesteld. Hij werkte, en nu ging Vanessa ook aan het werk. Dat was een flinke domper op zijn romantische plannen. Wanneer zouden ze tijd hebben om met de kabelbaan naar Roosevelt Island te gaan en in het park sake te drinken?

'Shit, ander gesprek,' mompelde Vanessa. Dan hoorde hoe ze de telefoon bij haar oor weghaalde. 'Dat is Ken. Laat ik hem maar nemen. Ik zie je thuis, oké? Bij jou thuis, bedoel ik.'

'Nee,' corrigeerde hij. 'Ook bij jou thuis.'

Aaah.

Dan drukte op 'beëindigen' en glipte het smalle pad met biografieën weer in. Hij glimlachte. Dat Vanessa haar huis uit was gezet was misschien wel het beste wat hem had kunnen overkomen. Als ze bij elkaar woonden werd hun laatste zomer samen des te intiemer. En des te gedenkwaardiger.

Hij pakte een paar Reagan-biografieën en bukte om ze op de plank te zetten.

'Neem me niet kwalijk, ik zoek *Siddhartha*, maar ik kijk zeker verkeerd. Kunt u me helpen?'

Dan kwam met krakende knieën overeind. Hij had al een bijdehante opmerking klaar over 's mensen pad naar verlichting, maar toen hij de klant zag, slikte hij zijn woorden in.

Ze was bijna tien centimeter groter dan hij en had lang, golvend, platinablond haar in een simpele staart. Ze droeg een verschoten grijs sportshirtje en een witte, afgeknipte spijkerbroek en had groen-witte polsbandjes om haar polsen. In haar voorhoofd zat een frons, maar zelfs als ze bezorgd keek twinkelden haar blauwe ogen. Ze was net Marsha Brady, maar dan verleidelijker en minder braaf – Marsha Brady die net van paaldansles komt.

'Eh, ja,' antwoordde Dan uiteindelijk met een rood hoofd. '*Siddhartha* moeten we wel hebben. Ik weet zeker dat we die hebben.'

'O, fijn,' riep Dansende Marsha uit. Ze gaf hem een kneepje in zijn magere bovenarm. 'Ik wil het dolgraag lezen.'

'Ja,' mompelde hij terwijl hij haar voorging van de presidentiële biografieën naar de vertaalde fictie, 'het is ook een van mijn favorieten.'

O ja?

'Tjeempie, echt?' Dan had nog nooit een meisje ontmoet dat 'tjeempie' kon zeggen zonder als een complete debiel over te komen. 'Mijn yogi heeft het me aangeraden.'

'Hier is het al.' Hij ging op zijn tenen staan en trok aan de smalle blauwe rug. Hij gaf het boek aan haar.

'Gaaf.' Ze draaide het boek om en bekeek de achterkant. 'Dit ziet er te gek uit. Heel erg bedankt voor je hulp. Dus je vond het echt goed?' Ze keek hem aan met amandelvormige ogen die net zo hemelsblauw waren als het omslag van het boek.

'Mm...' Dan zweeg. Hij had verstand van boeken – waarom wist hij dan niet wat hij moest zeggen? Misschien omdat hij het niet gelezen had?

'Ik vond het, eh... inspirerend.'

'Mooi. Ik heb er echt zin in.' Ze drukte het boek aan haar borst en kwam een stapje dichterbij. 'Zal ik terugkomen als ik dit uit heb? Dan kun je me misschien een ander boek aanraden.'

'Dat doe ik altijd graag voor onze klanten,' antwoordde hij gladjes.

'Super!' riep ze met het overdreven enthousiasme van een cheerleader. 'Ik ben Bree.'

'Dan.'

'Oké, Dan. Dit is niet zo'n dik boek, dus ik ben over een paar dagen terug. Nogmaals bedankt voor je hulp!' Ze draaide zich om en liep weg, zowaar met verende tred. Dan zag haar kleine, ronde billen, die sterk op bolletjes roomijs leken, achter de afdeling Nieuws en Achtergronden verdwijnen en herinnerde zich toen pas weer dat hij Vanessa zojuist gevraagd had bij hem in te trekken.

Wat, eh... verlicht.

samen spelen, samen delen

'Bravo!' riep lord Marcus. 'Lieverd, je bent een natuurtalent!'

Camilla stopte giechelend haar lange, blonde haar achter haar oren terwijl haar rode croquetbal door het poortje rolde en op het strakke smaragdgroene gazon in de achtertuin van huize Beaton-Rhodes tot stilstand kwam. Het was hun derde potje die dag en Camilla had gewonnen. Alweer gewonnen.

'Ik heb het van de meester geleerd,' lachte ze opgewonden.

'Wanneer mag ik nou?' jengelde Blair. Ze wachtte al een eeuw tot zij een keer met die hamer mocht zwaaien. Ze had heel veel zin om ergens tegenaan te meppen.

Achter hen lag als een vesting het met klimop begroeide huis van grijze natuursteen. Blair was nog niet eens binnen gevraagd, en de ouders van Marcus had ze ook nog niet ontmoet.

'Moeder heeft weer eens hoofdpijn,' had hij uitgelegd, waarop Camilla in een hinnikend gelach was uitgebarsten. Blair vroeg zich af of lady Rhodes soms de gewoonte had om met een fles bessenjenever naar bed te gaan, maar ze stelde de vraag niet hardop. Liever wierp ze vijandige blikken op Camilla. Die had zo'n akelige 'ik hoor erbij en jij niet'-uitstraling dat Blair alleen maar haar kop van haar romp wilde trekken, alsof ze een lelijke prinsessenbarbie was waar ze nooit meer mee wilde spelen.

'Dit potje is afgelopen, ben ik bang,' zei lord Marcus verontschuldigend. 'Zullen we nog een keer?'

'Mij best,' mompelde Blair, nippend van haar vierde gin-martini van die middag. Het eeuwenoude huis stond te midden van honderden volmaakt kegelvormige struiken. Zelfs de bomen waren in onnatuurlijke vormen gesnoeid. Blair begon zich te voelen als Alice in het paleis van de Hartenkoningin. Ze stak een sigaret op en inhaleerde gulzig. 'Kunnen we nog iets te drinken krijgen?' vroeg ze aan niemand in het bijzonder.

Bij twijfel altijd nog een drankje nemen.

'Ik ben kapot,' zuchtte Camilla, die zich op de gietijzeren stoel naast Blair liet zakken. 'Heb je het naar je zin?' vroeg ze. Ze legde een hand op Blairs boos gebalde vuist.

Marcus en zij waren toch verliefd, of niet soms? Waarom was hij haar dan niet in zijn smaakvol ingerichte kamer aan het uitkleden? Waarom moest hij zo nodig spelletjes spelen met zijn zeur van een nicht? Waarom zat hij niet *op zijn minst* onder tafel voetje met haar te vrijen? Ze keek onderzoekend naar Marcus, speurend naar een aanwijzing, een teken van zijn ware gevoelens. Een brede grijns verscheen op zijn gladgeschoren gezicht en zijn groene ogen schitterden van plezier. Hij leek zich van geen kwaad bewust. Hij genoot gewoon van de zon en had de tijd van zijn leven. Misschien was ze te streng en te knorrig. Ze keek van opzij naar Camilla. Als ze nou eens gewoon opstapte, dan konden Marcus en zij het doen onder die conifeer in de vorm van een haas.

'De tijd van mijn leven,' antwoordde Blair bits.

'Ik rammel van de honger,' riep lord Marcus uit. Hij stroopte de mouwen van zijn witte linnen jasje op en ging aan de glazen tafel zitten. Hij pakte een klein zilveren blaadje met piepkleine komkommersandwiches en stak een driehoekje in zijn mond.

'Je hebt altijd honger als ik in de buurt ben,' giechelde Camilla. Ze gaf hem een por in zijn buik en nam een zuinig slokje van haar martini.

'Weet je nog die keer dat ik naar Yale kwam en we het weekend in dat enige plaatsje in Vermont gingen skiën?' Camilla wendde zich tot Blair. 'We waren de hele dag op de piste geweest en aan het eind wilde ik alleen maar een lekker warm bad. Toen ik eruit kwam had Marcus alles – *alles!* – van roomservice besteld zodat we bij de open haard konden eten.'

Blair werd overvallen door de behoefte om haar hamer te pakken en Camilla een dreun op haar hoofd te geven. Ze keek naar Marcus. Hij bloosde, zag ze. Misschien waren hij en Camilla een neef en nicht die graag doktertje speelden. Ook al waren ze daar eigenlijk te oud voor. Snapte Paardenbek dan niet dat zíj de vriendin van Marcus was?

'O Cam, Blair heeft vast geen zin om naar verhalen over ons skiweekend te luisteren.' Marcus stond op en zwaaide met het lege dienblaadje naar de butler.

Blair stond ook op. 'Iemand zin in nog een spelletje, potje... Hoe zeg je dat? Misschien kom ik dan ook een keer aan de beurt.'

'O, ik denk niet dat ik nog fut heb. Ik had je moeten waarschuwen,' zei Marcus verontschuldigend. 'Camilla is echt een kei in spelletjes.'

Oké, goed hoor. 'En ik moet kei naar de plee,' zei Blair binnensmonds.

'O jee.' Camilla bloosde. 'Daar heb je die Amerikaanse directheid.'

En daar heb je die Engelse valsheid.

'De wc is die deur door,' wees Marcus. 'Door de bibliotheek en dan links.'

'Ik vind het wel,' snoof Blair, die een beetje wankel naar het huis begon te lopen. De gin was recht naar haar hoofd gestegen. 'Blijf maar zitten, hoor.'

Ze stampte het tuinpad af en streek de kreukels uit het witte Thomas Pink-jurkje dat ze speciaal voor hun spelletjesmiddag aangetrokken had. Het was verbazingwekkend rommelig binnen en het rook er naar rottende bloemen. De meubels waren natuurlijk prachtig, vooral de tapijten – zo te zien stuurde lady Rhodes om het jaar iemand naar Marrakech om nieuwe exemplaren voor haar verzameling te kopen. Maar het gebrandschilderde raam in de bibliotheek gaf het huis iets van een kerk en Blair voelde zich niet op haar gemak nu ze hier in haar eentje ronddwaalde terwijl lady Rhodes boven met een kater vocht.

Op het toilet nam Blair nog een Silk Cut, sinds ze in Engeland was haar nieuwe lievelingssigaret, en bekeek zichzelf in de spiegel in de vergulde lijst. Ze kneep haar ogen een beetje dicht en trok haar kin in, oefenend op de sexy blik waarmee ze haar vriendje straks zou aankijken. Nog één glas en ze zou voorstellen om naar Claridge's te gaan voor een flinke stoeipartij. Spelletjes spelen in de tuin was leuk en aardig, maar ze wilde nu wel eens écht in beweging komen. Bij het weggaan stak ze voor de lol het schelpvormige toiletzeepje in haar zak.

Oude gewoontes leer je niet zomaar af.

Buiten was inmiddels een nieuwe kan gin-martini gemixt. Blair ging zitten en lord Marcus bood haar een nieuw glas aan.

'Ze heeft denk ik liever een asbak,' schamperde Camilla met een nerveuze blik op de twee centimeter lange askegel aan Blairs sigaret.

'Ik doe het wel op het gazon, dank je,' antwoordde Blair bot. Ze zette het flinterdunne Riedel-glas aan haar mond en morste daarbij maar een heel klein beetje op de tafel.

'Wacht even, schat,' waarschuwde lord Marcus joviaal. 'We gaan proosten. We zaten op jou te wachten.'

'Waar proosten we op?' vroeg Blair terwijl ze een boer binnenhield.

'Toen je binnen was had Camilla een geweldig nieuwtje.'

Ze gaat naar Zwitserland om iets aan die enorme neus te laten doen? Ze is een dikke vette pot en komt eindelijk uit de kast? Ze heeft besloten non te worden?

'Ze blijft nog wat langer. Ze is nog de hele zomer bij ons. Is dat niet fantastisch?' Lord Marcus tikte met zijn glas tegen het hare.

Camilla nam een muizenslokje van haar drankje en legde beschermend een hand op die van Blair. 'We worden toch zulke goede vriendinnen, ik denk dat we straks net zusjes zijn,' beloofde ze, al klonk ze meer als de boze heks die Hansje en Grietje wilde opeten.

Blair glimlachte gespannen en dronk snel haar glas leeg voor ze Camilla antwoord gaf. 'Ik heb altijd al een *oudere* zus willen hebben.'

Marcus sloeg zijn van het squashen gespierde armen om de vrouwen heen en drukte ze tegen zich aan. 'Ik wist wel dat jullie het goed zouden kunnen vinden.'

Hij gaf ze allebei een zoen op hun wang. Blair deed haar ogen dicht en probeerde zich voor te stellen dat Camilla er niet bij was.

Godzijdank heeft ze altijd een levendige fantasie gehad.

a star is born (alhoewel...)

Serena's feloranje Hermès-slippers klepperden luidruchtig op de zwart-wit geblokte marmeren vloer van de hal van het Chelsea Hotel, waar Ken Mogul haar tegenspeler, Thaddeus Smith, in kamer 609 had ondergebracht. Het Chelsea was waarschijnlijk het beroemdste hotel van New York City. Ooit woonden er iconen als Andy Warhol en Janis Joplin, maar na een vreselijke brand hadden alle beroemde bewoners eruit gemoeten. Nu was het in de eerste plaats een toeristische trekpleister, maar toch ademde het hotel nog steeds die nostalgische jarenzestigsfeer en in de kelder zat een donkere, trendy bar, heel toepasselijk Serena genaamd.

Serena begreep niet waarom Thaddeus in een hotel mocht logeren en zij in een armzalig appartement zonder airco moest wonen. Nadat Jason vertrokken was, had ze daar in haar eentje zitten zweten toen Ken belde en zei dat ze moest komen voor een geïmproviseerde repetitie met Thad. Serena haalde diep adem, friemelde nerveus aan de ritsjes van haar metaalgrijze Balenciaga-tas en klopte op de verveloze deur van kamer 609.

'Hé hallo!' riep ze blij toen Vanessa Abrams de deur opendeed. De diploma-uitreiking was ietsje meer dan twee weken geleden, maar het voelde alsof dit hun twintigste reünie was of zo. Vanessa droeg een zwart omslagjurkje en de coolste zilveren sandalen die Serena ooit had gezien. 'Wat zie je er mooi uit!'

Vanessa deed haar mond open om iets terug te zeggen, maar

Ken viel haar in de rede. 'Serena,' zei hij lijzig. Hij zat op een vensterbank in de zitkamer en rookte een sigaret zonder filter. 'Welkom in ons universum!'

'Leuk je weer te zien.' Giechelend stapte Serena de kamer binnen, die baadde in het licht van Twenty-third Street. De muren hadden een hardgroene kleur die haar aan de badkamers op Hanover Academy deden denken, de kostschool waar ze een jaar op had gezeten. Ze zag een bruine bank met dikke kussens en barsten en scheurtjes in het leer van de armleuningen, en op de vensterbanken stonden tientallen potjes met cactussen. De openslaande deuren boden uitzicht op een onopgemaakt kingsize bed.

'Je ziet zo voor je hoeveel mensen hier moeten hebben liggen seksen, hè?' fluisterde Vanessa. Serena trok haar neus op. *Nu wel ja.*

'Vanessa ken je natuurlijk al.' Ken gooide zijn sigarettenpeuk uit het geopende raam achter hem. 'Ik heb haar aan boord gevraagd voor het camerawerk.'

Alsof ze nee had kunnen zeggen.

'Oké, te gek.' Serena knipoogde naar Vanessa, die druk bezig was met allerlei ingewikkelde apparatuur.

'En ik ben Thaddeus,' verkondigde een sexy stem. Vanuit de aangrenzende slaapkamer kwam de ster binnendrentelen.

Thaddeus Smith was langer dan Serena verwacht had en zijn dikke, donkerblonde haar stond recht overeind, waardoor hij nog een paar centimeter langer leek. Hij was onopvallend gekleed in een donkere spijkerbroek en een verschoten zwarte Lacoste-polo, met de kraag een beetje sullig omhoog. Serena had de indruk dat ze hem al kende, en ergens was dat natuurlijk ook zo: ze had hem in twee romantische komedies een lief meisje aan de haak zien slaan, met spanning toegekeken hoe hij ontkwam aan een moorddadige gek (die zijn verloren gewaande tweelingbroer bleek te zijn, eveneens door Thaddeus gespeeld) en ze had hem gezien in een nauwsluitend wit duikerspak, in de rol van zwijgend buitenaards wezen, tot leven gewekt toen de zon op één lijn stond met een eeuwenoude Mayaruïne. Die bariton had ze eerder gehoord, flirtend en schertsend in talkshows, en natuurlijk had ze in talloze advertenties voor Les Best-ondergoed het bekende wasbord gezien. In levenden lijve maakte hij de hype meer dan waar: hij was verrukkelijk, van de goudblonde stoppels op zijn hoekige kin tot zijn perfecte, gebruinde voeten.

Thaddeus gaf Serena krachtig een hand. 'Geweldig om je nu eindelijk eens te ontmoeten.' Hij keek haar met zijn lichtblauwe ogen doordringend aan, of verbeeldde ze zich dat maar?

'Vind ik ook,' fluisterde ze.

'Ik ben blij dat we er allemaal zijn,' begon Ken terwijl hij nog een sigaret opstak en zijn armen om zijn knieën sloeg. In een glimmend blauw wielrenbroekje balanceerde hij ongemakkelijk op de vensterbank. 'Pak je script. En Thaddeus, vanaf nu is ze Holly, niet Serena.'

Thaddeus plofte op de gebarsten leren bank en gooide de losse kussens achteloos op de grond. 'Ga zitten, Holly.'

Serena haalde haar script uit haar tas en ging op de bank zitten. Ze moest de aanvechting onderdrukken om meteen lekker dicht tegen haar medespeler aan te kruipen. Dat zou niet erg professioneel zijn.

Ken sloot zijn ogen en ademde met wijd opengesperde neusgaten diep in. Hij spreidde zijn vingers alsof het voelsprieten waren, sprong van de vensterbank en zwabberde naar het midden van de kamer. Zijn ogen vlogen open toen hij tegen de gebutste houten salontafel op botste en een grote stapel aantekeningen op de grond gleed. Hij sprong op de tafel, ging gehurkt op de rand zitten en boog zich dicht naar het tweetal toe. 'We beginnen met de grote climax. Dat is de emotionele kern van de film en die wil ik erop hebben voor we andere dingen gaan doen. Alles leidt naar dit moment.'

Ken zat zo dichtbij dat Serena zijn muffe sigarettenadem kon ruiken. Ze hield haar script als een filter voor zich en begon erin te bladeren. Ze was ervan uitgegaan dat ze bij het begin zouden beginnen. Haar tekst voor de eerste paar scènes kende ze, maar over het tweede deel van de film voelde ze zich nog wat onzeker.

'We spelen gewoon een keer de hele scène, zoeken ons plekje in de ruimte en maken er wat van, oké? Vanessa neemt alvast wat proefmateriaal op, dan kunnen jullie dat later bekijken en er wat van leren. Hoe klinkt dat?' vroeg Ken, die nog steeds als een sfinx op de rand van de tafel zat.

'Goed plan,' knikte Thaddeus, en hij gooide zijn script aan de kant.

'Bijna klaar,' zei Vanessa, die haar camera op een van de laptops van de regisseur aansloot.

'En Holly?' vroeg Ken met zijn kin in zijn hand, waardoor het net leek alsof zijn vinger in zijn neus verdween.

'Ik ben er klaar voor,' mompelde Serena. Shit, shit! Ze kende niet één regel. Ze haalde diep adem.

'Lieverd. Je redt me telkens weer. Hoe kan ik je ooit belonen?' begon ze, terwijl ze langzaam – nadrukkelijk – met haar hand bewoog. Het voelde als een sexy maniertje, een elegant gebaar.

'Je hoeft me niet te belonen,' kwam de beroemde bariton van Thaddeus, die in de film Jeremy Stone heette. Ze stonden bij het raam. Hij boog zich naar Serena toe en de zon viel op zijn krachtige profiel toen hij haar bij een pols pakte. 'Ik moet jou belonen. Alles heb ik aan je te danken, Holly. Jij hebt me geleerd hoe ik...' Hij zweeg ernstig. 'Jij hebt me geleerd hoe ik mezelf moet zijn.'

Misschien kwam het doordat hij zo goed kon acteren of misschien doordat hij zo'n lekker ding was, maar uit zijn mond klonk die afgezaagde tekst bijna normaal. Hij stond zo dicht bij Serena dat ze zijn frisse pepermuntadem kon ruiken. Mankeerde er dan helemaal niets aan die jongen?

Nee.

'Ik... ik...' stamelde Serena. 'Ik weet niet goed wat ik moet zeggen.'

Aan de andere kant van de kamer, achter de camera, schraapte Vanessa haar keel.

'Zeg maar niets,' lispelde Thaddeus/Jeremy. 'Blijf gewoon zo staan, dan kan ik je bekijken.'

Serena verroerde zich niet. Ze kon er niets aan doen, maar ze geloofde alles wat Thaddeus zei.

'Hier onderbreek ik jullie even,' zei Ken Mogul opeens. 'Holly, schat, denk eraan: je bent niet Serena. Je bent Holly.'

'Oké,' zei Serena zacht. Ze voelde zich helemaal niet Holly Golightly. Ze voelde zich Serena die haar ware Jacob was tegengekomen. Haar hele leven lang was ze altijd gewoon zichzelf gebleven met jongens in de buurt: het viel niet mee om nu opeens te doen alsof ze iemand anders was, zeker niet tegenover zo'n... leukerdje.

'En sta niet zo met je hand te wapperen,' piepte Ken als een klein kind. 'Het lijkt wel alsof je muggen weg staat te meppen.'

'Sorry.' Door het geopende raam hoorde Serena het verkeer voorbij zoeven. Eigenlijk zou ze nu veel liever buiten zijn, met Thaddeus etalages kijken in Mercer Street of sushi eten op het dak van Sushi Samba. Thaddeus boog zich uit het enorme raam en ademde diep in. Kon hij misschien gedachten lezen?

'Luister maar gewoon naar je tegenspeler,' vervolgde Ken met zijn vinger nog steeds in zijn neus. 'Hij is nu even niet Thad, of wel soms? Nee, hij is Jeremy. Hoor je dat niet – die verlegenheid in zijn stem? Zijn zenuwen? Hij is als de dood voor je, snap je? Hij is als de dood en tegelijk helemaal in de wolken. Zo willen we ons allemaal voelen, oké? Zorg dat we allemaal verliefd op je worden.'

Alsof ze daar ooit moeite mee had gehad.

'Daar gaan we weer.' Ken klapte in zijn handen en stak een nieuwe sigaret op, al was de laatste in rook opgegaan zonder dat hij hem ook maar aangeraakt had.

Thaddeus sprong in de houding en kwam weer vlak voor Serena staan.

'Lieverd. Je redt me telkens weer. Hoe kan ik je ooit belonen?' vroeg ze, met iets meer zelfvertrouwen dit keer.

'Je hoeft me niet te belonen.'

'Je moet echt...' De rest van de zin kon ze zich niet herinneren. Ze moest even in haar script kijken.

'Op mijn feestje komen!' riep Ken uit. '*Op mijn feestje komen*! Heb je het script niet gelezen, Holly?'

'Jawel,' prevelde Serena verdedigend. Ze moest zich inhouden om die hele stapel aantekeningen op de grond niet zo het raam uit te schoppen.

'Oké, we gaan even een stukje verder.' Ken wreef over zijn opvallend rode voorhoofd. 'Laten we de grote ochtendscène doen. Dat is maar een klein beetje tekst, dus dat moet wel lukken, toch, Holly?'

'Ja hoor.' Ze had het gevoel dat ze alles verkeerd deed, ook al had ze nog maar een paar woorden gezegd. Kreeg ze dan helemaal geen tijd om er even in te komen?

'Oké, Thaddeus, jij begint,' beval Ken, met zijn nieuwe sigaret als een fakkel in zijn hand.

'Holly,' zei Thaddeus, 'ik wist dat ik je hier zou vinden.' Hij deed het uit zijn hoofd – zijn script lag nog op de bank.

'Zul je me altijd weten te vinden?' Uit haar ooghoeken zag Serena dat Ken zijn hoofd schudde. Ze liet haar script op de grond vallen. Ze kon het best. Ze ging op haar tenen staan en liet haar hoofd op Thaddeus' brede borst rusten.

'Wel als je stil blijft staan,' antwoordde hij zacht. 'Je mag nooit meer weglopen.'

'Dat beloof ik,' fluisterde Serena. Het was haar laatste beetje tekst in de film. Ze rekte zich uit, hief haar gezicht naar haar tegenspeler, bood zich aan hem aan. Ze rook tandpasta en nicotine, Kiehl's-lotion aan zijn handen, wasmiddel aan zijn kleren. Ze raakte hem nauwelijks aan, alleen haar handen lagen op zijn stevige borst, maar ze voelde zijn hele lichaam tegen het hare, van zijn sterke, brede rug tot zijn volmaakte, strakke buik, van zijn slanke, gespierde armen tot zijn in teenslippers gestoken voeten. En ze voelde nog iets: een elektrisch trillinkje in de lucht, in de smalle spleet tussen hen in. Was dit acteren of was dit echt?

'Oké,' stamelde Thaddeus. Hij deed een stap achteruit en Serena, die tegen hem aan leunde, viel een beetje naar voren.

Hij lachte nerveus. 'Ken, heb je iets te roken?'

Ken hield hem een pakje Marlboro voor en Thaddeus stak er beheerst een op.

Hij stak zijn duim in zijn broeksband en vroeg: 'Hoe vond je het, Ken?'

'Goed. Beter. Die laatste keer zag ik meer vonken. Maar Holly moet er wat meer aan trekken. Holly, we kunnen wel wat herschrijven als je moeite hebt met je tekst.'

'Hoe bedoel je?' Serena liet zich op de versleten bank zakken. Zóveel fouten had ze toch niet gemaakt?

'Als het te veel woorden zijn, snap je?' Hij sprak de woorden luid en duidelijk uit, alsof hij het tegen iemand had die niet zo goed Engels verstond. 'Als je ze niet allemaal kunt onthouden.'

Zei hij nu dat ze *dom* was?

'Nee, het gaat best,' zuchtte ze mat.

'Ze krijgt de smaak wel te pakken.' Thaddeus kwam naast haar zitten. Hij legde zijn zachte hand op haar blote knie en gaf er een bemoedigend kneepje in.

Reken maar, beaamde ze in stilte. God, was ze nu al verliefd op hem? Soms liet ze zich wel heel erg gemakkelijk inpakken.

Geen commentaar.

'Natuurlijk, natuurlijk,' haastte Ken zich te zeggen. 'We hebben alleen wat meer tijd nodig om te repeteren, denk ik. Wat vind jij, Vanessa?'

Vanessa had niet eens alles gefilmd, want ze had niet de tijd gekregen om haar apparatuur behoorlijk in te stellen. 'Het was top,' loog ze enthousiast. Het was tenslotte maar een repetitie. En zo te zien moesten er daar nog veel meer van komen.

je denkt dat je iemand kent

'Schat, ik ben weer thuihuis!' Dan stak zijn hoofd om de deur van Jenny's slaapkamer. 'Vanessa?'

'Hoi.' Vanessa kwam achter Jenny's schildersezel vandaan. De knusse kamer hing nog vol met Jenny's werk – verregende landschappen, bouwkundige tekeningen van beroemde New Yorkse gebouwen, zoals het Dakota Building in Seventy-second Street, en een paar naakten waar Dan, zag Vanessa, niet naar durfde te kijken omdat zijn zusje zélf er misschien wel tussen zat. Vanessa sloeg haar armen om Dans magere lijf en drukte hem tegen zich aan. 'Heel erg bedankt dat ik hier mag logeren.'

'We krijgen het hartstikke leuk,' verzekerde hij haar terwijl hij zich op het bed met de blauwe sprei liet vallen. 'We maken er onze Grote New Yorkse Zomer van. Ik heb het al helemaal bedacht. Wat we allemaal samen kunnen gaan doen – zo'n stomme waterfiets huren in Central Park, op onze vrije dagen bagels halen bij H&H Bagels...'

'Eh, klinkt goed, maar ik krijg het heel druk met werk, weet je? Het zal nog heel wat moeite kosten om iets van die film te maken.' Ze knikte in de richting van het computerscherm, waarop Serena van der Woodsens engelengezichtje, met de ogen halfdicht, op pauze stond. Vanessa had de repetitieopnamen van die middag zitten bekijken, en als die iets voorspelden over het eindproduct... Het leek nog nergens op.

'Op die manier.' Dan keek een beetje zielig. 'Ik snap het.'

Aan de andere kant, hoe langer Serena een zootje van de

repetities maakte, hoe meer tijd Vanessa had om met haar camerawerk te experimenteren. Ze ging Ken Mogul iets veel beters geven dan hij verwachtte. Ze had zich vast voorgenomen iets echt avant-gardistisch en ongewoons te doen, iets waarvan de regisseur en zijn producers helemaal uit hun dak zouden gaan. Hij had de naam Godard laten vallen. Maar zij wist als geen ander humor met tragiek te vermengen. Ze zou het gebruikte condoom aan Holly's schoen in beeld brengen, de morsige kant van de sprookjesprinses!

'Waar is je vader?' vroeg ze zonder overgang. Het was natuurlijk een kwestie van tijd voor ze Dans vader Rufus, een Beatdichter in een eeuwig Mets-shirt en te strakke korte broek, tegen het lijf zou lopen. Ze hoopte hem te kunnen begroeten voor ze hem midden in de nacht op de gang tegenkwam. Wie wist hoe hij dan gekleed was.

Hij haalde zijn schouders op. 'Heb je nog met Ruby gepraat?' Hij stak een hand in zijn zak en haalde er een verfrommeld pakje Camel uit. Met een sigaret in zijn mond ging hij weer op Jenny's hobbelige, smalle bed liggen. 'Ik hoop dat jullie het weer goed maken. Het leven is te kort voor die dingen, weet je?'

Ze ging naast hem liggen. 'Mm?' vroeg ze loom. Ruby had een paar verontschuldigende sms'sjes gestuurd, maar Vanessa was te kwaad geweest om ze helemaal te lezen. Ze zag steeds voor zich hoe Ruby Pjotrs puistige rug openhaalde terwijl ze het deden in het atelier – haar oude kamer. Ze legde haar bijna kale hoofd in Dans schriele hals en fluisterde: 'Ik heb nu geen zin om me daarmee bezig te houden, oké?'

'Jammer,' zei hij ernstig. 'Ik heb altijd zo'n bewondering gehad voor jullie relatie.'

'Zal wel.' Ze moest een beetje om hem lachen. 'Gaat het wel goed met je?'

Dan draaide zich naar haar om, zodat hun neuzen elkaar

bijna raakten. Vanessa kuste zijn naar rook smakende lippen. Hij streelde haar gezicht. 'Weet je, ik heb het nooit zo beseft, maar het geluk is, ik weet niet, altijd vlakbij, snap je wat ik bedoel? Net als bij ons – jij bent alles wat ik nodig heb om gelukkig te zijn en nu ben je zomaar bij me thuis. Ik bedoel, ik weet dat je veel moet werken en alles, maar ik vind het zo te gek. Het is eigenlijk zoveel makkelijker om het geluk te vinden dan om de narigheid te omarmen.'

Vanessa beet op haar lip. Ze hield van Dan, maar ze hoopte van ganser harte dat hij niet weer zo'n gênante toespraak over zijn eeuwigdurende liefde voor haar ging afsteken, net als toen op zijn diploma-uitreiking. Sommige dingen konden beter onuitgesproken blijven.

'Heb je dat op je werk geleerd?' plaagde ze. 'Ik wist niet dat de Strand ook zelfhulpcursussen voor het personeel verzorgde.'

'Ik heb het niet over mijn werk.' Hij nam beledigd een trek van zijn sigaret. 'Ik heb in mijn pauze *Siddhartha* gelezen. Het leven is gewoon zo kort... Ik bedoel, we kunnen alleen maar hopen dat we in dit leven iets van zin ontdekken, weet je?'

Het enige boek waarover Vanessa hem ooit zo vurig had horen praten was *Het lijden van de jonge Werther*, een akelig boek over een chagrijnige, depressieve gast die aan het eind zelfmoord pleegt omdat zijn vriendin met iemand anders trouwt.

'Oké, nu snap ik er officieel geen bal meer van. Waar heb je het in godsnaam over?' vroeg ze. Fronsend keek ze hem in zijn lichtbruine ogen.

'Ik heb het over de zin van het leven,' antwoordde hij sereen.

Of had hij het over een blondine met ronde billen en een griezelig goed humeur?

Disclaimer: alle namen van plaatsen, mensen en gelegenheden zijn veranderd of afgekort om de onschuldigen te beschermen. Mij, vooral.

ha mensen!

Ik heb iets heel belangrijks over mezelf ontdekt: ik ben compleet bi. Het is niet wat je denkt – ik word alleen verscheurd tussen twee 'vakantiebestemmingen' en ik heb besloten dat ik van twee walletjes ga eten. Dank de Heer voor Teterboro Airport. Een snelle rit naar het vliegveld en binnen een uur zit ik op het eiland. Zo kan ik lekker naar die surfers kijken én ja zeggen tegen alle feestjes in de stad.

Feestjes in de stad in de zomer hebben altijd zoiets exclusiefs, zoiets intiems, zonder al die ongenode gasten. Althans, bíjna zonder ongenode gasten. Niet dat we niet graag op de foto gaan, maar voor die flitsers afgaan willen we wel even zeker weten dat er geen echt zand in ons strandhaar zit. Ja, ik heb het over de paparazzi. Blijkbaar moeten die de hele zomer gewoon werken, en blijkbaar vervelen ze zich dood, want ze zitten achter die paar bekende personen (inclusief mij) aan alsof elke avond een MTV Music Awards-afterparty is.

Maar zomer en strand gaan hand in hand en ik zou nooit helemaal zonder de kust kunnen. *T*, die acteur waar je hart sneller van gaat kloppen, heeft er blijkbaar minder moeite mee, want die heeft zijn zalige onderkomen aan zee (inderdaad, het stulpje dat in die aflevering van *Cribs* te zien was) verruild voor een bloedhete hotelkamer in plakkerig New York. Dat noem ik nog eens toewijding.

AAN DE ANDERE KANT VAN DE GROTE PLAS

Ik weet dat we als Engelse kolonie begonnen zijn, maar wij hebben de oorlog gewonnen (even goede vrienden!) en daarom doen we de dingen aan deze kant van de grote plas toch een beetje anders. Zo'n koningshuis vind ik wel leuk – vooral een zekere troonopvolger en dat roodharige feestbeest van een broer van hem – maar veel dingen begrijp ik gewoon niet van die Engelsen. Om een voorbeeld te noemen: ik hoor dat een zekere jonge, hippe, blauwogige Amerikaanse, op wie we allemaal hartstikke dol zijn, tegenwoordig iets heeft met een adellijke heer die alleen maar oog lijkt te hebben voor zijn, eh... nicht? In aristocratische Engelse families is het blijkbaar volkomen normaal om je niet te vragen een hele zomer bij je te komen logeren, om hand in hand met haar in de duurste restaurants van Londen te zitten en samen stiekem een weekendje op vossenjacht te gaan. Hoezo cultuurshock?

Jullie e-mail

Beste GG,

Mijn moeder wilde per se dat ik een vakantiebaantje bij een modeblad nam. Ze zegt dat ik zo alvast iets over de echte wereld leer, maar ik heb het gevoel dat ik als enige de hele zomer in de modekast zit opgesloten om de Marc Jacobs-schoenen van vorig seizoen in dozen te stoppen en de Me&Ro-sieraden te inventariseren. Je kunt net zo goed winkelmeisje zijn. En trouwens, ik kan mijn hele leven toch nog werken, of niet soms? Moet ik niet eigenlijk naar het strand, chillen met mijn smakelijke vriendje of zo?
– In de Kast

Beste In de Kast,

Hoe denk je dat ik me voel? Ik ben er ook nog steeds, weliswaar met de airco op volle kracht en een ijskoude fles Dom naast de computer, maar hard aan het werk om jullie van de laatste roddels te voorzien. Maar even zonder dollen: trakteer jezelf gewoon op een leuke Gucci uit de zonnebrillenla. Je hebt het verdiend! (En niemand merkt het als je ook iets voor je vriendje meeneemt.)

– GG

Beste GG,

Heeft die gast *N* soms een verloren gewaande tweelingbroer? Volgens mij zag ik hem bij de Oyster Shack op het eiland, maar het kan niet dezelfde gozer zijn geweest: deze zag eruit als een bouwvakker en hij hing rond met een of andere ordinaire maar best-wel-lekkere chick uit de buurt. Enig idee wat er aan de hand is?

– Ogen op Steeltjes

Beste Ogen op Steeltjes,

Er is echt maar één *N*. Als die tegenwoordig bouwvakt, zou ik hem maar gauw vragen of hij een mooi terras voor je wil aanleggen. Misschien gaat-ie ervan zweten, dan kunnen jullie samen lekker een duik nemen!

– GG

Gezien

B, bekvechtend met de muizige handtassenverkoper van *Harvey Nichols*. In Londen hebben ze ook wachtlijsten, maar sommige meisjes hebben nooit geleerd dat geduld een schone zaak is. *S*, dolend door een onbekend deel van de *Upper East Side*, héél ver van het park, een tikje verloren en met een zak kattenbrokjes onder haar arm. Probeert ze soms een of ander raar nieuw dieet uit? **N**, op Catachungo Road in *Hampton Bays*, met een Yale-pet op en héél close met een grote onbekende in een roze topje met het **Old Navy**-logo. Hebben die tegenwoordig ook al een winkel in de Hamptons? **V**, in een bruine leren kappersstoel in een old-school kapperszaak in de **Upper West Side**, waar eigenlijk alleen mannen komen. Misschien moet iemand haar eens vertellen dat ze niet meer in Brooklyn is. **D**, op een bankje op **Union Square** met een pakje sigaretten en een dik boek over Kundalini-yoga. Broedt hij op een episch gedicht over yoga-posities voor mensen met longkanker? En wie kan het schelen? Mij wel, in elk geval.

En je weet dat je van me houdt,

gossip girl

mensen van buiten zijn óók mensen

Nate wist zijn trouwe fietsje de berm voor de Oyster Shack op te sturen zonder zijn vernederende valpartij van de dag ervoor over te doen. Toen ze hun ijsje op hadden, had Tawny hem meegenomen naar Bob's Gas 'n' Dogs om zijn wiel te laten repareren en het was weer zo goed als nieuw. Waarderend ademde hij de frisse lucht in. Hij had die ochtend maar een derde van zijn joint opgerookt, dus zijn hoofd was helder.

Dat mag wel in de krant.

Het was pas zes uur, maar de Oyster Shack zat al bomvol met mensen van zijn leeftijd, die in korte broek en hemdje patat zaten te eten en blikjes bier wegwerkten. Nate zette zijn fiets op de standaard en slenterde naar het picknickbankje waar Tawny met een ondeugend lachje om haar volle, glanzende lippen een sigaret zat te roken.

Normaal gesproken had Nate het wel een beetje sukkelig gevonden om met een meisje af te spreken en dan op de fiets aan te komen, maar nu genoot hij van de inspanning, de frisse lucht en de wind in zijn haar. Achter het stuur van de kobaltblauwe Aston Martin convertible van zijn vader, die twintig minuten hiervandaan in de garage stond, genoot hij natuurlijk ook van de wind in zijn haar, maar de auto uit 1978 was de trots van kapitein Archibald en Nate mocht er niet alleen in rijden, zeker niet in de mindere buurten van de Hamptons, zoals Hampton Bays.

Nadat ze een onschuldig ijsje hadden gegeten en Nates fiets hadden laten maken, had Tawny voorgesteld die dag samen te eten. Nate had zich gemakkelijk laten overhalen; als een goede ex-vriendin schoot Vrouwe Fortuna hem altijd weer te hulp, net als hij haar nodig had. Precies op het moment dat zijn eenzaamheid hem eronder dreigde te krijgen, was hij zomaar tegen de zelfverzekerde, sexy Tawny aangelopen.

'Je bent er,' kraaide ze, terwijl ze haar sigaret op tafel uitdrukte en de peuk in het gras achter haar gooide. Ze droeg een perzikkleurig bikinitopje en een zwart wikkelrokje waaronder haar ronde maar stevige bovenbenen goed uitkwamen. Haar haren hingen los op haar sproetige schouders en haar lipgloss had dezelfde kleur als de bikinibandjes die van haar schouders zakten. 'En niet eens gevallen.'

'Yep, geen ongelukken deze keer.' Nate schudde lachend zijn hoofd. Hij sloeg de kraag van zijn verschoten maar schone Brooks Brothers-overhemd, dat hij na het werk had aangetrokken, om en ging op het bankje tegenover haar zitten. 'Dus het gaat best goed vandaag, dacht ik zo.'

'Lekker gewerkt?' vroeg Tawny. Ze smeerde een of ander zoet vanillespulletje op haar lippen. Nate kon het van de andere kant van de tafel ruiken.

'Ach, keihard, zoals gewoonlijk.' Twee hele dagen lang had hij nieuwe planken op het dak van coach Michaels huis getimmerd. Zijn handen zaten onder de blaren en zijn armen deden zeer. 'Ik werk voor mijn coach, dus ik kan de kantjes er niet bepaald van af lopen. Hij is nogal een klootzak. Het is eigenlijk net als op de training.'

Maar dan zonder stick, bal of teamgenoten.

'Maar je mag hem best, als je de hele vakantie voor hem wilt werken,' merkte Tawny op.

Nate haalde zijn schouders op en wreef over zijn stijve nek. 'Ja, best wel.' Dat van die gestolen Viagra en het achtergehouden diploma hoefde hij haar niet aan haar neus te hangen, toch? Beter van niet.

'Arme jongen,' kirde ze. 'Misschien heb je een massage nodig. Kan ik mooi op je oefenen. Als ik van school ben word ik namelijk pmt.'

'Wat?' Hij had geen idee wat ze bedoelde. pmt? Provinciale Mega Temeier?

'Professioneel massagetherapeut, rare! Dat je dat niet weet! Ik heb mensen gesproken in zo'n wellnesscenter in Sag Harbor en misschien laten ze me daar wel stage lopen. Je weet wel, oefenen op echte mensen en zo. Ik zie het helemaal zitten.' Ze leunde over tafel en begon met twee handen verrassend krachtig Nates onderarm te masseren. Haar lange nagels krasten over zijn huid als een krabbertje over een bevroren autoruit. 'Voel je?' vroeg ze. 'Lekker hè?'

Het was inderdaad best lekker, maar Nate had veel meer belangstelling voor het uitzicht: Tawny leunde zo ver voorover dat haar indrukwekkende, peervormige borsten helemaal te zien waren.

'Dus, eh, je zit nog op school?' mompelde Nate, omdat het nu eenmaal zijn beurt was om iets te zeggen. 'Ik heb net eindexamen gedaan.' Het gaf hem een goed gevoel om dat te zeggen. Een mannelijk gevoel.

O jee.

'Ik doe volgend jaar examen,' vertelde ze terwijl ze haar handen verplaatste naar zijn borst, die pijnlijk was van al het timmeren. 'Ik wou dat het al zo ver was. Ik ben die school zo zat. Ik wil mijn diploma halen, weet je, en dan een huis in de Bays. Als je goed bent kun je in de zomer zo onwaarschijnlijk veel poen aan die vakantiegangers verdienen dat je de rest van het jaar niet meer hoeft te werken. Dat is dus mijn plan: geld verdienen door die zomerlui uit te kleden.' Ze lachte.

'Cool.' Nate kon zich maar moeilijk concentreren op wat Tawny zei, want haar borsten lagen bijna in zijn schoot. Hij had haar zo compleet weggeblokt dat ze bijna net zo klonk als de ouders in de Snoopy-cartoons. *Wah-wah-wah-wah-wah.* Haar lippen waren zo vol en perzikkleurig en glanzend en ze rook naar vanille.

Hij kwam naar voren en kuste haar voorzichtig, terwijl hij zachtjes haar wangen aanraakte. Hij proefde cola en een of ander synthetisch maar zalig fruitsmaakje.

Even later trok ze giechelend haar hoofd terug. 'Dat kunnen we nog de hele avond doen, maar ik wil ook horen wat jij voor plannen hebt,' zei ze. Ze ging weer gewoon zitten en nam zijn hand in de hare. 'Onder het eten moet je me alles vertellen.'

'Oké, best.' Nate stond op en voelde aan zijn broekzak of hij zijn portefeuille wel bij zich had. Zou de Oyster Shack de American Express Platinum Card accepteren? Hij likte langs zijn lippen, die nu ook zoet en fruitig smaakten en zijn biertje vast in een soort piña colada zouden veranderen. 'Laten we iets te eten halen, dan vertel ik je mijn hele masterplan.'

Nate Archibald heeft een masterplan?

'Klinkt indrukwekkend.' Tawny stond giechelend op en pakte haar sigaretten, aansteker en met gespen bezaaide xoxo-tas van goudkleurig nepleer.

'Oké, over een paar maanden ga ik naar Yale...'

'*Yale*? Echt waar? Jezus, dat is echt een goede school.' Ze gaf Nate een arm. 'En een dure.'

Maar ja, met onderwijs is het net als met tassen – goedkoop is duurkoop.

b staat voor bruid

Blair Waldorf sloeg haar benen over elkaar en liet zich tegen de hoge rugleuning van de diepbruine leren fauteuil zakken. Ze bracht het witte porseleinen kopje naar haar lippen, nam een piepklein slokje lauwe thee en glimlachte naar Jemima, de verkoopster die zich over haar heen boog. Jemima overhandigde haar een blauw leren mapje en zei met een nerveus lachje: 'Miss Waldorf, als u zover bent.'

Blair sloeg het mapje open; erin zaten haar zwarte American Express-kaart, een bon en een pen. Ze pakte de pen en zette zonder te kijken haar handtekening op de stippellijn.

'Prima. Ik heb uw aankopen al laten inpakken, ze worden zo naar Claridge's gebracht. Kan ik nog iets voor u doen? Een taxi bellen misschien?'

'Nee, dank u.' Ze glimlachte innemend. 'Ik denk dat ik maar eens ga lopen.'

Ze had een uur lang in een heerlijke stoel in een apart kamertje in de nieuwe boetiek Kid in West-Londen gezeten, terwijl Jemima, een aantrekkelijke brunette met een droevig gebit, alle laarzen die ze maar verkochten voor haar tevoorschijn haalde. Onder het passen van die twintig-en-nog-wat paar had ze twee kopjes thee gedronken, de nieuwe Franse *Vogue* doorgebladerd en lord Marcus gebeld. Voicemail. Ze vroeg zich af of hij op kantoor zat of met Camilla iets aan het doen was – nieuwe croquethamers kopen bijvoorbeeld, of...

Of wát?

Blair gaf nooit zo snel op en ze was niet van plan om zich

door wat er gisteren gebeurd was gek te laten maken. Misschien moesten Marcus en Camilla hier gewoon even doorheen. Ze zouden vast snel weer op elkaar uitgekeken zijn. Trouwens, Marcus zou compleet Camilla's naam vergeten zodra hij één glimp opving van Blair in haar nieuwe zwarte slangenleren laarzen en nieuwe zwarte kanten korset met bijpassend short, die ze die avond onder het genot van champagne en chocola in haar hotelkamer aan hem wilde showen.

Ze stopte de nog warme creditcard in haar nieuwe Smythson-portemonnee, borg de portemonnee op in de handbeschilderde Goyard-tas die ze gisteren op de kop had getikt en liep de winkel uit. Ze was één keer eerder in Londen geweest, met haar ouders, toen ze twaalf was. Ze hadden in het Langham Hotel gelogeerd, de Old Ben en Buckingham Palace bezocht, de kroonjuwelen bewonderd, het wisselen van de wacht gezien, thee gedronken en scones gegeten. Voor zover ze zich kon herinneren, had ze het grootste deel van de tijd naar Madonna op haar iPod geluisterd. Maar toen was ze als *toerist* in Londen. Nu ze hier woonde was het allemaal heel anders.

Iedereen zei altijd dat Londen zo grauw was, bewolkt, mistig en deprimerend, maar deze hele week had er een stralend zonnetje geschenen. De bomen stonden vol in blad, op elke straathoek lag een parkje en de gebouwen waren allemaal even mooi en sierlijk. Iedereen zei ook altijd dat de Engelsen zo gereserveerd waren, met hun slechte tanden en vette accent, en hoewel die tanden en dat accent inderdaad wel wat afleidden, was iedereen die Blair tot nu toe gesproken had niets anders dan beleefd geweest.

Maar natuurlijk – ze sprak alleen verkopers die op commissiebasis werkten.

Blair keek nog een keer naar haar mobiel: geen berichten. Ze mikte de telefoon weer in haar tas. Ze begreep best dat een heer veel aandacht aan zijn gast moest besteden – familie was heel belangrijk voor de Engelse upper class – en Camilla was enig. Echt enig. Ook al zag ze eruit als een worm uit een griezelige tekenfilm. Dus Blair begreep het best, echt. Maar ze wilde nu wel eens een beetje leven in de brouwerij, en hoe langer lord Marcus haar liet wachten, hoe onrustiger en begeriger ze werd. Misschien was dit allemaal gewoon een truc om haar zoveel mogelijk op te winden?

Eh, misschien.

Slenterend in de richting van haar hotel voelde Blair zich net een kruising tussen Julia Roberts in *Pretty Woman* – in die scène waarin ze met een enorme zwarte hoed op gaat winkelen en de verkopers in de winkels voor haar buigen als knipmessen – en Audrey Hepburn in *My Fair Lady*, de mooie Londense straatmeid die een gevierde schoonheid van de high society wordt. Alleen was Blair hoer noch straatmeid. Maar wie daarop let...

Ze keek zoekend om zich heen, maar elke etalage, elke luifel kwam haar bekend voor. Had ze echte álle winkels in haar buurt al gehad? In Londen was het niet moeilijk om mooie kleren te vinden, en de wisselkoers maakte het nog aantrekkelijker. Blair merkte het meteen na aankomst: ze moest contant geld hebben voor een taxi en stond versteld van het aantal vrolijke, pastelkleurige bankbiljetten dat ze kreeg in ruil voor haar saaie ouwe dollars. De man van de bank gaf haar zelfs een handvol kleingeld, waaronder een raar zeshoekig muntje en een paar dikke, zware munten die elk één heel pond waard waren. Als de Engelsen munten gebruikten voor dingen waar Amerikanen biljetten voor hadden, dan was dit natuurlijk een koopjesparadijs. Niet dat zij het nou van koopjes moest hebben.

Blair stond voor een gebouw dat op het eerste gezicht een woonhuis was: een groot, licht herenhuis met hoge, glanzend gepoetste ramen en bloembakken op de vensterbanken. Maar na een leven van shoppen had Blair er een zesde zintuig voor ontwikkeld; ze voelde het gewoon als er iets bijzonders in de buurt was. Door het raam op de begane grond zag ze een rijk versierde Chinese vaas met witte camelia's op een mooie vergulde tafel. Geen spoor van kleren, maar Blair wist absoluut zeker dat er binnen iets fantastisch te halen viel.

Ze belde aan en de deur zoemde. Nadat ze hem opengeduwd had stond ze opeens in de marmeren hal van het imposante huis. Op de lichte, open benedenverdieping stonden eenvoudige displays: een ongelooflijke tas van groen krokodillenleer op een gebroken Korinthische zuil, badend in de zachte gloed van een spot; adembenemende rode fluwelen schoentjes op een satijnen kussen. Ze zagen er zo zacht uit dat Blair er niet van af kon blijven. Een lang Indiaas meisje met lang, dik haar lachte naar haar van achter een antiek jugendstilbureau. Blair voelde zich niet helemaal op haar gemak in haar Rock & Republic-spijkerbroek, zijden Eberjey-hemdje en goedkope sandalen, maar ze was niet van plan rechtsomkeert te maken.

'Ik ben Lyla,' zei de verkoopster met een afgemeten Engels accent. 'Zeg het maar als ik iets voor u kan doen.'

Blair liep naar de sierlijk gebogen trap. Afgaand op haar gevoel beklom ze statig de marmeren treden. Dit was *precies* zo'n trap als die in *My Fair Lady*, in die scène waarin Eliza haar intrede doet in de high society. Zie je wel, het leven imiteert weer eens de kunst.

De eerste verdieping was bijna leeg, op een passpiegel na die aan de andere kant tegen de muur stond en tot aan het plafond reikte. Zonlicht stroomde naar binnen. Blair bleef even staan en stelde zich voor dat dit haar eigen kleedkamer was. Midden in de ruimte hing aan een glazen hanger een lange witte jurk. Hij was van zijde, schuin geknipt, en hij leek te ademen alsof hij een eigen leven leidde. Hij was... zo mooi. De vrouw die zo'n jurk droeg was de ster van een oneindig liefdesverhaal. Blair stak als gehypnotiseerd een hand naar de jurk uit. Was het waar? Het was waar.

Het was een trouwjurk.

Het was háár trouwjurk.

'Wilt u hem misschien passen?'

Blair draaide zich met een ruk om en daar stond Lyla. Ze had haar niet de trap op horen komen.

'Ja, absoluut,' fluisterde Blair bijna. 'Ik zal hem nodig hebben, denk ik.'

En waarvoor dan wel?

De winkel bediende maar één klant tegelijk, dus pashokjes waren niet nodig. Dit legde Lyla aan Blair uit terwijl ze de glazen hanger van zijn haak haalde en Blair haar kleren praktisch van haar lijf rukte. Ze pakte de jurk aan en stak haar hoofd erin. De chiffon was zacht en luchtig als verse slagroom en ze huiverde toen ze de stof langs haar huid voelde glijden.

Blair, die pas in de spiegel wilde kijken als alles perfect zat, stond bij het raam en keek neer op de weelderige tuin achter de winkel.

'Hier, deze doen we ook even om.' Lyla hield een fijn gouden kettinkje omhoog en deed het Blair om. 'Ik denk dat je nu wel even kunt kijken,' zei ze zacht, en ze draaide Blair naar de spiegel.

Blair liep voorzichtig door de kamer, met de jurk een beetje omhoog opdat ze niet op de zoom zou trappen. Voor de spiegel stond een kleine verhoging. Ze wilde niet kijken voor ze helemaal goed stond. Ze stapte op de verhoging, liet de jurk los, schudde haar haar uit haar gezicht en keek naar haar spiegelbeeld.

'Oooo!' zuchtte ze.

Daar was het dan: de toekomst. Blair had nog nooit zo'n perfecte jurk gezien. Hij was zo betoverend, zijn schoonheid straalde gewoon op haar af. Ze was niet eens behoorlijk opgemaakt, maar haar huid had er nog nooit zo vlekkeloos uitgezien. Ze had de verkeerde beha aan maar haar borsten waren nog nooit zo vol geweest. Ze had het gevoel dat ze zo van de omslag van het bruiloftsnummer van *Town & Country* afgestapt was. Die oude theorie – dat je het op een of andere manier wéét als je de juiste trouwjurk gevonden hebt – leek toch echt waar te zijn.

Ze zouden trouwen in de St. Patrick-kerk op Fifth Avenue en voor de gasten alle kamers van het St. Clair afhuren. Haar vader zou haar met tranen in zijn blauwe ogen weggeven en zachtjes zeggen: 'Ik hou van je, Beer.' Marcus zou de hele plechtigheid lang op die intieme manier van hem haar hand vasthouden, waardoor ze wist dat ze niet alleen smoorverliefd op elkaar waren, maar dat hij ook haar beste vriend was.

'Wat een schoonheid hè?' Lyla sloeg haar armen over elkaar. Ze stond achter Blair en glimlachte goedkeurend. Blair zag haar kijken in de spiegel.

'Hij is gewoon perfect,' hijgde ze zonder haar blik van de eindeloze sleep van pure witte zijde af te wenden.

'Heeft u al een datum?'

Eh, moest ze misschien eerst even het aanzoek afwachten? En trouwens, ze zou toch gaan studeren?

'Ik neem hem,' verklaarde Blair.

'Natuurlijk,' stemde Lyla in. 'U zult er geen spijt van krijgen. Hij zal hem prachtig vinden.'

Blair knikte als betoverd, nog steeds starend naar haar spiegelbeeld.

'En de ketting?' wilde Lyla weten.

Waarom niet? dacht Blair.

Welja, waarom niet?

d heeft beet

Dans enige klacht over zijn baan bij de Strand was dat de boekwinkel één essentiële, moderne voorziening miste: airconditioning. Die ochtend werkte hij in de kelder, waar helemaal nergens frisse lucht binnenkwam. Hij bemande er de informatiebalie en hield de speciale bestellingen bij, zoals het verzoek om een fotokalender over huidziekten. Na een paar martelende uren moest hij dringend een luchtje scheppen.

Als je roken 'een luchtje scheppen' wilt noemen.

Zodra zijn vervanger – een norse en zwijgzame man die Brent heette en al zo'n twintig jaar in de winkel werkte – er was om zijn plaats in te nemen, rende Dan de smalle trap op naar buiten. Langs het vierkante gebouw liep een betonnen rand waar hij op ging zitten. In de koele schaduw stak hij een sigaret op.

Voorbijgangers snuffelden in de grote bakken die de Strand buiten had staan, vol mega afgeprijsde boeken die niemand wilde hebben, zoals *Herdenkings- en verzamelmunten uit Canada* en *Tijger: het waargebeurde verhaal over een hond die op katten viel*. Dan deed zijn ogen dicht en sloot zich af voor het gekwebbel van de koopjesjagers. Hij nam een flinke trek van zijn sigaret en dacht aan Herman Hesses *Siddharta*: 'Liefde ontwaakte in de harten van de jonge dochters van de Brahmanen als Siddhartha door de straten van de stad liep, met zijn stralende gelaat, zijn keizerlijke blik, met zijn slanke heupen.' Dan kon er niets aan doen, maar hij zou best Siddhartha willen zijn, of in elk geval meer op Siddhartha willen lijken.

Hij wou dat hij met iemand over het boek kon praten,

vooral nu zijn poging om het er met Vanessa over te hebben op niets was uitgelopen.

Een tikje op zijn schouder haalde hem uit zijn gepeins. Hij deed zijn ogen open.

'Dan?' Bree stond voor hem als een mooie, blonde Brahmanendochter die hem in al zijn Siddharthaheid kwam bewonderen. Wie zei ook alweer dat dromen bedrog zijn?

'Hoi.' Hij kwam vlug overeind. Bree droeg een strak groen hemdje en een kort wit stretchbroekje. Haar blonde haar zat in twee keurige staartjes en op haar wangen lag een levendige, gezonde blos.

'Rook jij?' vroeg ze ongelovig.

'Eh, nee.' Dan liet zijn sigaret vallen en maakte hem met zijn voet uit. 'Ik hield hem alleen even vast voor iemand. Steve. Hij moest even naar binnen.'

Goed verhaal, Shakespeare.

'Pfff.' Ze blies haar adem uit en wapperde met haar handen. 'Roken is zó slecht voor je.'

'O, zeker,' beaamde Dan ernstig terwijl hij zijn handen aan zijn groene corduroy broek afveegde. 'Ontzettend slecht.'

'Ik ben zo blij dat ik je zie!' Bree hupte op het randje en zwaaide met haar benen als een kind dat nodig moet plassen maar geen zin heeft om van de schommel af te komen. 'Nu kan ik je tenminste vertellen hoe goed ik *Siddhartha* vond.'

'O ja? Te gek zeg. Ik ben het zelf ook net aan het herlezen.'

'Echt? Wat een grappig toeval.'

Ja hoor. Toeval.

'Je vond het dus wel een interessant boek?' vroeg Dan, die zijn benen over elkaar sloeg. Hij hoopte dat het gebaar intellectueel en tegelijk sportief overkwam. 'En wat wilde je nu gaan lezen?'

'Ik ga een boek lezen waar mijn yogaleraar mee bezig is. Het gaat over het verbeteren van de communicatie tussen de hersenen en andere organen, door middel van meditatie en yoga en chanting. Het heeft iets van vijftig hoofdstukken en de meeste zijn wel honderd bladzijden lang. Hij heeft er elf jaar over gedaan om het te schrijven en nu wil hij proberen het uitgegeven te krijgen en hij heeft mij gevraagd om het eerst te lezen. Mij! Stel je voor! Ik vind het zo'n eer.'

Een eer? Het klinkt meer als een zware last op haar ontspannen yoga-schoudertjes.

'Trouwens, ik moet wel bekennen,' vervolgde ze, terwijl ze Dan recht in zijn ogen keek, 'dat ik niet alleen gekomen ben om over boeken te praten.'

'O nee?' Dan keek blozend naar de grond en schopte naar de sigaret die zogenaamd niet van hem was. Hij wou dat hij hem terug had.

'Nee, ik wilde vragen of je zin hebt om een keer af te spreken. Ik weet dat het best bijdehand klinkt, maar ik geloof nou eenmaal in risico's nemen, weet je. Ik geloof dat de kosmos doortastende acties beloont, jij niet?'

Dan knikte vurig.

'Maar goed, ik ben een beetje alleen deze zomer. Ik ben hier in Greenwich Village opgegroeid, maar ik heb in het westen op kostschool gezeten, dus ik ken eigenlijk niemand meer in de stad. In de herfst ga ik in Californië studeren, maar ik heb geen zin om mijn laatste vakantie in de stad helemaal in m'n eentje door te brengen.'

'Nee, natuurlijk niet,' zei Dan begripvol. 'Ik wil graag iets met je afspreken.'

'Top!' riep Bree uit. Ze sprong van het randje af. 'Hoe zit het met je schema?'

'Ik werk overdag. Dus na zessen kan ik altijd wel.'

'Cool. Denk je dat je zin hebt in Bikram?'

'Ja hoor.' Dan knikte, al wist hij niet wat Bikram was. Hij ging niet zo vaak uit.

'Top!' jubelde ze weer. 'Geef me je nummer, dan bel ik je nog even, maar zullen we zaterdag zeggen?'

Dan gaf zijn nummer en ze toetste het in in haar hippe roze Razr. Hij was al veel langer met pauze dan eigenlijk mocht, maar toen Bree weg was, moest hij toch snel nog een Camel opsteken om weer kalm te worden. Hij had nog nooit van Bikram gehoord – was het een of andere trendy club of zo? Een nieuw Indiaas restaurant? Misschien was het wel een hippe nieuwe cultfilm. Hem maakte het allemaal niets uit. Vanessa was druk aan het filmen en hij had een spannende afspraak met een lief, mooi meisje dat van lezen hield.

O ja, spannend wordt het zeker.

licht, camera, maar geen actie

'Stop maar!' blafte Ken Mogul. 'Kut!' Hij smeet zijn fluorescerend groene clipboard op de grond en kwam met een sprong uit de draaistoel waarin hij onderuit gezakt toe had zitten kijken. 'Tien minuten, jongens. Ik moet godverdomme echt even roken.'

Met trillende vingers hield Serena haar Gauloise bij de zilveren Zippo van Thaddeus. Ze inhaleerde diep, maar de nicotine had weinig effect op haar overspannen zenuwen. Het bleek moeilijker te zijn dan ze dacht om al die tekst te onthouden en goed op te zeggen. Bovendien was het doodgriezelig dat die Ken, de grootste freak uit de filmwereld, elke vijf seconden tegen haar begon te krijsen.

'Maak je maar niet druk om hem,' zei Thaddeus geruststellend, terwijl hij zijn handen door zijn donkerblonde krullen haalde en haar met zijn mooie lichtblauwe ogen aankeek. Hij sloeg een arm om Serena's schouders en drukte haar tegen zich aan. 'Ik weet dat het niet meevalt, en persoonlijk vind ik dat je het geweldig doet voor je eerste film. Maar we hebben een krap schema, weet je, en hij wil de producers graag te vriend houden. Geloof me, het heeft niets met jou te maken.'

'Denk je dat echt?' vroeg Serena, zich koesterend in Thaddeus' beschermende omhelzing. Normaal gesproken zou ze niet zo klef doen met een jongen die ze pas een paar dagen kende, maar Thaddeus was geen gewone jongen. Het was niet alleen dat hij een beroemd filmster was; ze speelden dat ze verliefd waren en voor die stomme climax hadden ze al acht keer gezoend. Daarom voelde het heel vertrouwd om als oude vrienden tegen elkaar aan gekropen op de bank te zitten.

'Even luisteren!' bulderde de regisseur, die met grote stappen de kamer in kwam en zijn pakje Marlboro weer in het borstzakje van zijn gekreukelde spijkeroverhemd stopte – een overhemd waarvan vreemd genoeg de mouwen waren afgeknipt, zodat het eigenlijk meer een vest was.

Serena rilde toen ze zijn stem hoorde en Thaddeus legde zijn hand beschermend op de hare.

'Het werd me even te veel,' zei Ken verontschuldigend. 'Laten we er voor vandaag maar mee stoppen, oké? Vanessa en ik moeten toch de shotlijst nog doornemen, maar ik wil wel dat jullie twee eraan blijven werken. Ga samen uit eten – ik trakteer.'

'Bedankt, Ken.' Thaddeus ging staan om zich uit te rekken. Hij gaapte hartgrondig en ademde de zware geur van zweet en Carolina Herrera for Men. 'Het was ook een lange dag. Ik kan wel iets te drinken gebruiken.'

'En dit geeft je gelegenheid om aan jullie chemie te werken, hè Holly? Leer je tegenspeler kennen. Praat met hem, luister naar hem, leer van hem. Ik wil jullie zien *spetteren*, oké?'

Serena knikte en drukte haar sigaret uit in de parelmoeren asbak die wankel op de armleuning van de bruine leren bank stond. Ze kon best spetteren, zeker met Thaddeus, maar misschien niet als Ken stond te kijken.

'Mooi,' gromde de regisseur gemelijk. 'Wegwezen dus, ga een hapje eten. Dat is jullie huiswerk.'

Eten met een superaantrekkelijke Hollywoodster? Krijg je daar extra punten voor?

Nadat ze zich tegoed hadden gedaan aan de beste steak tartare van de stad – bereid met verfijnde kwarteleitjes en geserveerd met een gezonde portie frites met zeezout – verlieten Serena en Thaddeus As Such in Clinton Street, die zomer de hipste en drukste eetgelegenheid van New York. Ze hadden een fles Veuve Clicquot soldaat gemaakt en als dessert chocoladetaart met verse bosbessen gegeten, en Serena had lichtelijk aangeschoten het verhaal over Hanover Academy verteld, de school die haar voor het afgelopen schooljaar niet meer terug had willen hebben.

De zomer ervoor had ze in Europa doorgebracht, feestend met haar broer Erik en flirtend met alle Fransen. Erik was in augustus naar Brown vertrokken, maar Serena was blijven hangen. School leek gewoon zo saai en nutteloos als de stranden in Saint-Tropez er zelfs in september nog zo uitnodigend bij lagen. Gelukkig was Constance Billard, de particuliere meisjesschool waar ze sinds de kleuterklas op had gezeten, zo vriendelijk geweest haar terug te nemen.

'Ik dacht al dat ik naar een of ander derderangs schooltje zou moeten en voor de rest van mijn leven bij mijn ouders wonen,' bekende ze. 'En nu speel ik zomaar in een film, ik woon op mezelf en in de herfst ga ik naar Yale.' Ze lachte verleidelijk en een beetje dronken naar Thaddeus. 'Je weet dus maar nooit hoe het loopt.' Eigenlijk vroeg ze hem haar te kussen. Maar ze zaten in een druk restaurant vol nieuwsgierige roddelaars – het was maar goed dat hij niet op haar uitnodiging inging.

'Zullen we gaan?' had Thaddeus toen gevraagd, alsof hij popelde om ergens alleen met haar te zijn.

Op het moment dat het stel de kokend hete straat op liep, werden ze opgeschrikt door een plotseling, doordringend gegil.

'Thad! Thad!' Een zwaarlijvige, bebaarde figuur kwam vanuit de schaduw tevoorschijn, gewapend met een camera. Al fotograferend rende hij op hen af en een felle flits verlichtte de verder donkere straat.

Thaddeus sloeg zijn arm beschermend om Serena's middel. Op zijn knappe gezicht lag een gemaakte maar nog steeds charmante glimlach.

Serena glimlachte ook. De societybladen waren erg in haar geïnteresseerd, dus ze was het gewend om gefotografeerd te worden. Ze had zelfs een paar keer model gestaan, maar het was wel een beetje eng om zo te worden opgejaagd.

'Wegwezen,' zuchtte Thaddeus. Hij zwaaide naar de fotograaf. 'Oké, man, prima, zo is het mooi geweest. We gaan ervandoor.'

Maar de man kwam achter hen aan, dansend en springend als een bokser, zo snel klik-klik-klikkend met die camera dat het klonk als een machinegeweer. Hij had z'n camera blijkbaar op de continu-opnamestand gezet.

'Zo is het wel genoeg,' zei Thaddeus, een beetje strenger deze keer. Hij trok Serena aan haar arm mee naar de overkant van de straat. 'Kom mee. We gaan.'

Serena bleef glimlachen, maar haar grote blauwe ogen zochten onrustig naar een taxi.

'Wie is dat, Thad?' informeerde de fotograaf achter hen. 'Wat heb je vanavond aan, Thad?' vervolgde hij op bijna spottende toon. 'Wat ben je mooi, schatje. En wat heb jij aan?'

Wat ze aanhad was haar favoriete zwarte Les Best-jurkje, met daaronder haar zwarte balletschoentjes, maar ze was te geschrokken om haar mond open te doen.

'Zo is het genoeg, man!' schreeuwde Thaddeus kwaad.

Had hij een stunt à la Cameron Diaz in gedachten?

Thaddeus stapte de rijbaan van Clinton Street op, zwaaiend met zijn armen als een drenkeling die op een onbewoond eiland de aandacht van een overkomend vliegtuig probeert te trekken. Een taxi stopte aan de stoeprand. Thaddeus duwde Serena erin, ging naast haar zitten en smeet het portier dicht. De fotograaf drukte zijn camera bijna tegen het raampje en

Serena verborg haar gezicht tegen Thaddeus' brede schouder. Ze voelde zich een beetje zoals prinses Diana zich vlak voor haar dood gevoeld moest hebben.

'Rijden, rijden!' blafte Thad tegen de chauffeur.

Terwijl ze wegscheurden, riep de fotograaf hen na: 'Dat staat morgen voor op de *Post*!'

Op de hoek van Seventy-first Street en Third Avenue betaalde Thaddeus de chauffeur en stapte uit om het portier voor haar open te houden. Hun voetstappen galmden in de nacht en het verkeer op Second Avenue klonk een beetje zoals de zee. Serena ging op de eerste trede van het trappetje naar haar huis staan en draaide zich om. Zo kon ze Thaddeus recht in de ogen kijken.

'Kom je boven nog even wat drinken?' vroeg ze, vastbesloten de avond niet door het akelige incident met de paparazzo te laten vergallen. Dit was tenslotte de eerste keer dat ze Thaddeus voor zich alleen had. Er was geen boze regisseur in de buurt, geen veeleisende cameravrouw, geen script waar ze zich aan moest houden. Deze kans mocht ze niet laten lopen.

Hij haalde zijn schouders op. 'Misschien kunnen we hier gewoon even gaan zitten.' Hij liet zich op het trappetje zakken. 'Alles goed met je?'

'Best hoor,' zei ze zacht. Ze trok kies haar jurkje naar beneden voor ze naast hem ging zitten.

'Die kutfotograaf,' gromde hij verontwaardigd.

Serena legde een hand op zijn been. 'Dat is gewoon een klootzak.' Ze glimlachte vrolijk naar hem. 'Maak je niet druk over die gast. Kom boven, dan maak ik een lekkere koude mojito voor je.'

'Soms ben ik het gewoon zo zat – zoals ze tegen je praten, alsof ze je kennen of zo. Zoals hij "Thad" tegen me zei...' vervolgde Thaddeus zonder op haar uitnodiging in te gaan. Serena keek naar het schijfje maan boven een van de hoge gebouwen in Seventy-second Street. 'Het is vast best zwaar voor je. Ik bedoel, mensen denken natuurlijk dat ze je kennen. Ze zien je films, lezen over je in tijdschriften.'

Maar ze gaan nooit intiem met hem uit eten, de arme zielen.

'Ik bedoel, ik hèèt verdomme niet eens Thaddeus.'

'Hoe bedoel je?' vroeg ze verward.

'Ik heet Tim. Mijn agent vond Thaddeus pakkender.'

'Blijkbaar had hij gelijk.' Serena knikte, en meteen vroeg ze zich af of zij ook een andere naam moest aannemen. Misschien was dat goed voor haar carrière. Serena van der Woodsen is zo'n doodgewone naam.

Hij haalde een pakje sigaretten uit zijn zak. 'Hier is het tenminste rustig,' zei hij terwijl hij er een opstak.

Zo is dat. Hier bij mij ben je veilig. 'Geen fotograaf te bekennen,' giechelde Serena. 'Alleen jij en ik.'

'Werkend aan onze chemie,' lachte Thaddeus. 'Ons huiswerk. Chemiehuiswerk. Scheikunde, snap je?'

Houd jij je maar liever aan het script, jongen.

Serena had huiswerk nog nooit zo leuk gevonden, en ze wist zeker dat ze er een tien voor zou krijgen. De vraag was alleen hoe ze zich tegen hem aan moest vleien zonder dat hij dacht dat ze aan het oefenen was. Hij moest haar wel als Serena zien en niet als Holly, en het verschil voelen tussen nepzoenen en het echte werk.

'Hé hallo daar,' zei een stem boven hun hoofd. Het was Jason, haar benedenbuurman, gekleed in een marineblauw krijtstreeppak. Zijn geel en blauw gestreepte stropdas zat losjes om zijn hals en het boord van zijn witte overhemd was losgeknoopt. Ze had hem sinds hij haar die eerste dag was komen redden niet meer gezien en was hem eigenlijk alweer een beetje vergeten.

'Hoi Jason.' Serena wilde beleefd tegen hem zijn, maar ze hoopte heel erg dat hij snel weer weg zou gaan. Hij was aardig en best leuk, maar Thaddeus en zij moesten verder met hun huiswerk.

'Hé, hoe gaat-ie?' Thaddeus praatte op dezelfde vriendelijke, flirterige toon als hij in de talkshows altijd deed. Zonder op te staan stak hij een hand naar Jason uit. 'Ik ben Thaddeus.'

Jason kwam het trappetje af. 'Ik ging alleen even mijn post halen. Ha, ik ben Jason.' Hij gaf Thaddeus een stevige hand. 'Leuk je te zien.'

'Neem een traptree,' grapte Thaddeus terwijl hij een stukje opschoof. 'Er zijn er genoeg.'

'We kunnen ook bij mij wat gaan drinken,' stelde Serena hoopvol voor.

'Waarom haal ik niet gewoon een paar biertjes?' bood Jason aan. 'Ik heb binnen nog wel wat. Dan hoeven we niet al die trappen op.'

'Prima. Ik vind het hier eigenlijk wel zo prettig. Lekker windje. Goed gezelschap.' Thaddeus grijnsde naar Serena.

'Vind ik ook.' Ze glimlachte terug, al was ze veel liever alleen met hem naar boven gegaan. Als hij een lekker windje wilde, kon ze altijd een raam openzetten.

Jason woonde op de begane grond. Binnen een tel was hij terug met drie koude flesjes Heineken.

'Bedankt.' Thaddeus wipte met een zucht het dopje van zijn flesje en gooide het op de tree onder hem.

'Lange dag gehad?' vroeg Jason.

'Echt wel,' beaamde Thaddeus. 'Wat doe jij?'

'Ik loop stage bij Lowell, Bonderoff, Foster en Wallace,' legde Jason uit voor hij een flinke slok bier nam. Serena keek op haar horloge. Het was echt een heel boeiend gesprek, maar eigenlijk lag ze veel liever te weken in een geurig schuimbad.

'Dat zijn mijn advocaten!' riep Thaddeus verrast uit, alsof Jason de interessantste persoon was die hij ooit had ontmoet. 'Je kent zeker niet toevallig Sam?'

'Alleen van horen zeggen,' antwoordde Jason. 'Die zit toch op het kantoor in Los Angeles?'

Een zacht briesje blies Thaddeus' warrige haar van zijn voorhoofd. 'Een echte pitbull, die man. God, ik weet nog dat ik een keer met een studio een conflict had over een contract en...'

'Wat is de wereld toch klein.' Serena gaapte en strekte haar tenen in de zwarte balletschoentjes.

'Op een kleine wereld.' Thaddeus stak zijn flesje omhoog en tikte die van Serena en Jason aan.

Serena dronk haar flesje in één teug leeg en schoof wat dichter naar Thaddeus toe. Ook al was hun gesprek dodelijk saai, ze wist dat ze in gezelschap van twee aardige jongemannen was, die haar als ze per ongeluk te veel dronk en zelf niet meer kon lopen zonder morren vier trappen op zouden dragen.

Tenslotte had ze altijd kunnen rekenen op de welwillendheid van vreemden.

runaway bride

Blair Waldorf stormde de lobby van het Claridge's in als een vrouw met een heilige missie, en dat was ze ook. Ze wilde zo snel mogelijk naar haar suite om alles wat ze had laten bezorgen nog eens goed te bekijken. Ze was vooral geïnteresseerd in een hernieuwde kennismaking met de adembenemende trouwjurk, haar grootste aankoop die week. Ze had er tienduizend pond voor betaald, wat zelfs voor haar behoorlijk veel was, maar zo'n volmaakte jurk was elke cent van dat bedrag waard. Blair wist dat haar moeder er ook zo over zou denken. En zo niet, dan zou haar vader, Harold J. Waldorf, het wel met haar eens zijn. Haar vader was een schat van een homo die in Zuid-Frankrijk van het goede leven genoot en als iemand begreep hoe blij je werd van de perfecte trouwjurk, dan was hij het wel.

Ze was toch al van plan geweest samen met haar lieve ouwe vader een weekendje naar Parijs te gaan – en het werd nu ook wel eens tijd dat Marcus kennismaakte met haar ouders. Via de Tunnel was je er in een paar uur, en ze zou het enig vinden om met haar vriendje zo'n romantische treinreis te maken en nicht Camilla thuis te laten. Terwijl ze met grote stappen door de lobby beende zag ze de receptioniste achter de balie staan. *Mooi zo*, dacht Blair. Kon ze haar alles mooi laten regelen. Blair liep op de vrouw af, die in een of andere leren map iets stond op te schrijven.

'Ik heb hulp nodig,' zei Blair op eisende toon. 'Tickets naar Parijs.'

'Mevrouw! Mevrouw, eh, Beaton-Rhodes?' vroeg de receptioniste, een kleine, verzorgde Aziatische vrouw met een rond John Lennon-brilletje en een zakelijk kapsel.

'*Miss Waldorf*, zult u bedoelen,' verbeterde Blair.

Dat 'mevrouw Beaton-Rhodes' kwam nog wel.

'Maar natuurlijk,' zei de receptioniste verontschuldigend. 'Ik was net bezig met uw reservering voor volgende week. U wilde toch nog een week blijven?'

'Ja ja.' Blair wapperde met haar hand. Ze had dingen te doen. 'Zoals ik al zei, ik wil naar Parijs. Nu meteen, dus.'

'Prima. Ik heb alleen een creditcard nodig. Voor de kamer, bedoel ik.'

'Kunt u niet gewoon een rekening naar lord Marcus sturen?' vroeg Blair geërgerd. 'Hij regelt het namelijk allemaal.'

'Op die manier,' knikte de receptioniste, en ze maakte een aantekening in haar leren boek. 'En komt de lord binnenkort weer langs? We hebben een handtekening van hem nodig.'

'Ik weet het niet precies,' bekende Blair. Ze zou zo meteen een heerlijk romantisch avondje voorbereiden – lingerie, champagne, de hele handel – maar eigenlijk had ze hem de hele dag nog niet gesproken, dus hij wist niet eens dat ze hem die avond verwachtte.

'Tja, ik vrees dat we een tijd moeten afspreken waarop de lord de papieren komt tekenen,' hield de receptioniste vol.

'Best,' snauwde Blair, 'ik spreek wel iets af.'

Een groepje Italiaanse toeristen slenterde voorbij en maakte in het wilde weg kiekjes van een kokende Blair.

'Ziet u, miss...'

'*Waldorf*,' herhaalde ze.

'Miss Waldorf, die handtekening moet morgen op de rekening staan, anders moet de suite helaas ontruimd worden. We hebben namelijk een andere geïnteresseerde.'

'Prima,' antwoordde Blair koel. 'Ik bel hem meteen wel

even.' Ze pakte haar mobiel en drukte op het enige nummer in haar telefoonboek.

De telefoon van lord Marcus ging over, maar zoals ze had kunnen voorspellen werd er niet opgenomen. Ze besloot geen boodschap in te spreken. Dat had ze die dag al drie keer gedaan. Hij moest niet denken dat ze gestoord was.

En een trouwjurk kopen is niet gestoord?

'Hij neemt niet op,' zei Blair tegen de receptioniste. Ze had inmiddels een Madonna-achtig Engels accent opgepikt, ook al was ze nog maar een paar dagen in Londen. 'Hij heeft het nu druk op zijn werk, maar vanavond zal ik vast wel iets van hem horen. Ik zorg dat hij langskomt om een en ander te regelen, oké?'

'Prima.' De receptioniste knikte. 'Maar vergeet alstublieft niet dat hij morgen de rekening moet tekenen, anders zien we ons genoodzaakt de kamer te ontruimen. Ik hoop echt dat hij zich van zijn vrouw los kan maken en snel even langskomt.'

'Pardon?' vroeg Blair verontwaardigd.

'Sorry?' deed de receptioniste bijdehand.

'Wat. Zei. U. Daar?' Blair voelde haar oren gloeien van woede. Heel even vergat ze de jurk die boven in haar luxueuze suite op haar wachtte. Ze vergat het kamermeisje, die met liefde een drankje voor haar zou inschenken zodra ze binnenkwam. Ze vergat de massage waar ze zo naar had verlangd. Ze vergat Parijs.

'Ik zei geloof ik: ik hoop dat hij zich gauw los kan maken en snel even langskomt,' antwoordde de receptioniste onschuldig.

Blair boog zich over de balie en fluisterde met opeengeklemde kaken: 'Niet waar. U zei *zijn vrouw.*'

'Ik ben bang dat u het verkeerd begrijpt,' zei de receptioniste.

'Nee, ú begrijpt het verkeerd!' schreeuwde Blair. Verlegen

was ze nooit geweest. 'Ik hoorde heel goed wat u zei.'

'Maar natuurlijk, mevrouw. Als meneer nu even langskomt om de papieren te tekenen, dan is de zaak verder geregeld.'

'Hij is niet getrouwd. Ze is zijn *nicht*,' hield Blair vol. 'En ik ben zijn vriendin.' Ze stond bijna te krijsen. Aan de andere kant van de lobby draaiden de Italianen zich om.

De receptioniste begon hevig te blozen. 'Laten we het een beetje beschaafd houden.'

'Krijg de tering maar.' Blair had haar buik vol van Engeland, van al dat beleefde geklets, van die Britse hang naar stille beschaving. Blair kon niks met stilte of beschaving. Die trut kon de tering krijgen, Engeland kon de tering krijgen, en lord Marcus en dat paard van een Camilla ook. Opeens wilde ze alleen nog maar naar huis. 'Weet je wat? Ik hoef die kamer niet meer. Bel British Airways maar en boek een ticket voor me. Enkele reis, business class. Naar New York.' Blair dook in haar tas en haalde haar creditcard tevoorschijn; boos smeet ze hem op de balie.

'Enkele reis New York, business class,' herhaalde de receptioniste. 'Virgin vliegt elke dag om elf uur. Ik zal zien of ik een stoel voor u kan regelen.'

Virgin. Heel toepasselijk. Maar niet heus.

Disclaimer: alle namen van plaatsen, mensen en gelegenheden zijn veranderd of afgekort om de onschuldigen te beschermen. Mij, vooral.

ha mensen!

Sommigen hebben het vast al gezien, en ik wil wedden dat jullie het ook niet konden geloven. Daar liep ik dus vrolijk over Madison Avenue, op zoek naar een leuk strandjurkje, en wat zie ik? Het vreselijkste woord dat er bestaat: Gesloten. Gesloten? Maar het is niet wat je denkt: het schijnt dat onze bekende modepop Graham Oliver, het creatieve brein van Barneys, beste maatjes is met een zekere a-modieuze regisseur van alternatieve rolprenten, voor wie hij de tent een paar dagen dicht heeft gegooid.

Ik hoop maar dat ze ooit nog opengaan: het gerucht gaat dat het filmdebuut van een zekere New Yorkse blondine nogal te wensen overlaat. Het gaat zelfs zo beroerd dat ze eerst alle scènes opnemen waarin zij niet voorkomt, in de hoop dat al haar oefening uiteindelijk kunst zal baren.

Nu Barneys voorlopig dicht is, denk ik erover om voorgoed de stad uit te gaan – geen heen-en-weer gereis meer met vliegtuigen en helikopters. Ik weet dat ik gezegd heb dat er in de Hamptons nog niet veel te beleven valt – meestal wacht ik tot Independance Day voor ik daar neerstrijk – maar ik heb iets opgevangen over spannende zaken die er op het eiland gebeuren. Dus misschien moet ik maar eens poolshoogte gaan nemen. Wat heb ik toch een lastig leven: hoe kan ik nu op twee, of drie of vier of vijf, plaatsen tegelijk zijn? Niet dat ik daar ooit eerder moeite mee heb gehad.

HOE OVERLEEF IK DE ZOMER

Ik ga geen namen noemen – anders wel mijn gewoonte, ik weet het – maar sommige mensen gaan telkens weer de fout in. Bij wijze van opfriscursus dus nog maar een keer alles wat je moet weten:

1) Bruin worden

Puur natuur is natuurlijk het best. Als het weer niet meewerkt is airbrushen acceptabel, maar denk eraan: of je nu aan het zwembad ligt of in dat kleine spuithokje staat, je moet het wel naakt doen, want witte billen kunnen echt niet. Vergeet ook niet twee dagen van tevoren te harsen, en scrub verdorie! Met al die strepen en vlekken hou je niemand voor de gek.

2) Wenkbrauwen

Om te beginnen: je weet dat je er twee hoort te hebben, hè? Oké, en nu weg met dat pincet. Nee, weggooien dat ding. Ga als de sodemieter naar mijn vriend Reese van Bergdorf. En alsjeblieft niet klagen dat het vijfenveertig dollar per wenkbrauw kost.

3) Harsen

Het is bikinitijd, dus snoeien moet. Als je die Eres-bikini aantrekt, kunnen we allemaal meegenieten, dus... Persoonlijk ben ik voorstander van de Brazilian wax (wie mooi wil zijn, moet pijn lijden). En hoewel ik heus ook wel eens zo'n kristallen Swarovski-tattootje heb opgeplakt, moet je natuurlijke schoonheid eigenlijk niet willen verfraaien.

Jullie e-mail

 Beste GG,

Ik hoorde dat er een behoorlijk ranzige film op het internet rondgaat die bewijst dat een bepaald persoon al eerder geacteerd heeft. Hij is gefilmd op locatie in Central Park, met die dekhengst **N**. Ze heeft wel raar bruin krulhaar, maar het kan alleen maar **S** zijn, toch?
– Cineaste

 Beste Cineaste,

Je moet wel even het walletje bij het schuurtje laten: er bestaat een film van, zeg, een jaar geleden, en niemand die in dat werkje speelde heeft ook maar iets te maken met wat hier nu gedraaid wordt. Die fors geschapen ster richt zich op het moment in Praag op de kunst – en wie weet op wat nog meer. Au revoir!
– GG

 Beste GG,

Er zit een ontzettend irritante griet bij mij op yoga – ik probeer een beetje in vorm te blijven en mezelf bezig te houden terwijl mijn beste vriendin in Praag een schildercursus volgt – die aan één stuk door zit te zwetsen over yoga als 'manier van leven'.
Maar wat ik zeggen wilde: laatst begon ze na de les tegen de leraar te dwepen over een of andere 'liefhebber van spirituele boeken', die verdacht veel leek op iemand die ik ken – maar ook weer niet echt. Het klonk meer als zijn gestoorde tweelingbroer. Of zijn normale tweelingbroer. Ik ben dus helemaal in de war. Zijn er soms peulen in de stad die iedereen vervangen door zijn eigen kloon of zo?
– Scared

A: Beste Scared,

Dit is een interessante ontwikkeling. Maar ik denk niet dat het aliens zijn, hoor – soms is het gewoon leuk om je te verliezen in een aangenaam zomerfantasietje. Heb jij op vakantie nooit gedaan alsof je iemand anders was? Probeer het maar eens: meld je bij de receptie van je hotel als de Principessa de Medici of zoiets en voor je het weet laat het management een enorme fruitmand of een fles Dom Perignon op je kamer bezorgen. Het kan geen kwaad om soms een beetje creatief met de waarheid om te gaan.
– GG

Gezien

B, die bij de *Virgin*-balie op Heathrow voor overgewicht moest betalen. Souvenirs voor familie en vrienden of was het die buitenmodel trouwjurk? *N*, met zijn handen vol condooms in een drogist in East Hampton. *D*, genietend van een gezonde groentesmoothie bij *Soho Natural*. Bereidt hij zich voor op de zwembroekentijd? Dan kan *S* een voorbeeld aan hem nemen – nadat ze voortijdig de repetitie had verlaten, ging ze linea recta naar de sample sale van *Tuleh*, waarna ze een niet-zo-heel-korte pitstop maakte bij ijssalon *Cold Stone Creamery*. Tuttut: *eruitzien* als een filmster is al het halve werk. Niet dat ze zich veel zorgen hoeft te maken.

Je weet dat je van me houdt,

gossip girl

wat ik nóú weer gehoord heb

'Nate Archibald. Ik geloof mijn ogen niet.'

'Hé, Chuck,' mompelde Nate. Op weg naar huis die middag had hij gemerkt dat zijn voorband een beetje zacht was, dus was hij even bij het BP-station aan Springs Road langsgegaan. Het was een bloedhete dag zonder een zuchtje wind geweest, en na uren zwaar lichamelijk werk was Nate bezweet, verbrand en doodmoe. Uit de verbijsterde uitdrukking op Chucks gladde, gebruinde gezicht leidde Nate af dat hij er zelf afschuwelijk uitzag.

Dat was dan weer eens iets nieuws.

'Wat is er met je *gebeurd*?!' riep Chuck uit. Hij zette zijn vintage Ray-Ban-aviator op het puntje van zijn neus en gaf de pompbediende een briefje van vijftig dollar. 'Laat de rest maar zitten.'

'Niets, man,' antwoordde Nate geïrriteerd. Hij haalde de pomp van zijn band en liet de fiets een keer stuiteren om te zien of er genoeg lucht in de banden zat.

Ondanks de drukkende hitte droeg Chuck Bass een korte broek van dikke geruite katoen en een grijze kasjmier hoodie. Hij zag er net zo keurig verzorgd uit als altijd, zijn dikke wenkbrauwen een nette boog boven zijn priemende bruine ogen, zijn hoekige kin net zo glad geschoren als die van de modellen in aftershavereclames. Hij stak een hand uit om Nate overeind te helpen.

'Je auto weggedaan?' vroeg Chuck met een knikje naar Nates fiets. 'Ben je opeens milieubewust geworden of zo?'

'Zoiets ja.' Nate keek hoopvol naar het kantoortje van het benzinestation, speurend naar iemand die hem uit Chucks klauwen kon redden.

'Ik geef je een lift.' Chuck rammelde met het ijs in het plastic bekertje van de mocca latte die hij gedronken had. 'Het is veertig graden en je ziet eruit alsof je door de mangel gehaald bent. Je wilt niet weten hoe je eruitziet nadat je op die fiets ook nog helemaal naar Georgica Pond bent gereden.'

Nate woog een en ander tegen elkaar af: een half uur zweten versus tien minuten alleen met Chuck. *Je bent gek als je het doet, je bent gek als je het niet doet.*

'Best.' Nate zuchtte. Chucks duifgrijze Jaguar met airco was te verleidelijk om nee tegen te zeggen.

Chuck maakte de achterbak open en Nate tilde de fiets erin – hij dacht niet dat het zou passen, maar de achterbak was verrassend groot en ze wisten de fiets er zo in te manoeuvreren dat alleen een stukje van het wiel eruit stak. Nate ging op de witte leren stoel zitten, trok het zware portier dicht en maakte zijn gordel vast. Hij was er klaar voor.

Chuck startte de motor en meteen stroomde koude lucht naar binnen en dreunde Led Zeppelins 'Houses of the Holy' uit de speakers.

'Ik heb me de hele dag op het strand in Sag Harbor retro liggen voelen,' legde Chuck uit toen hij het geluid zachter had gezet. 'Zo... even bijpraten.'

'Bijpraten,' papegaaide Nate dof. Hij hoorde aan Chucks stem dat hij een spervuur van vragen in gedachte had. Praten met Chuck was net alsof je een sollicitatiegesprek had.

'Je hebt zeker wel gehoord van Blair?' Chuck zette de airconditioning hoger, al vroor het inmiddels zowat in de auto. Hij draaide de weg van Hampton Bays naar East Hampton op, die Nate inmiddels bijna kon dromen. Wijngaarden en smaakvolle huizen in koloniale stijl wisselden elkaar af, en af en toe ving hij achter een tuin een glimp op van de donkerblauwe zee.

'Blair?' vroeg Nate toen ze langs de Oyster Shack reden. Hij was zo gepreoccupeerd geweest met Tawny dat het uitspreken van Blairs naam hem een vreemd gevoel gaf. Voor zover hij wist zat ze deze zomer met haar nieuwe vriendje in Engeland. Als hij aan haar dacht leek ze heel ver weg, ook al zouden hun paden elkaar snel weer kruisen. Ze mocht dan tot over haar oren verliefd zijn op die Engelse gozer, voor geen goud ter wereld zou Blair Waldorf haar grote droom opgeven: een weerzien in september op Yale was dan ook onvermijdelijk.

'Ze is er weeeeeer.' Chuck hield de e onheilspellend lang aan, alsof hij het over Freddy Krueger had. Hij liet het ijs in zijn beker ronddraaien en slurpte het water dat zich onderin verzameld had op. 'Vanochtend aangekomen.'

'O ja?' Nate friemelde aan zijn veiligheidsgordel. Blair was terug uit Londen. Dat was écht nieuws.

'Ja.' Chuck knikte vluchtig en zette de muziek nog wat zachter. 'Ik ben benieuwd of zij en Serena het al afgezoend hebben. Voor de *zoveelste* keer. Als je begrijpt wat ik bedoel.'

'Blair en Serena kunnen nooit lang boos op elkaar blijven,' mompelde Nate, tikkend met zijn duim op de hendel van het portier. Hij kon het weten – meestal was hij de oorzaak van hun ruzies.

'Maar wel goed nieuws voor Serena,' vervolgde Chuck koket. 'Die kan nu wel een vriendin gebruiken.'

Nate reageerde niet. Alles wat Chuck zei gaf hem een ongemakkelijk gevoel, alsof de wereld zonder hem verder draaide. Hij was nog maar een week in de Hamptons en hij had nu al geen idee meer wat er allemaal gebeurde.

'Het schijnt dat ze het een béétje moeilijk heeft met dat filmgebeuren,' merkte Chuck op. 'Maar ik weet zeker dat ze het wel weer redt. Dat doet ze namelijk altijd.'

'Film, o ja,' herhaalde Nate. Hij was Serena's filmcarrière

helemaal vergeten. Die leek dan ook lichtjaren verwijderd van zijn eigen leven als dagloner. Opeens werd Nate overvallen door een hevig verlangen naar een sigaret. Hij drukte de autoaansteker in. 'Dat vind je toch niet erg?'

Chuck haalde zijn schouders op. 'Hoe moeilijk Serena het ook heeft, het is niets vergeleken bij de shit waar Blair zich in gewerkt heeft.' Hij reed hard en sloeg met piepende banden rechtsaf. Hoe langer ze reden, hoe groter de huizen en tuinen werden.

'Welke shit?' vroeg Nate terwijl hij de halve joint opstak die hij met vooruitziende blik voor precies dit soort gelegenheden bewaard had.

'Blair is hals over kop uit Londen teruggevlogen. Met een paar... *pakjes.*'

'Wat voor pakjes?' Nate voelde zich nu al zo stoned als een garnaal. Lag het aan hem of was Chuck echt zo'n enorme klootzak dat het bijna niet menselijk meer was? Hij leek wel een robot.

'Nou, Blair heeft in Londen een paar dingetjes gekocht die ze echt niet kon weerstaan. Een trouwjurk onder andere. En zo'n ouderwetse Engelse kinderwagen. Daarna kocht ze een ticket naar New York.'

'Wat wil je nou eigenlijk zeggen?' vroeg Nate. Een grote, witte partytent op een groot grasveld trok zijn aandacht. Een opzichtige bruid en een schurftige bruidegom met een gitaar poseerden naast een oude eikenboom ietsje verderop. Wannabe rocksterren wilden altijd in de Hamptons trouwen.

'Blair komt overhaast terug, met een bruidsjurk en een kinderwagen... Ik weet het niet, hoor,' zuchtte Chuck ongeduldig. 'Reken zelf maar uit.'

Zo moeilijk was het niet – zelfs niet voor zo'n hasjbaal als Nate.

Als Blair Waldorf eerder naar huis kwam, moest ze wel een

heel belangrijke reden hebben. Was ze teruggekomen om haar bruiloft voor te bereiden? Nate wist dat ze tot veel in staat was, maar op een of andere manier kon hij zich gewoon niet voorstellen dat Blair zonder hém aan haar zijde in een trouwjurk naar het altaar liep. Goed, ze hadden niet eens meer iets met elkaar, maar toch zag Nate Blair, zíjn Blair, nog niet met een ander trouwen.

Nates opluchting was groot toen ze de oprijlaan van het landhuis van de familie Archibald op draaiden. Hij moest even alleen zijn met dit nieuws – en met een nieuwe, grotere joint.

'Bedankt voor de lift, man,' mompelde Nate afwezig, onhandig rommelend met zijn peuk terwijl hij uitstapte.

'Als je nog een tijdje wilt praten, Nate,' riep Chuck door het raampje, 'dan kan ik ook even binnenkomen. Kunnen we sushi bestellen.'

Zonder op Chucks zielige, eenzame aanbod in te gaan, haalde Nate zijn fiets uit de kofferbak. Hij begon de oprijlaan af te sjokken. Hij moest zijn hoofd weer helder zien te krijgen.

Hij moet ook eens leren niet alles te geloven wat hij hoort.

Niet dat wij die fout nooit maken.

s treedt in audreys voetsporen.

letterlijk

Op een druk gedeelte van Fifth Avenue stapte Serena uit een felgele taxi. Ze had een eenvoudig zwart jurkje aan en een enorme zonnebril op haar neus, beide ontworpen door Bailey Winter. Het was haar filmoutfit – zelfs Serena zou niet midden op de dag in een cocktailjurkje rondlopen – en ze repeteerde de openingsscène van *Breakfast at Fred's*. Holly moest na een lange nacht stappen voor de etalage van de bekende juwelier Tiffany & Co een broodje eten, net als Audrey Hepburn in de oorspronkelijke film.

Met een kartonnen koffiebeker en een bruine papieren zak met broodjes van de rekwisietenafdeling liep Serena stijfjes op het fraaie gebouw af. Ondertussen telde ze langzaam en nadrukkelijk haar stappen. *Een, twee, drie, vier.*

'Kijk uit je doppen zeg,' blafte een zakenman die met een telefoon aan zijn oor tegen haar op botste.

'Sorry,' mompelde Serena met een warm hoofd. Ze liep terug naar de stoeprand, draaide zich om en begon opnieuw. Ze deed haar best om haar rug keurig recht te houden, precies zoals Ken haar had opgedragen, maar tegelijk moest ze in een rechte lijn naar de winkel zien te lopen, en doordat het zo druk was, was dat bijna onmogelijk. Eindelijk was ze er, maar de etalages werden aan het oog onttrokken door bosjes toeristen die foto's van de uitstallingen stonden te maken. Dat stond dan weer níét in het script.

Een mollige oudere vrouw in een tennisrokje hield Serena haar fototoestel voor en vroeg haar met gebaren een foto van haar te maken. Serena haalde haar schouders op, zette de papieren zak op de grond en nam de camera aan. Ze stelde scherp en nam een foto van de vrouw, die glimlachend naar het Tiffany-logo wees.

'Bedankt! En mag ik nu een foto van jou maken? Je werkt toch voor de winkel?'

Serena keek haar verbluft aan. Maar natuurlijk, ze zag eruit als wandelende etalagepop, ingehuurd door Tiffany in de hoop dat de verwijzing naar de oude film meer sieraden zou verkopen. Ze glimlachte gemaakt terwijl de vrouw er lustig op los fotografeerde, raapte haar papieren zak weer op en liep terug naar de stoeprand. Een bus denderde langs en blies een wolk warme uitlaatgassen onder haar rok.

Lekker, zomer in New York.

Trillend van frustratie keek Serena naar de winkel op. Het was bijna veertig graden, ze zweette zich rot in een veel te nette jurk, iedereen keek naar haar en ze wilde alleen nog maar naar huis – naar het penthouse van haar ouders wel te verstaan, niet naar dat naar kattenpis stinkende krot – om een boxershort, een hemdje en een paar teenslippers aan te trekken en de rest van de middag Corona's te drinken en soaps te kijken. Ze had altijd overal in uitgeblonken, of het nu om school ging of om paardrijden of om jongens, en nooit had ze ergens haar best voor hoeven doen. Ze had gedacht dat acteren haar net zo gemakkelijk af zou gaan als al het andere in haar leven, maar Ken Mogul was tot nu toe duidelijk niet blij met haar optreden.

Ze vroeg zich af of Blair Waldorf, 's werelds meest toegewijde *Breakfast at Tiffany's*-fan, wél tegen Ken Moguls maniakale tirades opgewassen zou zijn.

Weer begon ze op Tiffany's af te lopen.

'Moet je nou zien, schat,' riep een kleine dikke vrouw tegen haar kalende man, die met zijn korte bandplooibroek, namaak Lacoste-polo en zwarte sokken in goedkope leren sandalen een meesterlijke combinatie had uitgevonden.

'Goeie genade, nu heb ik echt alles gezien!' riep de man uit.

'Net *Breakfast at Tiffany's*, hè?' vervolgde de vrouw, die nu op Serena af kwam. 'Joehoe, meisje, is dit een publiciteitsstunt of zo?'

Serena deed net alsof ze het niet hoorde. Wie had kunnen denken dat de straten van Manhattan zo verraderlijk waren? Ze ging terug naar de stoeprand, concentreerde zich en begon opnieuw.

Dat is nog eens toewijding.

In de ogen van voorbijgangers was ze dan misschien een grappige toeristische attractie, vanbinnen was ze een van frustratie kokende actrice die op het punt stond een enorme driftbui te krijgen. De waarheid was dat Serena allang geen zin meer had in acteren; het liefst zou ze de handdoek in de ring gooien en naar Barneys gaan om te kijken of er nog iets nieuws in de rekken hing. Maar dat ging natuurlijk niet: in de eerste plaats was Barneys vanwege het filmen gesloten – ze was dus ten dele verantwoordelijk voor haar eigen nachtmerrie – en in de tweede plaats had ze nooit eerder gefaald en was ze stiekem minstens zo competitief als haar niet altijd beste vriendin Blair.

'Lekker kontje, blondie,' riep een zware stem achter haar.

Serena draaide zich om en zag een vent die op de achterbank van een langsrijdende taxi naar haar zat te loeren. Getver. Audrey Hepburn had nooit last van dit soort gelul.

Nee, maar Audrey Hepburn had dan ook bijna geen kont.

Maar acteren kon ze wel.

geld is geen grap, schat

Blair wist niet of het bonken in haar hoofd zat – in het vliegtuig had ze behoorlijk wat whisky's weggetikt – of dat het echt was. Ze tilde haar hoofd op: nee, het was echt, en het kwam van de deur van de kamer waarin ze vannacht was neergeploft, de kamer die van haar hippie-stiefbroertje Aaron Rose was geweest.

'Blair Cornelia Waldorf!'

Nog meer gebonk. Het was haar moeder en haar stem klonk... anders. Was ze niet lekker? Had ze iets in haar mond?

Eleanor Rose gooide de deur open, stampte de donkere slaapkamer in en ging op de rand van het bed zitten. Ze had een kop koffie in haar hand en ging gekleed in haar zomerse nachtgoed, een frutselige, veel te korte slipdress met bijpassende ochtendjas.

'Wakker worden!' krijste ze schor.

Blair trok kreunend de dekens over haar hoofd. Waarom ging haar moeder in alle vroegte zo tekeer?

'Blair Waldorf,' zei haar moeder op dreigende toon. 'Ik meen het, jongedame. Kom daaronder vandaan. We moeten eens even met elkaar praten.'

'Ik hoop dat je weet dat ik er nog maar net in lig,' snauwde Blair, terwijl ze rechtop ging zitten en de koffiemok uit haar moeders handen griste. Ze nam een grote slok en trok het minuscule hemdje waarin ze geslapen had recht.

'Ten eerste,' tierde haar moeder, 'wat doe jij thuis?'

Ze hield haar ochtendjas met één hand dicht, boog zich

voorover en keek aandachtig naar het gezicht van haar dochter. 'Jij hoort in Londen te zijn!'

Voor een vijftigplusser die net een baby had gekregen zag Eleanor er 's morgens behoorlijk goed uit. Blair vroeg zich af of haar moeder tijdens haar afwezigheid soms iets aan haar gezicht had laten doen, maar misschien was het gewoon een nieuwe oogcrème die Blair op een dag zou kunnen inpikken.

'Ik moest opeens terug.' Blair pakte de in groene thee gedrenkte oogcompressen die ze altijd in een laatje van haar nachtkastje had en legde ze op haar ogen.

'De volgende keer kun je me misschien even bellen om te zeggen wat je van plan bent.' Eleanor rukte de kompressen van haar ogen. 'Ik werd vanmorgen gebeld door American Express. Ik vind het niet fijn als mijn creditcardmaatschappij eerder weet waar mijn dochter uithangt dan ik.'

'Wat?' vroeg Blair, die een stukje overeind kwam.

'American Express belde omdat iemand op mijn rekening een vliegticket van 4000 dollar had gekocht,' zei Eleanor op verwijtende toon. 'Ik stond al op het punt de politie te bellen. Toen zag ik de nieuwe blauwe leren Hermès-koffers in de hal staan.'

'Ik was pas laat thuis,' legde Blair uit. 'Ik wilde je niet wakker maken.'

'Dat is maar een deel van het probleem.' Eleanor stond op en begon door de kamer te ijsberen. 'Blair, het wordt tijd dat je leert je verantwoordelijk te gedragen. Je bent geen kind meer. Je móét echt leren hoe je met geld omgaat.'

Goed gesproken voor een vrouw die voor al haar kinderen een eiland in de Stille Zuidzee had gekocht!

'Mam,' zei Blair klagelijk.

'Geen gemam,' zei Eleanor streng. 'Je weet dat ik nooit nee zeg tegen mijn kinderen, dat weet je toch, hè? Ik heb je altijd alles gegeven wat je maar wilde, of niet soms?'

Eh ja… is dat niet haar taak?

'Ja, mam, dat klopt,' vervolgde Eleanor zelf maar. Dit was de eerste moederlijke preek van haar leven, en Blair zag dat ze de smaak te pakken begon te krijgen. 'Maar dit gaat te ver. Ik heb het er met Cyrus over gehad en we vinden allebei dat er iets moet gebeuren.'

Pardon, waarom besprak haar moeder haar privézaken met Cyrus Rose, haar debiele stiefvader met zijn rode kop en ordinaire smaak?

'Ik weet niet waar je het over hebt.' Blair geeuwde en dronk het laatste restje koffie op. Ze vroeg zich af hoe lang dit gesprek eigenlijk nog ging duren. Het was allemaal zo… *saai*. Ze had slaap nodig, en een warm bad, en een gezichtsbehandeling om het Londense vuil los te weken, en misschien een knipbeurt en wat flatterende highlights voor bij haar gereinigde en gepeelde gezicht.

'Deze rekening van American Express, Blair, daar heb ik het over.' Eleanor wapperde met een gekreukelde fax. 'Ik heb hem laten opsturen zodra die mevrouw aan de telefoon me vertelde over je… winkelexpeditie.'

Oeps.

'Oké, mam,' gaf Blair toe, 'die trouwjurk was misschien een bééétje overdreven, maar ik weet zeker dat als je hem ziet…'

'*Trouwjurk*?' hijgde haar moeder. 'Dat verklaart die achttienduizend dollar. Wat is dit voor gepraat over trouwen?' Ze ging weer op het bed zitten en wuifde zich koelte toe met haar met diamanten bezette vingers. 'Ik geloof dat ik ga flauwvallen! Ga je trouwen? O Blair! Ik weet niet wat ik moet zeggen!' Ze sloeg haar armen om Blair heen en barstte lawaaiig in tranen uit. Toen schoot ze opeens overeind. 'Nee, wacht, ik weet het wél: over mijn lijk ga jij trouwen! Ben je nu helemaal gek geworden?!'

Blair rolde met haar ogen. 'Nee mam, ik ga niet trouwen.

Nog niet, in elk geval. Trouwens, die jurk kostte maar tienduizend dollar, niet achttienduizend.'

'Nee, lief, onschuldig kind van me.' Eleanor schudde haar hoofd. 'Wist je dan niet dat de wisselkoers bijna twee tegen een is?'

'Oké oké,' zei Blair vlug, 'het spijt me, nou goed? Ik heb gewoon een paar dingetjes gekocht voor school.'

Tuurlijk. Iedereen trekt een trouwjurk aan naar de introductiedagen.

Het zag er niet naar uit dat ze snel met rust gelaten zou worden. Blair nam het nieuwe nummer van *W* van haar nachtkastje. Ze had het dubbeldikke tijdschrift gekocht om tijdens de lange vlucht iets te doen te hebben, maar de whisky aan boord was een veel aangenamer soort afleiding gebleken.

'Blair.' Eleanor kneep door de paarsbruine hennep beddensprei in Blairs knie. 'Ik vind het helemaal niet erg dat je een paar dingen koopt – maar een trouwjurk?' Ze zweeg even. 'Het moet wel een heel bijzondere jurk zijn.'

'Dat is het ook!' riep Blair uit. Dít was de moeder die ze kende en van wie ze best wel hield.

'Maar toch, ik heb het er met Cyrus over gehad en vanmiddag ga ik je vader bellen. Ik denk dat we het er allemaal wel over eens zijn dat nu je toch thuis bent, en waarschijnlijk voorgoed...'

'Ik ga écht niet terug naar Londen,' viel Blair haar in de rede. Ze moest haar best doen om niet emotioneel te worden over haar dramatische aftocht uit Marcus' woonplaats. Had hij eigenlijk al gemerkt dat ze weg was?

'... dit een mooie gelegenheid voor je is om een vakantiebaantje te zoeken. Werk.'

Watte? No comprendo, señora.

De kamer begon te draaien. 'Wat zei je nou, mam? Ik moet wérk zoeken?'

'Ja, lieverd. Werk.'

Blair liet zich achterover in de kussens vallen en sloeg een hand voor haar ogen. 'Maar als ik moet werken ga ik dóód!'

'Overdrijf toch niet zo,' zei Eleanor. 'Het is een geweldige ervaring voor je voordat je gaat studeren.'

'Heb jíj wel eens gewerkt?' wilde Blair weten. Boos begon ze door het tijdschrift te bladeren, zo woest dat ze de bladzijden bijna doormidden scheurde. Ze was net een land uit gevlucht, afgewezen door haar grote liefde. Het laatste waar ze op zat te wachten was een preek van haar moeder, die zelf geen dag in haar leven had gewerkt, over het verheffende van een baan en jezelf aan je haren uit het moeras trekken.

'Daar gaat het nu niet om,' antwoordde Eleanor onverstoorbaar. 'We hebben het niet over mij, we hebben het erover dat jij gaat helpen een deel van deze torenhoge rekening te betalen. Als je zoveel geld uitgeeft, wordt het tijd dat je ook wat gaan verdienen.'

Een *vakantiebaantje*? Blair deed haar ogen dicht – ze kende niemand die deze laatste zomervakantie werkte. Niemand! Nou ja, behalve Nate dan, maar die had straf. En Serena natuurlijk, maar dat was niet echt werk – dat was een droom die in vervulling ging.

Blairs blik bleef opeens hangen bij de bladzijde voor haar. *Als je het over de duivel hebt.* Daar, pontificaal in het midden van Suzy's rubriek met hete societyroddels, stond een foto van Serena van der Woodsen arm in arm met modeontwerper Bailey Winter. Blair wist nog wanneer die foto genomen was: bij de presentatie van Winters collectie afgelopen seizoen. Serena en zij hadden, uiteraard, op de voorste rij gezeten en toen de designer naar voren was gekomen om het applaus in ontvangst te nemen, had hij Serena in het publiek zien zitten en op de catwalk getrokken.

Zonder nog naar het gezeur van haar moeder te luisteren zocht Blair naar nieuws over Serena. En ja hoor: Suzy's verhaal ging helemaal over Bailey Winter, die een contract had getekend bij Ken Mogul en nu alle kleding verzorgde voor Moguls nieuwe project, *Breakfast at Fred's*. Het was blijkbaar niet genoeg dat Serena met Thaddeus Smith in een film speelde; nu mocht ze ook nog kleren aan van een van de beste levende Amerikaanse ontwerpers!

'Het gaat om verantwoordelijkheid, Blair,' verklaarde haar moeder. 'Op je eenentwintigste krijg je de beschikking over je fonds, en je vader en Cyrus en ik moeten erop kunnen vertrouwen dat je verantwoordelijk met dat geld om zult gaan. We vinden echt dat een baan een goede manier voor je is om te leren met geld om te gaan en je eens met de wensen van anderen bezig te houden in plaats van alleen met die van jouzelf.'

Blair keek kwaad naar de lelijke auberginekleurige sprei. Goed, dan zocht ze vakantiewerk. Maar met minder dan het chicste vakantiebaantje ter wereld nam ze mooi geen genoegen.

'Weet je,' mijmerde ze, 'misschien heb je wel gelijk. Misschien is een baan precies wat ik nodig heb om deze zomer door te komen.'

'Ja!' riep haar moeder blij. 'Ik wist wel dat je bij zou draaien!'

'En kun jij me dan helpen zoeken?' vroeg Blair liefjes.

'Natuurlijk!' stemde Eleanor in. 'Als we even een paar telefoontjes plegen, hebben we vast binnen de kortste keren iets leuks voor je geregeld!'

Wat haar betrof hoefde haar moeder natuurlijk maar één telefoontje te plegen. Als dochter van Eleanor Rose, de trouwste klant van Bailey Winter, had ze vast zo een baantje op de set van *Breakfast at Fred's* te pakken.

If you can't beat them, join them!

o moeder, wat is het heet

Met de peuk stiekem in zijn handpalm nam Dan nog één laatste trek van zijn sigaret voor hij hem op de grond gooide en uitmaakte en de rook op de wind liet wegdrijven. Hij zat op een bankje op de hoek van Sixth Avenue en Houston en zag Bree al oversteken. Hij wilde niet dat ze hem alweer met een sigaret zou betrappen.

'Dan!' Bree zwaaide opgewonden terwijl ze het bataljon taxi's op Sixth Avenue ontweek. Ze droeg een bij de kuiten wijd uitlopende zwarte stretchbroek en een turquoise sporttopje en had een grijze bidon bij zich. Door het verkeer kwam ze op hem af gehuppeld.

'Hoi! Goed je weer te zien!'

'Insgelijks,' antwoordde Dan, die o zo achteloos zijn boek dichtsloeg en naar haar grijnsde.

'O! Je leest *Niet morgen, maar nu*!' riep ze uit. 'Een geweldig boek vind ik dat.'

'O ja?' Dat had Dan wel gedacht. 'Wat een grappig toeval.' Dus niet.

'Echt wel,' giechelde Bree. 'Eerst *Siddhartha*, nu weer *Niet morgen, maar nu*? Jij bent vast de spirituele expert van de Strand.'

'O, absoluut,' loog Dan. 'Iedereen die ze aannemen heeft zo zijn eigen specialiteit.'

'Cool.' Bree nam hem bij de hand en trok hem van het bankje. 'Kom mee! Anders komen we te laat.'

'Oké,' zei Dan opgewekt. 'Ik wil de voorfilmpjes ook nooit missen.'

'Voorfilmpjes?' vroeg Bree. 'We gaan niet naar de bioscoop. Weet je nog? We gaan naar Bikram.'

'Eh, ja,' antwoordde Dan zenuwachtig. *Bikram, Bikram, Bikram.* Geen film. Een restaurant dan? 'Oké. Eh, mooi, ik eh, lust wel iets.'

Bree lachte. 'Ja, ik snak ook naar een beetje beweging. Laten we opschieten, anders missen we de les – de avondlessen zijn altijd nog intenser dan die ik normaal volg. En misschien trakteer ik je na afloop op een smoothie.'

Les? Smoothie? Ze had net zo goed Swahili kunnen spreken. Dan had geen flauw idee waar ze naartoe gingen, maar hij liep braaf met Bree mee en kletste onderweg over boeken die hij nooit gelezen had. Intussen begon hij zich steeds meer zorgen te maken. Het zag er niet naar uit dat ze naar een restaurant gingen. Dan keek op, en opeens zag hij het, daar in de verte: een handbeschilderd uithangbord met in rare letters die blijkbaar voor Sanskriet door moesten gaan het trotse woord Bikram. Het was geen film. Het was geen restaurant. Bikram was een vorm van *yoga.* Bree nam hem mee naar yogales. *Namaste!*

Bree sprong ongeduldig de trap op, als een klein meisje op de ochtend van haar verjaardag. Ze keek over haar schouder naar Dan, die aarzelend achterbleef en een smoes probeerde te bedenken om niet mee te hoeven doen. Hij besloot een blessure voor te wenden en overwoog welk lichaamsdeel hij eens niet helemaal in orde kon verklaren. Een rib misschien, gekneusd bij het tillen van al die woordenboeken. Hij was die ochtend op weg naar zijn werk aangereden en wist eigenlijk wel zeker dat hij een hersenschudding had. Hij had een zeldzame neurologische afwijking waardoor hij altijd buiten westen raakte als hij in een kleine ruimte vol zwetende mensen op een rubber matje lag.

'Trouwens, Dan,' riep Bree naar beneden. 'Ik ben blij dat je geen speciale kleren hebt meegenomen. Voor de avondlessen maakt de yogi het meestal nog warmer dan anders, dus we doen het eigenlijk altijd naakt.'

Nu begon het ingewikkeld te worden. Ten eerste ging hij *never* nooit aan yoga doen, en ten tweede mocht hij doodvallen als hij *naakt* aan yoga ging doen. Aan de andere kant was Bree er natuurlijk ook nog; op hun eerste afspraakje zou hij haar al poedelnaakt te zien krijgen.

'Eh, fijn!' deed hij enthousiast, al buiten adem van het traplopen. Dan had nooit van zijn leven aan sport gedaan, maar de aanblik van Brees stevige ronde billen boven hem was alle aanmoediging die hij nodig had. Wat maakte het uit dat hij nooit eerder aan yoga had gedaan, wat kon het schelen dat hij voor paal zou staan en *fuck* die trap waar maar geen eind aan kwam: samen met Bree zou hij zich in alle mogelijke en onmogelijke bochten wringen – *naakt*. Hoe erg kon het zijn?

Zo mogen we het horen!

'Kom mee!' drong Bree opgewonden aan.

Dan bereikte de overloop en liep achter haar aan naar de Tranquility Yoga Studio, een grote open ruimte met een glanzende houten vloer. De ruimte was bijna een en al raam en baadde in het licht van de latemiddagzon, waardoor het er nog veel warmer was dan buiten. De temperatuur moest rond de veertig graden schommelen en met al die zon en die naakte lijven was het er ook vochtig en heel erg... geurig.

Op een verhoging voorin zat een uitgemergelde Indiase man met een van olie glimmende huid, slechts gekleed in een losjes dichtgeknoopte witte katoenen badjas, zijn spillebenen gekruist onder zich. Onder zijn dunne geëpileerde wenkbrauwen had hij zijn ogen dicht en hij glimlachte gelukzalig. Pal voor zijn neus was een vrouw van rond de veertig opwarmoefeningen aan het doen, waarbij haar dikke buik losjes op haar blote, geaderde bovenbenen hing. Een paar mannen waren zich voor het raam aan het opwarmen: eentje met lange, soepele ledematen die zijn rug kromde op een manier die er nogal onnatuurlijk uitzag, en een opa met zilvergrijs haar die zonder moeite zijn tenen aanraakte. Dan schaamde zich dood als hij naar hem keek.

'Laten we ons maar uitkleden.' Bree knipoogde naar Dan. 'De meester kan er niet tegen om ook maar een minuut te laat te beginnen. Iedereen die niet uitgekleed klaarstaat om te beginnen, wordt gevraagd te vertrekken.'

Dan stond juist op het punt Bree uit te leggen dat hij epileptisch was en zijn medicijnen per ongeluk niet had ingenomen toen ze opeens haar turquoise sporttopje over haar hoofd trok. Wauw. Wat moest hij doen?

Strippen!

Hij trok zijn vieze t-shirt over zijn hoofd en liet het op de grond vallen. Toen maakte hij zijn riem los, schopte zijn schoenen uit en trok zijn spijkerbroek naar beneden. Hij was de enige man in de zaal met een boxershort aan, maar hij vertikte het om het ding uit te trekken.

Alsof hij met zijn vampierenkleurtje en magere armpjes nog niet genoeg opviel. Hij maakte een bal van zijn sokken en stopte ze in zijn schoenen, waarna hij diep ademhaalde en met Bree naar het midden van de zaal liep om stretchoefeningen te doen. Haar vlekkeloze huid was overal even bruin, en dat wist hij zeker, want hij kon alles zien. Haar lange, blonde haar viel over een van haar borsten – maat handjevol – en Dan moest zichzelf voorhouden dat hij die nu niet zomaar beet kon pakken. Ze boog vooror en raakte met haar handen de grond aan. Hij probeerde het haar na te doen, maar hij kwam amper bij zijn knieën. En het deed nog zeer ook.

'Niet bukken,' fluisterde Bree. 'Rek, rek.'

Het was onmogelijk om Bree te zien rekken en strekken zonder dat de gulp van zijn boxershort op gênante wijze omhoog kwam. Met grote ogen keek Dan toe toen ze haar voet in haar hand zette en recht boven haar hoofd uitstrekte. Hij deed zijn ogen dicht en probeerde aan niet-sexy dingen te denken, zoals de etensresten die altijd tussen de tanden van zijn tante Sophia bleven zitten of de lucht van hondenpis op de stoep voor zijn huis. Het zweet liep nu al van zijn gezicht en ze hadden nog niets gedaan. Met zijn onderarm veegde hij de druppels van zijn voorhoofd.

'Dan, niet doen!' fluisterde Bree. 'Laat de meester niet zien dat je dat doet. De bedoeling is juist dat je alles eruit zweet. Je kunt het niet afvegen. Dat gaat tegen zijn leer in.'

Waarom was Bikram niet gewoon een leuke buitenlandse film? Dan zaten ze nu in een koele, donkere bioscoopzaal popcorn te eten in plaats van zwetend in een bloedhete zaal de bevelen van een of andere sadist op te volgen. De leraar kwam overeind op de verhoging en liet zijn badjas op de grond vallen.

'*Namaste!*' riep hij met opgewekte, zware stem. Hij maakte er een lichte buiging bij.

'*Namaste!*' antwoordden de aanwezigen, ook met een buiginkje.

Nou ja, de meeste aanwezigen.

'Laten we beginnen met partnerhoudingen.' Hij beduidde de aanwezigen dat ze paren moesten vormen. 'Bereid je voor op de schouderstand. Begin met de hondhouding als je wilt.'

'Klaar?' fluisterde Bree. Er zat een moedervlek in de vorm van Texas naast haar navel.

Bree boog zich voorover, zette haar handen op de grond en schudde met haar kont alsof ze in de startblokken stond. Dan keek een beetje geschrokken om zich heen, maar de anderen deden het ook allemaal. Hun partners hielden hen zelfs voorzichtig bij de heupen vast. Dan pakte aarzelend Brees middel en ze bracht haar rechterknie naar haar rechterelleboog en deed toen hetzelfde met links.

'Hou me tegen,' zei ze tegen hem. Dan hurkte naast Bree en hield haar bij haar slanke middel vast terwijl zij haar lange, gespierde benen recht omhoog stak en ondersteboven tegen hem lachte. 'Ik geloof dat ik 'm heb.'

'O, oké,' zei Dan, die een stukje achteruit schoof. Maar toen hij overeind wilde komen, zag hij dat zijn boxershort wijd openstond en zijn 'vriend' duidelijk te zien... en duidelijk opgewonden was. O god. Hij bleef half op zijn hurken zitten en deed wanhopig zijn best zich tante Sophia's tanden weer voor de geest te halen.

'Jongeman.' De griezelige naakte yogaleraar wees naar Dan.

Ik? Dan wees op zichzelf, nog steeds in half gehurkte houding. De hele zaal keek naar hem.

'Ja, jij. Kom, mijn zoon,' zei de leraar. Hij wenkte Dan met zijn lange, magere vingers.

'Ga nou,' fluisterde Bree ondersteboven. 'Dit is zo'n eer, ik kan het gewoon niet geloven – bij je eerste keer nog wel.'

Dan liep zo ontspannen mogelijk naar voren, maar wel met beide handen voor zijn kruis. Toen hij bij de verhoging kwam, keek de leraar met een welwillende glimlach op hem neer.

'Kom, mijn zoon,' zei de leraar. 'Vandaag werk je met mij. Het is je eerste keer, als ik me niet vergis?'

Dan knikte nerveus. Trillend over zijn hele lijf stapte hij op de verhoging. De yogi boog voorover en zette zijn verweerde handpalmen op de grond, waarmee hij Dan een gruwelijke blik op zijn rimpelige aarsgat bood. De leerlingen in de zaal volgden zijn voorbeeld, en heel even ving Dan een onwezenlijke glimp op van Brees blote borsten ondersteboven tussen haar wijd gespreide benen. Hij werd uit zijn wezenloze staat gewekt door de leraar, die hem van achteren vastpakte, zijn blote buik tegen Dans magere, blote rug drukte en zachtjes zijn hoofd omlaag duwde, zodat Dan alleen nog maar zijn eigen benen en de spillebenen van de naakte man achter hem zag. Dan was nog nooit intiem geweest met een ouder iemand, laat staan met een oude Indiase yogagast.

Maar als een jongen een meisje wil, kent hij geen schaamte meer.

n gaat voor inheems

'Ik weet een goeie plek waar we hierna naartoe kunnen,' kondigde Tawny aan. Ze likte aan haar duim en stak hem voor de laatste kruimels in de vettige doos gefrituurde garnaaltjes.

Nate nam de laatste slok uit zijn Corona-flesje en knikte. 'Ik vind alles best.'

Aan een piepklein tafeltje bij het vieze raam van de Oyster Shack zaten ze met hun handen te eten, bier te drinken en te praten – dat wil zeggen, Tawny voerde het hoogste woord. Over hoe ze leerde surfen. Over haar vader, die brandweercommandant was geweest maar van een ladder was gevallen en nu niet meer werkte. Over Disney World, waar ze vier keer geweest was. Over haar krullen, die puur natuur waren, al dacht iedereen altijd dat ze een permanent had. Over hoe spannend ze het vond om volgend jaar eindelijk van school te gaan.

Nate luisterde amper naar haar: ze was gruwelijk sexy en hij genoot ervan om alleen maar naar haar te kijken. In Upper East Side had je niet veel meiden als Tawny: dik, blond, golvend haar dat over met sproeten bezaaide, karamelkleurige schouders viel, roze lippen die naar kersen-Labello smaakten, lichtblauwe ogen met lange wimpers en slanke, gebruine vingers met zilveren ringen erom.

Blair wilde altijd weten wat zijn favoriete band was, zijn eerste herinnering, wat hij later wilde worden. Ze zei dat ze hem wilde leren kennen, maar het gaf hem altijd het gevoel dat ze hem aan een examen onderwierp waarvoor hij nooit kon slagen. Tawny leek Nate prima te vinden zoals hij was. Een hitsige, arrogante hasjbaal?

Na het eten hees Tawny zich op het stuur van Nates fiets om de weg te wijzen. Ze wierp haar hoofd in haar nek en haar lange haar kriebelde in zijn neus.

'Niet zo hard! Jawel, harder!' gilde ze.

'Waar gaan we naartoe?' schreeuwde Nate toen ze over drie boomwortels en een kei bonkten.

Tawny keek hem over haar schouder aan. 'Je zult wel zien... Hé, stop! Laat me eraf.'

Nate kwam slippend tot stilstand en Tawny sprong op de grond. Haar lila hotpants was omhoog gekropen, zodat hij een fantastisch uitzicht op haar stevige surfersbillen had. Shit, wat een lekker ding!

'Dat was leuk,' lachte ze, en ze begon door de struiken naar het strand te rennen. 'Laat je fiets maar staan. Hier wordt-ie niet gejat.'

Nate zette zijn fiets tegen een boom. De middagzon sijpelde door de takken boven zijn hoofd, maar het was koel en stil in het bos. Terwijl hij achter Tawny aan liep, bedacht hij hoe vreemd het was dat hij nog maar een paar weken van school was en nu al zo'n totaal ander leven leidde. Hij was bouwvakker en ging met een sexy griet uit de Hamptons. En waarom niet? Als Blair alles om kon gooien – ze ging trouwen, verdomme! – waarom zou hij dat dan niet kunnen? Tawny was gemakkelijker in de omgang dan de andere meiden met wie hij iets had gehad; ze was niet veeleisend en egocentrisch zoals Blair, ze was niet naïef en afhankelijk zoals Jenny, niet onvoorspelbaar en onachtzaam zoals Serena. Ze... was er gewoon.

Klassieke hasjbalenlogica.

'Kom nou,' zei Tawny ongeduldig. Ze kwam een stukje terug hollen en nam hem bij de hand.

Door de bosjes leidde ze hem naar een zonnige open plek

waar twee enorme bomen boven op elkaar waren gevallen, waardoor natuurlijke banken waren ontstaan die klaarblijkelijk populair waren bij de mensen uit de buurt, want de bosgrond lag bezaaid met lege bierflesjes en sigarettenpeuken. Drie jongens zaten op een van de gevelde reuzen een joint te roken. Achter hen, tussen de bomen, glinsterde en golfde het blauwzwarte water van de Long Island Sound.

'Hé, jongens!' riep Tawny.

Drie hoofden draaien hun kant op. Met hun wijde spijkerbroeken en geëpileerde wenkbrauwen, haren vol gel en suffe gestreepte overhemden waren ze precies het soort dat Nate en zijn vrienden in de stad zouden uitlachen. Het soort dat ruzie zocht met uitsmijters en liters goedkope eau de cologne op had. Maar kennelijk waren dit Tawny's vrienden.

'Nate, dit zijn Greg, Tony en Vince.'

Nate knikte opgelaten. 'Hoe gaat-ie?'

Tawny klauterde over de boomstam en nam plaats naast Greg, een door de zon diepbruin gekleurde jongen met een joint in zijn hand, die zijn borst territoriaal vooruit stak en Nate daardoor aan een bulldog deed denken.

'We hebben goed spul, *bro*,' verklaarde Vince, die als twee druppels water op Greg leek. 'Ga zitten.'

Bij dit aanbod veerde Nate op. Hij had er de pest aan om 'bro' genoemd te worden door gasten die hij niet kende en hij had de pest aan losers die deden alsof ze cool waren, maar een jointje was precies wat hij nodig had – zelfs als hij het met deze sufkoppen moest oproken.

Tawny nam een trek en gaf de ietwat vochtige sigaret aan hem door. Nate inhaleerde gulzig.

'Goed spul, toch?' vroeg Greg bars. 'Van mijn gewone mannetje. In de zomer heeft-ie het altijd keidruk, weet je, maar zijn beste spul bewaart-ie voor trouwe klanten als ik, die het hele jaar bij hem kopen.'

Het was geen geweldige wiet – de Hawaiiaanse die Nate thuis in zijn slaapkamer had was stukken beter – maar hij mocht niet klagen.

'Kloterige stadslui,' gromde Vince, die de joint van Nate aannam. 'Komen 's zomers altijd alles verkloten. Klotefiles. Kloteclubs. Klotezooi.'

Mooi gesproken.

'Zomerpubliek, man,' mompelde Tony, die tot nu toe nog niets gezegd had. Hij keek dreigend naar Nate, bekeek hem wantrouwig van onder de vettige klep van zijn Coney Island Cyclones-pet.

Nate werd al lekker wazig in zijn hoofd, zoals altijd als hij wiet rookte, maar hij hoorde wel wat er gezegd werd. Luid en duidelijk.

'Absoluut.' Tawny geeuwde en legde loom haar blonde hoofd op Nates schouder.

Nate keek naar zijn eigen kapotte werkkleren. Het was wel duidelijk dat Tawny niets moest hebben van de rijke stinkerds die elke zomer de Hamptons overspoelden – en Nate was een van die rijke stinkerds. Met zijn arbeiderskleurtje en gehavende kleren hield ze hem vast voor een jongen die 's zomers moest bijverdienen, misschien omdat hij anders geen geld had om naar Yale te gaan. Hij voelde zich opeens vreselijk schuldig. Hij was niet bepaald eerlijk tegen haar geweest. Oude gewoontes slijten niet.

'Elk jaar hetzelfde liedje,' vervolgde Tony. 'Waarom gaan ze niet lekker ergens anders heen, Frankrijk of zo?'

'Zo erg zijn ze niet,' waagde Nate te zeggen. 'Ik bedoel, ik kom eigenlijk ook uit de stad...'

Tawny tilde haar hoofd op. 'Echt wáár?' vroeg ze. Ze kneep haar anders zo grote blauwe oogjes tot spleetjes. 'Dat heb je helemaal niet verteld.'

'Je hebt er nooit naar gevraagd,' kaatste Nate terug. De drie jongens mompelden iets. Vince spuugde in het zand. Op het water deed een visser zijn lichten aan.

Tony spuugde op de grond. 'Ik wist het,' zei hij. 'Ik róók het gewoon.'

'Maar dat maakt toch niet uit?' Nate schudde zijn hoofd. 'Ik bedoel... Ik ben niet zoals veel van die lui.'

'Nee, dat is wel zo.' Tawny liet zich weer tegen hem aan zakken en wreef met haar slaap langs zijn werkmansborst. 'Neem je me een keer mee naar de stad?'

'Tuurlijk.' Nate sloeg een gebruinde arm om haar middel. 'Leuk.'

Als hij haar maar uit de buurt houdt van Blair Jaloers-Kreng Waldorf.

kom een keertje bij me langs

's Avonds na hun huiswerksessie en weer een ontmoedigende dag repeteren zat Serena in een taxi op weg naar het Chelsea Hotel. Maar deze keer had ze iets om zich op te verheugen. Ze zocht de berichten in haar telefoon op, vooral omdat ze het sms'je van Thaddeus nog een keer wilde lezen.

Kom naar me toe. Ik mis je. xx

Na alle beledigingen die Ken Mogul naar haar hoofd had geslingerd was Serena een beetje aan zichzelf begonnen te twijfelen, maar hier was het dan: het onweerlegbare, digitale bewijs dat zij, Serena van der Woodsen, het nog steeds had.

De taxi draaide met een wijde boog Twenty-third Street in en Serena's hart begon een beetje sneller te kloppen – over een paar minuten was ze bij zijn hotel. Ze had al veel knappe vriendjes gehad, maar ze was nog nooit gevallen voor iemand als Thaddeus. Hij zag er natuurlijk heel goed uit, maar er was ook nog iets anders met hem. Serena had het gevoel dat ze meer zouden zijn dan collega's, meer dan minnaars – ze werden vast ook de beste vrienden.

Niet dat ze een nieuwe beste vriend nodig had. Of wel? Ze wist het nooit zo goed.

Toen ze eindelijk bij het Chelsea aankwamen, stopte ze de chauffeur een briefje van twintig in zijn hand, stapte haastig uit en rende de hotellobby in. Hoewel het filmen in Barneys inmiddels begonnen was, had Ken gezegd dat ze buiten de set nog steeds zoveel mogelijk moest oefenen. De vertrouwde donkere gangen met beroemde schilderijen gaven Serena een wee gevoel in haar maag, maar ze probeerde niet meer te denken aan alle negatieve dingen die Ken haar in dit gebouw had toegeschreeuwd en zich te concentreren op wat komen ging: haar rendez-vous met Thaddeus Smith.

Ze klopte zachtjes op zijn deur, die hij, met een geschrokken blik in zijn ogen, bijna meteen opentrok. Zijn veel te wijde korte broek hing zo laag dat zijn effen grijze boxershort eronder te zien was.

'Serena!' riep hij uit. 'Wat is er aan de hand?'

'Niets,' fluisterde ze, terwijl ze langs hem de kamer in glipte. Ze liet haar kakikleurige Marc Jacobs-strandtas op de grond vallen en plofte op de bank neer.

Thaddeus deed de deur dicht en hees licht blozend zijn broek op. 'En,' zei hij, 'hoe gaat-ie? Was je in de buurt?'

'Zoiets ja.' Serena lachte. Ze vond het wel lief dat die wereldberoemde filmster zo liep te hannesen. God, wat was het leuk om met hem te flirten.

Thaddeus raapte een t-shirt van de grond op en trok het aan. 'En,' mompelde hij, 'heb je in je eentje gerepeteerd?'

'Het is zo vervelend,' zei Serena met een zucht. 'Maar Ken doet alsof ik het nooit onder de knie zal krijgen.'

'Ik zeg altijd dat het harder werken is dan mensen denken,' zei Thaddeus. 'Iedereen gaat er maar vanuit dat het allemaal glamour is, met feesten en premières en zo, maar ik werk verdomme keihard voor mijn centen. Maar dat hoef ik jou niet te vertellen.'

Nee, het valt niet mee om drie miljoen per film te verdienen.

'Ik wou dat iemand me gewaarschuwd had.' Serena raapte haar tas op en stak haar hand erin. Ze had zich onderweg zo opgewonden, ze moest zich even ontspannen. 'Mag ik roken?'

'Ga je gang.' Thaddeus gebaarde flauwtjes naar de salontafel, waar al een asbak stond en een paar aanstekers lagen.

'Maar weet je, Serena, het komt nu eigenlijk niet zo goed uit. Mijn vriend Serge kan elk ogenblik langskomen.'

Serena bleef zitten waar ze zat. Waarom was het toch zo moeilijk om hem even voor zich alleen te krijgen?

'Nou, je sms'je klonk anders niet alsof je het druk had.' Ze glimlachte gespannen. Die quasi-bedeesde act van hem was wel een beetje verwarrend.

Een beetje?

'Shit!' riep Thaddeus uit. 'Heb jíj dat sms'je gekregen?'

'Mm-mm,' mompelde ze met ingehouden adem.

'Nou, daar ben ik blij om,' stamelde hij. 'Ik vond dat we, eh, best nog een beetje werk konden verzetten.'

Waarom was hij zo zenuwachtig? Het was moeilijk te geloven dat zo'n mooie en succesvolle man als Thaddeus Smith zo verlegen was met meisjes!

'Wérk!' Ze trok een pruilmondje. 'Ik dacht dat je misschien, je weet wel, een keertje lol wilde maken.'

'Lol,' herhaalde Thaddeus. 'Werk kan ook...' Hij werd onderbroken door het piepen van zijn mobiel. Hij keek op het schermpje. 'Serena, dit moet ik even nemen. Sorry. Ik ben zo terug.' Hij liep naar de slaapkamer, zodat Serena hem alleen nog 'hallo' hoorde zeggen.

Ze maakte haar half opgerookte sigaret uit. Het griezelige gedrag van Thaddeus begon op haar zenuwen te werken. Liep ze te hard van stapel? Of juist niet hard genoeg? Híj had haar toch een uitdagend sms'je gestuurd? Waarom zou hij een vriend uitnodigen? Had Thaddeus perverse voorkeuren? Dat was niet echt haar ding.

'Sorry,' zei Thaddeus toen hij de slaapkamer weer uit kwam. Hij gooide de telefoon op tafel, waar hij met een klap neerkwam. 'Laten we maar wat tekst oefenen, nu je er toch bent.'

'Tekst?' vroeg Serena.

Thaddeus ging met een zucht in de fauteuil zitten. 'Neem

mijn script maar,' zei hij. 'Ik ken mijn tekst uit mijn hoofd.'

'Laten we met scène zeventien beginnen,' stelde ze hoopvol voor. 'Je weet wel, de liefdesscène?'

Doen alsof. Meer zit er voor haar misschien toch niet in.

een vers kopje thee

'Gaat het?' vroeg Vanessa aan Dan. Hij lag languit op bed te krimpen van de pijn. De sigarettenpeuken lagen verspreid over de versleten bruine vloerbedekking, alsof hij niet de kracht had om op te staan en een van de halflege koffiekoppen te pakken die hij normaal altijd als asbak gebruikte.

'Shitshitshit,' siste hij. 'Ik geloof dat ik iets verrekt heb.'

Vanessa pakte de beduimelde *Bhagavad Gita* die op zijn onopgemaakte bed lag. Ze wist dat het een heilige Indiase tekst was, maar had nooit de behoefte gevoeld er meer over te weten te komen. Toen zag ze dat Dan in zijn grote zwarte schrift aan een nieuw gedicht werkte. Hij draaide zich op zijn rug.

'Wat schrijf je?' vroeg ze. Ze pakte het schrift en las de eerste regels:

Ware liefde. Ware lust. Waarheid.
Boeddha was geen Jezus. En ik.
Ik ben ook maar een man.

Nieuwsflits: Bikram-yoga doodt creatieve hersencellen, zodat dichters die toch al slechte gedichten schrijven nóg slechtere gedichten gaan schrijven.

'Dat mag je niet lezen!' Dan griste het schrift uit haar handen. 'Dat is, eh, privé. Wil je thee?' Hij ging rechtop zitten. 'Ik heb net een zakje Mellow Mint gekocht. Dat zuivert je bloed en helpt je lichaam écht te ademen.'

Vanessa grinnikte. 'Je maakt een geintje, hè?'

'Kom mee.' Dan geeuwde en kwam wankel overeind. Vanessa volgde hem in slakkengang naar de keuken, die vol stond met stapels vuile vaat. Broodkruimels lagen op het aanrecht en de broodrooster lag op zijn kant. Rufus had een fonduepan met kaas midden op het snijblok laten staan. Vanessa prikte met een vork in het dikke vel terwijl Dan twee koppen water in de magnetron opwarmde.

Hij liet twee zakjes Mellow Mint in de koppen vallen en gaf er een aan Vanessa. Ze probeerde hem in de ogen te kijken, maar gek genoeg ontweek hij haar blik. Dit kwam voor een deel doordat Vanessa er in haar nieuwe zwarte jurkje zo mooi uitzag en voor een deel doordat hij werd verteerd door schuldgevoel om zijn capriolen met Bree, waarover hij nog steeds niets tegen zijn vriendin had gezegd.

'Hé,' begon ze voorzichtig. 'Wat zie ik je nog maar weinig.'

'Ik heb veel gewerkt,' antwoordde hij met zijn neus in zijn theekop. 'Ze hebben me bij de Strand hard nodig. En ik heb een paar nieuwe vrienden gemaakt.'

Vanessa grinnikte. 'Een gekkenhuis, de wereld van het tweedehands boek.' Waarom gedroeg hij zich zo bizar? Een paar dagen geleden had ze nog gemerkt dat hij het jammer vond dat zij zoveel uren maakte, maar sinds ze bij hem ingetrokken was, waren ze net toevallige huisgenoten die elkaar nog niet zo goed kenden.

'Je hoeft niet zo bot te doen,' zei Dan, met zijn lepel tegen de rand van zijn Beat Poets Do It On The Road-mok tikkend. 'Wie zich een oordeel aanmatigt begeeft zich op het pad van de negatieve energie.'

'Pardon?' vroeg Vanessa schril. 'Wil je dat nog een keer zeggen?'

'Ik verwacht niet dat je het begrijpt.' Hij nam een slok, ook al was de thee nog gloeiend heet. 'Het is een van de hoekstenen van de filosofie van de yogi.'

'De enige yogi die ik ken is een beer die picknickmanden jat. Ik weet niet waar je die newagepraat vandaan hebt, maar de Dan Humphrey die ik kende en altijd zo leuk vond, zou zeggen dat je uit je nek kletst.'

'Nou, de Vanessa Abrams die ík kende zou nog liever doodgaan dan voor zo'n laffe Hollywood-lul werken,' kaatste Dan kwaad terug. Dat 'en altijd zo leuk vond' liet hij weg, want op het moment vond hij heel iemand anders leuk.

'Wat?' Vanessa zette haar theekop neer. Dit was niet eerlijk. Hij wist dat Ruby haar eruit had gezet en dat ze geld nodig had. En was hij dan niet trots op haar, omdat ze op haar achttiende al aan een grote speelfilm werkte? 'Voor mijn werk moet je tenminste meer kunnen dan stoffige oude boeken op alfabetische volgorde zetten.'

Hij deed zijn ogen dicht en ademde luidruchtig in door wijd opengesperde neusgaten, iets wat hij gisteren bij yoga geleerd had. *Adem het goede in, adem het slechte uit.* 'Ik dacht dat samenwonen te gek zou zijn, maar volgens mij ben je behoorlijk veranderd.'

Vanessa zuchtte boven haar dampende theekop. Dat spul smaakte naar tandpasta en luchtverfrisser. 'Je bent zelf veranderd,' bitste ze terug. 'Misschien moet ik maar gewoon bij je uit de buurt blijven.' Ze blies in haar kop.

'Hou op zeg,' antwoordde Dan giftig. 'Jij wilde dat ik uit jouw buurt bleef, niet omgekeerd. Ík was degene die zich verheugde op deze zomer samen. Jíj wilde alleen maar werken.'

'Goed, dan krijgen we dus allebei onze zin.' Vanessa nam een laatste slok Mellow Mint voor ze haar kop tussen de oude kranten en aangekoekte steelpannen op het aanrecht zette. Toen beende ze de keuken en het appartement uit om in de smoezelige koffieshop op Broadway een behoorlijk kop koffie te gaan halen.

Dan haalde zijn handen door zijn slordige lichtbruine haar. Hij voelde zich inderdaad reuze mellow... zeg maar gewoon zo slap als een vaatdoek. Hij haalde een pakje sigaretten uit de achterzak van zijn verwassen zwarte ribbroek en stak er een aan met het voorste pitje van het gasfornuis. Yogi zou er vast niet over te spreken zijn.

goed voorgaan doet goed volgen

Blair stapte in de ivoorkleurige kalfsleren Winter by Bailey Winter-naaldhakken die haar sollicitatieoutfit afmaakten. Ze waren misschien een tikje *too much*, maar ze wilde per se ook iets aan van de man zelf. Het zou al te opzichtig zijn om in een creatie van hem aan te komen, maar met alleen de schoenen erkende ze op een geslepen, subtiele manier het genie van de man zonder over te komen als de eerste de beste wanhopige modegroupie.

In de babykamer van haar zusje Yale, beter bekend als haar oude slaapkamer, bewonderde Blair zichzelf in de passpiegels. Het licht was er veel beter dan in die groezelige kamer van Aaron, waar de stank van kruidensigaretten zich in de muren genesteld had. Ze knikte haar spiegelbeeld toe. Al zag ze er zelfverzekerd uit, ze was best zenuwachtig. Blair had een verleden van ongelukkige beoordelingsgesprekken – bij haar toelatingsgesprek op Yale had ze de man van de toelatingscommissie zelfs gekust. Vervolgens had ze een tweede gesprek gehad met een oud-student van Yale, met wie ze bijna in bed gedoken was. De kans dat ze met Bailey Winter ook de fout in zou gaan was klein. Met zijn zonnebankbruine huid en blinkend witte tanden was hij best knap, maar Blair was beslist niet zijn type.

Ahum. Tenzij ze opeens besloot verder als meneer Blair door het leven te gaan.

Ze draaide zich om en keek over haar schouder naar haar achterkant. Dit gesprek was nog sneller geregeld dan ze al had gehoopt – Eleanor Rose had alleen maar even hoeven bellen – maar dit was haar grote kans en die wilde ze niet verknallen.

Serena mocht gerust Hollywood-ster worden; Blair ambieerde een carrière in de mode. Ze kende alle belangrijke ontwerpers, winkels en tijdschriften en ze wist alles van kleren en hoe je ze moest dragen. Straks was ze een wereldberoemde modemuze. Dan zat ze bij elke show van Bailey Winter op de eerste rij, werd er een parfum naar haar genoemd en was ze het gezicht van zijn reclamecampagnes. Hun relatie zou van dezelfde orde zijn als die van Audrey Hepburn met het huis Givenchy – stof voor legendes. Serena mocht dan Audrey Hepburn nadoen op het witte doek, Blair zou in het echte leven Audrey Hepburn zíjn.

Maar was er niet al een parfum dat naar Serena genoemd was? Oeps.

Het aanhoudende gepiep van haar Vertu in Aarons kamer haalde haar uit haar dagdroom. Ze was al achtenveertig uur terug uit Londen, maar nog niemand had haar gebeld, niet op haar Engelse nummer, dat alleen lord Marcus had, en niet op haar gewone nummer, waarop de rest van de wereld haar kon bereiken. Ze leefde in ballingschap, dacht ze bij zichzelf, en ze zou pas weer aan de maatschappij deelnemen als ze een dramatische verklaring kon afleggen – bijvoorbeeld dat ze op speciaal verzoek van Bailey Winter uit Engeland was teruggekomen. Het mocht niet uitlekken dat ze terug was omdat lord Marcus liever met zijn paardenbek van een nicht zat te slijmen dan dat hij Blair in haar enorme hotelbed in vervoering bracht.

Alsof we geen manieren hebben om achter de waarheid te komen.

Ze rende terug naar Aarons kamer en griste de telefoon van het bureau. Op het schermpje stond Marcus. De lord in hoogsteigen persoon.

Ze drukte op 'beantwoorden'. 'Wat moet je?' vroeg ze bot.

'Blair, lieverd, wat is er aan de hand? Ik probeer je de hele tijd te bereiken.'

'Ik zou niet weten waarom,' antwoordde Blair koud. 'Als je me iets te zeggen had, had je daar alle tijd voor toen we nog op hetzelfde continent zaten.'

'Bedoel je dat je weg bent?' vroeg lord Marcus verbaasd. 'Ik dacht dat je misschien naar een ander hotel was of naar je vader in Parijs of zo. Ik heb me zo'n zorgen gemaakt.'

'Ja vast,' zei Blair sarcastisch. Met de telefoon aan haar oor liep ze terug naar Yales kamer.

'Dit gaat toch niet om Camilla, hè lieverd? Want, weet je, ze is mijn achternicht, dus natuurlijk...'

'Natuurlijk wát?' wilde Blair weten. Ze zag haar gezicht rood aanlopen in de spiegel. 'Eerlijk gezegd wil ik het helemaal niet weten. Als jij *Bloemen op zolder* wilt spelen, ga je gang. Maar goed, ik heb hier helemaal geen tijd voor – ik ben een druk-bezette vrouw. Ik werk voor Bailey Winter!'

'Blijf je de hele winter? Was het dan allemaal maar een mis-verstand?' vroeg lord Marcus opgewekt. 'Camilla vraagt ook al naar je. Wat zal ze opgelucht zijn.'

'Doe haar de groeten,' zei Blair kortaf. Ze drukte op 'beëin-digen' en haalde de batterij uit de telefoon. Nadat ze grondig gecontroleerd had of er geen kleine deeltjes aan zaten die eraf konden, legde ze hem in de wieg van Yale. Want je bent nooit te jong voor je eerste mobieltje.

Blair keek op haar Chanel-horloge. Ze werd zo bij Bailey Winter verwacht, en het paste niet om te laat te komen. Ze liep door de lange gang naar de keuken, waar haar moeder aan het marmeren eiland op haar gemak rillette met brood zat te eten, alsof ze niet bijna weg moesten. Blairs broertje Tyler en zijn vriendinnetje Jasmine zaten aan weerszijden van haar cola te drinken.

'Leuk je weer te zien, Blair,' zei Jasmine met een bewonderend lachje.

Jasmine was Blairs stalker. Dit was maar al te duidelijk geworden toen ze op Blairs examenfeest verscheen in net zo'n Oscar de la Renta-pakje als Blair zelf aanhad. Ze had prachtig, gezond glanzend, bijna zwart haar, maar afgezien daarvan was ze de irritantste persoon op aarde.

'Mam,' zei Blair zonder op Jasmine te letten, 'leg weg. We moeten gaan.'

'Rustig maar,' antwoordde haar moeder terwijl ze onzichtbare kruimels van het eiland af veegde. 'We hebben tijd zat. Bovendien kom ik al jaren bij Bailey Winter over de vloer en die man is altijd tien minuten te laat. Dat weet iedereen.' Ze nam nog een hap brood.

'Bailey Winter?' vroeg Jasmine opgewonden. Haar blik viel op Blairs schoenen. 'Die zijn van Bailey Winter! Ik heb precies dezelfde in het zwart. Ik had ook die ivoorkleurige moeten nemen.'

Blair keek haar dreigend aan.

'Hé Blair?' vroeg Tyler, die tegelijk muziek op zijn iPod downloadde en een sms'je verstuurde. Zijn ogen schoten van het ene schermpje naar het andere.

'Ja?' Ze tikte ongeduldig met haar naaldhak op de grond. Konden ze verdomme niet gewoon vertrekken?

'Ben je echt helemaal naar Londen geweest zonder ook maar één cadeautje voor me mee te nemen?'

'Sorry,' zuchtte ze. 'Ik moest nogal plotseling terug.'

'Je had anders wel tijd zat om voor jezelf een paar dingetjes te kopen,' merkte Eleanor op. Ze stak een olijf in haar mond.

'Ik ben Jasmine.' Tylers vriendinnetje sprong van haar kruk en stak een hand naar Blair uit. 'Jij bent Blair, dat weet ik. We hebben elkaar al eens ontmoet, maar dat was op je examenfeest, dus dat weet je misschien niet meer.'

Alsof Blair haar kleine na-apertje ooit zou vergeten.

Een dertienjarige met zulke goede manieren had iets verdachts. Tyler met een vriendinnetje had eigenlijk ook wel iets verdachts – hij had nooit enige belangstelling voor meisjes getoond en was altijd tevreden geweest met zijn computer, zijn waterpijp en zijn collectie langspeelplaten.

'We gaan, mam,' commandeerde Blair. 'Ik heb geen zin om te laat te komen. Dit is mijn kans om een goede indruk op die man te maken.'

'O, lieverdje.' Eleanor nam nog een laatste hap en zette de rest op het aanrecht; Myrtle ruimde het wel weer op. 'Ik ben blij dat je dit zo serieus neemt.'

'Wacht, gaan jullie naar Bailey Winter toe?' informeerde Jasmine.

Dat zou ze wel willen weten.

'Hij wil dat ik voor hem kom werken,' antwoordde Blair ijzig.

'Ik ben dól op zijn kleren,' zwijmelde Jasmine. 'Ik mag alleen nog maar B by Bailey Winter kopen; de echt mooie spullen mag ik van mijn moeder pas over een paar jaar, maar dat geeft niet. Ik bedoel, ik loop toch de hele dag in uniform, dus...'

Blair liet haar niet uitpraten. 'Jajaja.' Had ze soms om haar levensverhaal gevraagd? 'Ik vraag vast aan de portier of hij een taxi aanhoudt. Mam, als je er over vijf minuten niet bent ga ik zonder jou.'

Blair nam in haar eentje de lift naar de lobby en ging op de stoep staan roken. Intussen keek ze voortdurend op haar horloge. Na precies vijf minuten kwam Eleanor in een oranjeroze chemisejurkje van Bailey Winter en platte beige schoentjes van Tod's naar buiten gefladderd. Maar ze was niet alleen: Jasmine holde opgewonden naast haar als een kind van drie dat voor het eerst de *Notenkraker* gaat zien. Blair liet zich niet uit het veld slaan. In haar hoofd speelde een film: de eenvoudige muze was onderweg naar haar geniale couturier. Zelfs Jasmine kon dit niet verpesten.

Toen ze bij Bailey Winters monumentale herenhuis aan Fifth Avenue aankwamen, was Blair als eerste de taxi uit. Haar moeder en Jasmine kwamen als hofdames achter haar aan. Als het tijd werd om haar film te monteren, konden de figuranten er gemakkelijk uit geknipt worden.

Bij de deur werden ze begroet door een heuse Engelse butler, in jacquet en alles, die hen naar de salon op de eerste verdieping bracht en ze met naam en toenaam aandiende. 'Miss Eleanor Rose, miss Blair Waldorf en miss Jasmine James-Morgan,' zei hij met donderende stem. Het deed Blair aan lord Marcus denken, maar alle gedachten aan hem vervlogen zodra ze voet zette in de chicste kamer die ze ooit had gezien. Boven de mahoniehouten lambriseringen hingen enorme olieverfdoeken aan de muren, van vredig glimlachende aristocratische vrouwen gekleed in ongelooflijke gewaden van kant en zijde. Er stonden marmeren piëdestals met spierwitte torso's en busten, en hoog in de muur die het lawaai van Park Avenue buiten hield zat een gigantisch gebrandschilderd raam.

'O mijn god!' riep de bekende schelle stem van Bailey Winter. De gerenommeerde ontwerper danste als een schoolmeisje de kamer in, met zijn geelwitte haar recht overeind alsof hij zichzelf met zijn föhn geëlektrocuteerd had. Hij was verbazingwekkend klein, een miniatuur mannetje gekleed in een blauwe blazer met koperen knopen, een overhemd, witte linnen broek en blote voeten in crèmekleurige mocassins die piepten op de hardhouten vloer. Om zijn hals droeg hij een felgele choker in de print die hij ook voor zijn laatste collectie had gebruikt. 'Eleanor Rose, vuil kreng, wat ben je dun!'

'Bailey!' riep Eleanor. Ze omhelsden elkaar en plantten natte smakzoenen op elkaars wangen.

Mwa, mwa, mwa, mwa!

'En wie zijn deze heerlijke dames?' vroeg Bailey, terwijl hij met een dramatisch gebaar zijn jarenzeventigzonnebril afzette en een hand naar zijn kin bracht. 'Prachtig. Ze zijn echt prachtig, nietwaar?' vroeg hij aan niemand in het bijzonder.

'Bailey,' zei Eleanor trots, 'dit is mijn dochter Blair, en dit is Jasmine, de vriendin van mijn zoon Tyler.'

'Iek!' piepte Bailey Winter.

Blair had nog nooit van haar leven een man zo'n geluid horen maken.

'Ze zijn ongelooflijk,' zei hij ademloos. 'Kom, ga zitten. Eerst maar eens een kopje thee en een babbeltje, hè dames?' De ontwerper wenkte de butler, wapperend met zijn hand alsof die niet goed aan zijn pols vastzat. Hij ging hun voor naar een gigantische hoekbank en bleef opeens stokstijf staan. Hij draaide zich om en grijnsde maniakaal naar Blair. 'Psst,' siste hij, '*thee* is alleen maar een codewoord voor *martini*.' Hij knipoogde.

Blair knipoogde terug en een glimlach trok over haar gezicht. Dit was niet wat ze verwacht had. Het was veel, véél beter.

moet v de stad verlaten?

'Oké, we doen een take,' zei Ken Mogul tegen zijn eerste regie-assistent. Hij zat somber onderuitgezakt in een canvas stoel met zijn initialen erop, een afgekloven ballpoint tussen zijn opeengeklemde kaken.

Vanessa richtte haar camera op het tafeltje waar ze zou gaan draaien. Fred's, het restaurant van warenhuis Barneys dat zo'n grote rol in de film speelde, was afgeladen vol. In plaats van het gebruikelijke lunchpubliek was er nu de honderdkoppige *Breakfast at Tiffany's*-crew, aan het werk onder felle fabriekslampen. Om ruimte te maken hadden ze de meeste tafels en stoelen weggehaald, maar met al die make-up-mensen, rekwisietenmensen, haarmensen, lichtmensen, loopjongens, regie-assistenten, assistenten van de regieassistenten en stagiaires was het een krappe bedoening. Net als de schoenenafdeling tijdens de uitverkoop.

'Oké, we doen een take!' schreeuwde de assistent. Iedereen schoot weg en Ken Mogul zwaaide naar Vanessa, die rechts van hem door de zoeker van haar camera stond te kijken. 'Draaien maar, Vanessa.'

'We draaien!' riep Vanessa trots. Ze had er jarenlang van gedroomd om dat te roepen, al had ze zich altijd voorgesteld dat ze het in een mortuarium of zo zou doen, of waar ze haar eerste onafhankelijke speelfilm dan ook zou draaien. In elk geval niet in Barneys, en niet met Thaddeus Smith als hoofdrolspeler. Maar toch, ze was een heel eind gekomen sinds ze voor school een bewerking van *Oorlog en Vrede* maakte.

Vandaag was de tweede draaidag en op het programma stond een belangrijke restaurantscène tussen Thaddeus als Jeremy en arthouse-ster Miranda Grace als Helena, de slechterik. *Breakfast at Fred's* was de eerste film die ze maakte zonder haar tweelingzus Coco. Officieel heette het dat Miranda op eigen benen wilde staan, maar in werkelijkheid zat Coco in een ontwenningskliniek. Ze was vervangen door een zekere Courtney Pinard, een meisje dat Ken in Washington Square Park had zien skateboarden en in het echt de skatestunts uitvoerde die Coco in haar ontredderde toestand niet onder de knie had kunnen krijgen. Op de set pakte Miranda haar met ijs gevulde cocktailglas, draaide er even mee en dronk het toen in één teug leeg. Ze schraapte luidruchtig haar keel en pakte over het tafeltje heen Thaddeus' hand.

'Geloof jij in het lot, schat?' vroeg ze.

Haar woorden galmden over de set, waar het zo stil was dat Vanessa het ijs in Miranda's glas kon horen tingelen.

'Ik weet niet zo goed meer waar ik in geloof,' antwoordde Thaddeus zacht. 'Maar één ding weet ik wel.' Hij zweeg.

Dit was het moment waarnaar Vanessa, en iedereen op de set, met angst en beven had uitgekeken. Nu moest Serena met een versleten bontstola achter zich aan binnen komen vallen en bij het stel aan tafel gaan zitten.

Een seconde ging voorbij. En toen nog een.

Geen Serena. Geen Holly. Niemand.

'Fuck! Stop maar!' blafte Ken Mogul.

'Stoppen jongens,' herhaalde de eerste assistent kalm en meteen kwam de set weer tot leven: vanuit de schaduwen zwermden de mensen van haar en make-up uit om Thaddeus' haar te touperen en Miranda's lipgloss bij te werken. Iemand van de rekwisieten schonk Miranda's glas weer vol en veegde de lippenstift van de rand.

'Wil iemand,' fluisterde Ken, 'alsjeblieft tegen fucking miss

Van-der-fuck gaan zeggen dat ze godverdomme op haar plaats moet gaan staan zodat we godverdomme eindelijk een fucking film kunnen gaan maken?'

'Sorry, sorry!' riep Serena, die met een gevaarlijk hooggehakte schoen de set op kwam hinkelen. 'Ik zat nog bij de kleding. Sorry, maar die schoenen, ze zijn gewoon...'

'Serena op de set!' riep de tweede regieassistent.

Bedankt, dat wisten we nog niet.

'Holly, Holly, Holly.' Ken Mogul schudde zijn hoofd. 'Op je plaats, oké? We doen het nog een keer.'

Het leger van assistenten trok zich in de schaduwen terug en ze speelden de scène nog een keer. Deze keer kwam Serena precies op het moment dat Thaddeus antwoord op Miranda's vraag wilde geven het restaurant binnen, hijsend aan de stola die van haar blote schouder was gegleden.

'Hier ben ik, hier ben ik,' riep ze vrolijk terwijl ze langs de andere tafeltjes liep. De chiffon van haar Bailey Winter-jurkje ruiste. Ze trok een stoel bij en ging zitten.

'Kan ik iets voor je doen?' vroeg Miranda onvriendelijk.

'Stoppen, alsjeblieft, stop maar,' mompelde Ken Mogul.

'Stoppen!' schreeuwde zijn trouwe schreeuwlelijk van een assistent.

'Miranda en Serena, kom op, jullie zijn nu Helena en Holly. Zorg dat we erin geloven,' zei hij. 'Miranda, laat ons geloven dat je een vrouw bent die de hele wereld de baas is.'

Miranda knikte schaapachtig en knipperde met haar valse wimpers. Ze kwam van de Lower East Side. Ze had op een ordinaire nonnenschool gezeten. Haar lievelingseten was cheeseburger. Ze had absoluut geen idee waar hij het over had.

Iemand anders wel dan?

Bij de derde take leek alles te kloppen. Thaddeus en Miranda sprankelden, timeden hun tekst perfect en improviseerden zelfs nog een een-tweetje over het menu van de dag. Het licht zag er mooi en natuurlijk uit, zonder ongewenste schitteringen, het geluid was precies goed. Serena kwam op tijd op en verhaspelde niet haar tekst, en toen Ken gilde dat ze konden stoppen was het omdat de scène in de knip was.

'Misschien valt het toch nog mee,' fluisterde de regisseur duidelijk hoorbaar tegen Vanessa. 'Dat was het wel even, mensen,' schreeuwde hij. 'Kwartier pauze.'

Hij wendde zich weer tot Vanessa en zei op gewone spreektoon: 'Nu is het jouw beurt, meid. Laat maar eens zien wat je hebt.'

Geen probleem, dacht Vanessa. Haar hele leven mocht een onbegrijpelijke chaos zijn – wat was er bijvoorbeeld met Dan aan de hand? – maar ze wist wel hoe je met een camera omging.

Ken Mogul sleepte zijn regisseursstoel naar de monitor waarop hij kon zien wat Vanessa net had opgenomen. Vanessa's assistent zette het materiaal voor en Vanessa keek over de schouder van de regisseur mee.

De eerste keer dat ze de scène hadden gefilmd, had Vanessa voor een doorsnee aanpak gekozen. Ze had in- en uitgezoomd om de nuances van het spel goed tot hun recht te laten komen maar wel een vrij conventionele afstand tot de acteurs bewaard. In haar ogen was het resultaat houterig en stijf geweest; keurig en duidelijk maar fantasieloos. De tweede keer had ze voor een radicaal andere aanpak gekozen. Eerst had ze op Thaddeus' lippen ingezoomd en daarna de camera op zijn wenkbrauwen gericht. Dezelfde strategie had ze op zijn tegenspeelster toegepast en het resultaat was een snel, videoclip-achtig effect dat impressionistisch aandeed. Voor de kijker vormde het een grotere uitdaging dan de gemiddelde filmscène, maar het was ook een stuk beter. Bij de derde take was ze nog verder gegaan en had ze de blik van de camera laten rusten op het ijs dat danste in het glas op tafel. Ze vond het een passend symbool voor de complexe relaties tussen de personages. Het was misschien wel haar beste werk tot nu toe.

'Wat is dit, verdomme?' vroeg Ken Mogul kalm.

Vanessa keek op hem neer. Ze wist niet goed wat de klank in zijn stem betekende.

'Ik vroeg je iets,' zei Ken terwijl hij zich naar haar omdraaide. 'Wat was dat verdomme, Vanessa? Wat wás dat?'

'Dat was mijn camerawerk,' antwoordde Vanessa trots, maar haar stem begon te trillen.

'Hou je me soms voor de gek?' schreeuwde Ken Mogul. Crewleden die in de buurt stonden weken achteruit en Vanessa voelde hun ogen op zich gericht.

'Vanessa, wat is dit voor experimentele flauwekul? Hier heb ik je niet voor aangenomen.'

Dat was precies waarvoor hij haar had aangenomen! Zo had hij het zelfs precies gezegd. Vanessa keek hem beduusd aan.

'Nu ben ik het zat. Hier zit ik echt niet op te wachten. Ik heb een actrice die niet kan acteren, ik zit op zo'n klotepen te kauwen omdat ik op mijn eigen set niet eens mag roken en nu dit weer: ons alternatieve filmmaakstertje maakt er met haar camera een klerezooi van. Hier zit ik niet op te wachten. Je bent ontslagen!' Ken keerde zich van Vanessa af en leunde achterover in zijn stoel. 'En jij,' vervolgde hij, wijzend op een loopjongen, 'zeg tegen Thad, Serena en Miranda dat ze moeten blijven. Dankzij deze onzin moeten we het nog een keer doen.'

Vanessa deed haar mond open om iets terug te zeggen, maar er kwam niets uit. Ze was kwaad, godsgruwelijk kwaad, maar vooral diep gekwetst. De tranen sprongen in haar ogen en haar keel zat dicht alsof ze moest hoesten. Ze begreep niet wat er gebeurd was. Ze waren net begonnen met filmen en nu was ze opeens ontslagen? Eerst had Ruby haar eruit geschopt, toen begon Dan zich als een of andere boeddhistische lul te gedragen en nu dít?

'Hallo, Vanessa,' maande Ken bot. 'Ben je soms doof? Ik zei dat je ontslagen was. Rot van mijn set.'

Vanessa stopte haar apparatuur in haar tas en stormde naar de lift. De eerste film die ze op de filmacademie ging maken zou over een gestoorde regisseur gaan die verminkt werd door een roedel hondsdolle prairiewolven. En daarna onder de metro kwam. Kijken wat hij dán van haar camerawerk vond.

samen staan we niet alleen

Het gaf een griezelig gevoel om in Barneys uit de lift te stappen en op een donkere, stille achtste verdieping terecht te komen. Het was net een akelig moment in een levensechte nachtmerrie, wanneer je op een bekende plek staat maar alles toch helemaal verkeerd aanvoelt. Maar dit was geen nachtmerrie, integendeel – dit was een droom die in vervulling ging.

Nog maar twintig minuten eerder had Blair nietsvermoedend 'thee' zitten drinken met Bailey Winter en haar moeder, maar voor ze haar eerste martini op had, was ze al naar Barneys gestuurd.

'Mode heeft geen geduld!' gilde Bailey met zijn hoge meisjesstem. 'Hup Hup!'

Blijkbaar was ze aangenomen.

Hij wilde dat Blair op een holletje naar Barneys ging om aan de kleedster op de set de maten van de hoofdrolspelers te vragen. De naaisters in zijn atelier moesten ze hebben om de kleding voor de feestscène, het hoogtepunt van de film, op tijd klaar te krijgen. Tot nu toe had dit baantje alle kenmerken van een Blair Waldorf-fantasie: mode, glamour, een vleugje drama. Het enige minpuntje was Jasmine.

O ja. Die.

Bailey Winter had Tylers vriendinnetje per abuis aangezien voor een vriendin van Blair en hen per se samen willen aannemen; zij moesten zijn ogen en oren op de set zijn. Maar Blair was niet van plan deze overwinning door haar jonge kloon te laten verzieken. Integendeel, ze zou zelfs gebruik van haar maken. Het was wel duidelijk dat ze Jasmine naar haar pijpen kon laten dansen. In de taxi gaf ze Jasmine alvast instructies over hoe ze zich op de set diende te gedragen. 'Laat mij het woord maar doen. Het talent zal het niet leuk vinden als jij je er ook mee bemoeit,' zei Blair als een oude rot in het vak. Haar gemakkelijk aangeleerde Engelse accent was naadloos overgegaan in Hollywood-jargon.

Als een trouwe pup liep Jasmine door de zwarte marmeren gang achter Blair aan naar Fred's. Ze stapten zo vastberaden voort dat een botsing met de in het zwart geklede, huilende figuur die vanuit het niets op hen af kwam rennen onvermijdelijk was. Vanessa dreunde tegen Blair op en Blair tegen Jasmine, die zo dicht op Blairs hielen zat dat ze met een gilletje tegen de grond ging. Haar bcbg-sandalen schoven zonder haar over de marmeren vloer.

'Godver!' vloekte Blair voor ze haar oude huisgenoot herkende.

'Jezus. Kut. Sorry,' bracht Vanessa uit. Haar wangen en zelfs haar schedel zaten onder de rode vlekken en de tranen dropen van haar kin.

'Alles goed? Je bent helemaal... rood,' stelde Blair sukkelig vast. Vanessa was vreselijk overstuur, dat was wel duidelijk, maar Blair moest Thaddeus Smiths binnenbeenlengte opmeten... En we weten allemaal waar een binnenbeen heen leidt.

'Het gaat wel, het gaat wel,' mompelde Jasmine, al had niemand haar iets gevraagd.

Nadat Jasmine overeind gekrabbeld was stelde Blair de meiden aan elkaar voor. 'Jasmine, Vanessa.' Ze sloeg haar armen om Vanessa heen en gaf haar een luchtzoen op beide wangen. 'Maar hé, wat is er aan de hand?'

Vanessa haalde alleen maar luid snotterend haar neus op. Ze was zo over haar toeren dat ze haar stem niet vertrouwde. Wat moest ze nu doen? Waar moest ze heen?

'Oké, Jasmine,' blafte Blair, die met volle teugen genoot van haar rol als baas. 'Jij blijft hier en let op Vanessa. Ik moet aan de slag. Opdracht van Bailey!' Ze gaf Vanessa een meelevend kneepje in haar schouders en glimlachte flauwtjes. 'Je weet dat ik van je hou!' riep ze, en ze vloog door de klapdeurtjes van Fred's.

Zodra ze binnen was zei Blair op luide toon: 'Pardon, mijn naam is Blair Waldorf. Ik werk met Bailey Winter. Ik moet iemand spreken die hier de leiding heeft.'

Niemand verroerde zich, niemand gaf antwoord. Toen voelde Blair een hand op haar schouder, en een bekende stem zei: 'Ik kan je wel helpen, denk ik.'

'Hé.' Blair draaide zich om en keek in het grijnzende gezicht van haar beste vriendin. Of waren Serena en zij op het moment geen vriendinnen? De ups en downs in hun relatie wisselden elkaar zo snel af dat Blair soms echt moeite had zich te herinneren of ze Serena op dat moment aardig vond of juist niet meer met haar sprak.

'Je bent terug!' piepte Serena. Ze pakte Blair vast en drukte haar stevig tegen zich aan.

Vriendinnen voor het leven, zo te zien.

'Ik ben er weer,' herhaalde Blair met een jaloerse blik op Serena's zwarte Bailey Winter-jurkje.

'Vertel me alles,' zei Serena. Ze liet Blair los en bekeek haar aandachtig. 'Sinds wanneer werk jij voor Bailey Winter? Ik dacht dat je in Londen zat!'

'Ik kon een baan krijgen,' legde Blair achteloos uit. 'Het leek me verstandig om het maar te doen, weet je. Het kan geen kwaad om een beetje werkervaring op te doen.'

'Te gek!' gilde Serena bijna.

'En ik dacht toch al na over een carrière in de mode,' voegde Blair er langs haar neus weg aan toe. De voltallige crew van *Breakfast at Fred's* stond haar aan te gapen, wachtend tot Ken

Mogul verbaal haar kop eraf zou slaan. Vretend van al die aandacht vervolgde Blair argeloos: 'Iedereen heeft een roeping, en mode is volgens mij de mijne.'

'En Londen dan? En lord Hoeheetieookalweer?' wilde Serena weten. Waren de geruchten over zijn Engelse verloofde misschien echt waar? Meestal besteedde ze geen aandacht aan roddels, maar als Blair een adellijke minnaar in Londen opgaf om thuis een baantje te nemen, dan was daar een reden voor.

'Lang verhaal.' Blair zuchtte theatraal. Ze was een werkende vrouw met een verleden. Als Serena haar nu eens dat jurkje leende...

'Vertel het me vanavond maar,' fluisterde Serena opgewonden. 'Ken heeft een eigen appartement voor me geregeld. Je moet echt eens langskomen. Shit, of nee... Trek bij me in!'

'Nou...' Blair aarzelde. Ze was de laatste tijd vaak verkast: het Plaza Hotel, Williamsburg, de Yale Club, Londen. En hoorde ze eigenlijk niet thuis te zijn, bij haar kleine zusje?

'Zei ik al dat ik in East Seventy-first Street woon?' Serena wist maar al te goed dat als iemand dat adres herkende, het Blair Waldorf was.

Verhuizen naar het appartement van *Breakfast at Tiffany's*!

'Dan moet ik even mijn spullen pakken,' antwoordde Blair stoïcijns, alsof ze kon verbergen dat ze bijna in haar broek plaste van opwinding. 'Ik kom vanavond wel.'

Opeens sloeg ze onstuimig haar armen om Serena heen. Uiteindelijk kwam alles altijd weer helemaal goed, zeker als Serena erbij was. Deze keer zouden ze echt voor altijd vriendinnen blijven. Als 'voor altijd' hetzelfde is als 'de komende twee dagen'!

kameleon op apegapen

Dan Humphrey glipte de smerige personeelstoiletten in een vochtig hoekje van de kelder van de Strand in, met in zijn hand een zwart plastic tasje met het logo van het literaire tijdschrift *Red Herring*. Hij controleerde nog een keer of de deur wel goed op slot zat, trok zijn tot op de draad versleten Bauhaus-t-shirt over zijn hoofd en stapte uit zijn Levi's-ribbroek. Hij schonk geen aandacht aan de literaire graffiti die een generatie van trouweloze Strand-medewerkers op de muren had gekliederd – het verhaal ging zelfs dat een verbitterde boekverkoper ooit het privételefoonnummer van de notoir teruggetrokken schrijver J.D. Salinger op de muur had gekrabbeld. Over tien minuten had hij met Bree afgesproken en hij moest zijn dagelijkse plunje, die naar rook stonk, nog verruilen voor iets schoons en bewegingsvriendelijks.

Goed, hij was niet de sportiefste persoon op aarde. Zijn relatie, of band of hoe je het noemen wilde, met Bree was op meer gebaseerd dan Lycra en yogasessies zonder kleren aan. Bree had Dan de ogen geopend, hem geholpen om op een nieuwe manier over de wereld na te denken. Rekken en strekken in een bloedhete zaal met een bezwete kerel op je rug was niet Dans favoriete bezigheid, maar hij vond het heel inspirerend om Brees lievelingsboeken te lezen. Hij had al veel gedaan in zijn leven – een gedicht voor de *New Yorker* geschreven, stage gelopen bij *Red Herring*, zijn eigen liedteksten gezongen met de Rave; hij vond het best spannend om iets te ontdekken wat dieper ging en meer betekenis had dan vluchtige roem.

Verlicht raken in nog geen week tijd; dat moet een nieuw wereldrecord zijn.

Hij trok een schoon, felgroen American Apparel-shirt over zijn hoofd, streek zijn warrige lichtbruine haar glad en strikte de veters van zijn ijsblauwe New Balances. Hij stak een stukje frisse pepermuntkauwgom in zijn mond en controleerde zijn adem door in zijn hand uit te ademen: geen spoor meer van tabak. Hij propte zijn werkkleren in het tasje, zette dat in zijn kluisje en rende de winkel uit, op weg naar Union Square.

Bree zat op hem te wachten bij het beeld van een vreedzaam glimlachende Gandhi, in de zuidwesthoek van het drukke park. 'Daar zit ik altijd graag,' had ze hem aan de telefoon verteld. 'Om te lezen en over Gandhi's boodschap van vrede na te denken.'

Ja, wie niet?

Bree had haar blonde haar gevlochten en in een knot in haar nek vastgezet. Ze droeg een schoon wit t-shirt met het Adidas-logo en fluorescerend blauwe loopschoenen waarin haar lange gespierde benen goed uitkwamen. Toen ze Dan zag komen, stond ze op en begon enthousiast te zwaaien.

'Precies op tijd!' Ze omhelsde hem warm en fluisterde: 'Namaste. Je ruikt lekker.'

'Dank je,' antwoordde Dan opgelucht, terwijl hij onwillekeurig de geur opsnoof van Brees organische saliedeodorant en de patchouli die ze altijd achter haar oren smeerde.

'Laten we vast een beetje opwarmen,' stelde Bree voor. Ze liet Dan los, draaide zich om en zette haar rechtervoet op het bankje waarop ze daarnet gezeten had, boog zich naar voren en verplaatste haar gewicht naar haar rechterbeen.

Dan volgde haar voorbeeld en probeerde krimpend van de pijn zijn beenspieren tot leven te wekken. Dit vroeg veel meer van hem dan zijn normale trainingsprogramma: een loopje naar de hoek om sigaretten te kopen.

'Dat voelt goed, hè?' Bree lachte blij, alsof goed rekken lekkerder was dan een warm bad.

'Nou,' hijgde Dan, 'heerlijk.'

'Ik wilde hier maar beginnen,' verklaarde Bree, die haar voet weer op de grond zette. Ze strekte haar knieën, boog voorover en raakte met haar handpalmen de grond aan. 'Door Fourteenth Street naar de Hudson en vandaar naar Battery Park.'

Dan begon snel te hoofdrekenen. Dat was ruim drie kilometer, dus drie kilometer meer dan hij ooit in zijn leven had hardgelopen. Waar was hij aan begonnen?

In het begin zag het ernaar uit dat hij het ging redden: de eerste paar honderd meter verliepen zonder incidenten. Dan volgde Brees sexy schuddende kont, slalommend langs voetgangers en kinderwagens. *Dit is leuk!* zei hij bij zichzelf. *Het voelt heerlijk!*

Toen ze op de hoek van Fifth Avenue voor het stoplicht stonden vroeg Bree: 'Gaat het nog?' Ze fronste bezorgd haar wenkbrauwen.

Dans huid prikte. Het zweet liep van zijn voorhoofd langs zijn neus en druppelde op de stoep. Het was vroeg in de avond, maar de zon brandde op zijn lijf. Hij vreesde dat hij zonsondergang niet zou halen.

'Ja hoor,' antwoordde hij bibberig. 'Best.'

Zolang ze in beweging waren was het branderige gevoel in zijn benen en het bonzen van zijn hart nog wel draaglijk, maar zodra ze stilstonden had hij het gevoel dat zijn knieën het zouden begeven. Toen sprong het licht op groen en Bree schoot de straat over. 'Kom op!' riep ze vrolijk over haar schouder.

Dan haalde diep adem en strompelde achter haar aan, waarbij hij bijna een oud vrouwtje met een grote strohoed en een boodschappentas op wieltjes omver liep.

'Kan je niet uitkijken, klootzak!' riep ze.

Zonder om te kijken liep Dan verder achter Bree aan, als

een hond die op de racebaan achter een mechanisch konijn aanzit. Zijn hart bonsde in zijn oren toen ze richting Sixth en toen richting Seventh, Eighth en ten slotte Ninth Avenue renden. Voorbij Ninth Avenue was veel minder verkeer; Bree ging op de straat lopen. Zonder op de hete uitlaatgassen van de bussen te letten holde Dan achter haar aan, de glinsterende Hudson tegemoet, nog maar twee straten verderop. *Hou vol*, zei hij tegen zichzelf. *Als je de rivier maar haalt. Gewoon doorlopen.* Hij had geen idee hoe hij ooit bij Battery Park zou moeten komen, helemaal op het puntje van Manhattan, maar wie dan leefde die dan zorgde: hij moest eerst de rivier zien te halen. Zijn voeten klopten pijnlijk in zijn nog niet helemaal ingelopen loopschoenen, die hij voor tien dollar in de uitverkoop gekocht had. Hij wiste zoveel zweet van zijn voorhoofd dat hij bang was uit te drogen. Hij ging dood als hij niet snel iets dronk. Hij ging dood als hij niet snel even kon gaan zitten.

Misschien ging hij sowieso wel dood?

Ze renden over de West Side Highway, Hudson River Park in, het brede hardloop-/rolschaats-/fietspad op dat van het Theater District helemaal naar Tribeca liep. Ze waren niet de enigen die profiteerden van de heldere, zonnige dag: honderden mensen waren aan het hardlopen of rolschaatsen, fietsen of gewoon wandelen. Bree baande zich een weg door de menigte en was als eerste bij het draadijzeren hek, dat waarschijnlijk bedoeld was om te voorkomen dat mensen zo de rivier in doken. Op de plaats huppelend om haar spieren warm te houden wachtte ze op Dan. Ondanks de hitte zweette ze nauwelijks. Dan schoot op Bree af. *Dit is te gek*, hield hij zichzelf voor. Hij voelde zich fantastisch! De zon scheen, de lucht was fris, er kwam een aangenaam windje van de rivier. Hij grijnsde opgetogen. Hij kon het wel!

Toen begaven zijn benen het, en hij kwam met een smak op het ruwe plaveisel terecht.

'Dan!' gilde Bree. Ze boog zich over hem heen. 'Gaat het?'

Dan keek op naar haar rozige gezicht, omlijst door luchtige krulletjes fijn blond haar. Het werd wazig voor zijn ogen.

'Ga ik dood?' vroeg hij hardop. 'Ben jij een engel?'

'Ik kan maar beter mond-op-mondbeademing toepassen,' verkondigde Bree beslist. Ze ging op haar knieën zitten en drukte haar mond op de zijne.

Alsof hij daar niet juist een nog zwaardere hartaanval van kreeg.

van de wal in de sloot

Onhandig wankelend greep Vanessa Abrams zich vast aan de gietijzeren reling en zocht haar evenwicht op het lage trappetje dat naar het met klimop begroeide herenhuis in Eighty-seventh Street leidde. Ze boerde luid en moest vier of vijf keer haar vinger naar de verlichte deurbel uitsteken voor het haar lukte hem in te drukken. Troost zoeken bij een fles ijskoude pinot grigio was niet de verstandigste actie van haar leven geweest, vooral niet omdat ze over een paar minuten een sollicitatiegesprek had.

Nadat ze zonder plichtplegingen van de set van *Breakfast at Fred's* was gesmeten, was Vanessa met Jasmine, die robotachtige Blair Waldorf in de dop, in de lift gestapt. Jasmine had Vanessa verteld dat haar moeder toevallig op zoek was naar een hoogopgeleid, energiek en enthousiast iemand voor een uiterst belangrijke baan. Vanessa was te zeer over haar toeren geweest om alle bijzonderheden te registreren, maar Jasmine had een bladzijde uit haar Louis Vuitton-agenda gescheurd en er een naam en adres op gekrabbeld, om Vanessa vervolgens op het hart te drukken er onmiddellijk achteraan te gaan.

Na een paar glazen wijn, gegapt uit Rufus Humphrey's persoonlijke voorraad, had Vanessa de zaken weer aardig op een rijtje gekregen. *Ken Mogul is een zielloze verrader.* Die gast maakte een doorsnee Hollywood-tienerfilm, terwijl zij experimenteel filmmaker was! Ze hoefde haar tijd en talent niet aan dat soort rotzooi te verspillen. Over een tijdje ging ze naar de filmacademie van de Universiteit van New York, de beste in het hele land. Daar zou ze werken met de beste docenten, eersteklas apparatuur en de meest getalenteerde acteurs van de toneelschool. Waarom zou ze haar tijd verdoen als werkpaard voor een project waar ze niet in geloofde, terwijl ze ook gewoon een baantje kon gaan zoeken en geld verdienen om in de herfst haar eigen film te kunnen maken? Ze had al een idee in haar hoofd, iets over een verscheurde jonge kunstenares die gedwongen wordt te kiezen tussen haar droom en haar snel in verval rakende relatie met haar gestoorde vriend, een aan wierook en kruidenthee verslaafde schrijver.

Duidelijk een gevalletje van 'de kunst imiteert het leven'

Een zuur kijkende dienstmeid, in volle ernst gekleed in een zwarte rok met een wit schortje en een wit kanten mutsje op haar hoofd, deed de zware glazen deur open. 'Wat kan ik voor u doen?' vroeg ze wantrouwig.

'Ik kom voor de baan,' lalde Vanessa. 'De dochter van de moeder...' Ze moest even wachten tot de naam haar weer te binnen schoot. 'Jasmine! Dat was het. Ze zei dat ik haar moeder naar die baan moest vragen. Dus hier ben ik.'

De meid fronste haar wenkbrauwen. 'Op die manier. Kom binnen. De vrouw des huizes zal u in haar kantoor te woord staan.'

Vanessa stampte door de marmeren hal, langs een brede gedraaide trap met een enorme kristallen kroonluchter erboven, naar een kamer met mahoniehouten lambriseringen en boekenkasten en smaakvolle antieke meubels. Ze had geen idee wat de baan inhield, maar de baas was duidelijk een zeer succesvol zakenvrouw, vast een druk bezette directeur die hoog nodig een competente persoonlijke assistente moest hebben. Waarschijnlijk was het rotwerk, maar kunstenaars moesten nu eenmaal lijden voor hun kunst, tenzij ze zoals Ken Mogul bereid waren commerciële rotzooi te maken.

'Wacht hier, alsjeblieft.'

Vanessa ging op het randje van een bewerkte houten art-decostoel zitten. De kamer draaide een piepklein beetje en ze hield zich stevig aan de zitting vast. *Niet overgeven,* zei ze tegen zichzelf.

'Ben jij mijn nieuwe vriendje?'

Vanessa keek op. Er was niemand te zien.

Geweldig, ik ben zo bezopen dat ik stemmen hoor.

'Ben jij mijn nieuwe vriendje?' vroeg de stem weer. Er begon iemand te giechelen.

'W-wie is daar?' riep Vanessa zenuwachtig. Ze zat er niet op te wachten dat haar nieuwe baas haar in zichzelf hoorde praten.

'Ben je een meisje?' vroeg een andere stem.

'Waarom heb je geen haar?' vroeg de eerste stem.

Twéé stemmen? Hoeveel had ze eigenlijk gedronken?

Vanessa luisterde met ingehouden adem. Ze stond op. Waar kwamen de stemmen vandaan? Ze ging op haar knieën zitten, legde haar wang op de koude, spiegelgladde houten vloer en keek vanuit die positie de kamer rond. Dat werkte: onder de vergulde houten bank ontwaarde ze een mager jongetje met dik krulhaar.

'Je hebt me gevonden!' riep hij uit terwijl hij onder de bank vandaan kroop.

'Ja, hoi,' zei Vanessa. 'Is je mama thuis?'

'Je ruikt naar wijn,' zei de jongen fronsend. 'Ik ben vier. Hoe oud ben jij?'

'Je moet mij ook zoeken!' riep de andere stem.

Wat kon ze anders?

'Waar zit je?' riep ze uit, zittend op handen en knieën. Ze keek onder de andere meubels.

'Zoek me dan, zoek me dan!' riep de stem.

Ze volgde de stem naar de hoek van de bibliotheek, waar op een ronde tafel een globe stond. Ze tilde het tafelkleed op, en eronder zat een jongetje dat er precies hetzelfde uitzag en precies hetzelfde gekleed was als het eerste jongetje.

'Je hebt me!' riep het jongetje. Hij kroop vlug onder het tafeltje uit en rende naar de bank, waar zijn broer opgewonden op stond te springen. Hij dook ook op de bank en botste tegen zijn broer op. De jongetjes kukelden samen op de grond.

'Jongens!' riep een stem. Een lange, roodharige vrouw in een magentakleurig Chanel-pakje kwam de bibliotheek binnen, een Palm Treo en een opgerolde *Vogue* in haar handen.

'Jij bent vast Vanessa,' zei de vrouw afgemeten. 'Jasmine zei dat je misschien langs zou komen. Het verbaast me een beetje dat je onaangekondigd komt, maar dat geeft verder niet. Je toont initiatief. Daar hou ik van.'

Oeps.

'Oké,' zei Vanessa, die overeind kwam en haar best deed broodnuchter over te komen. 'En u bent mevrouw James-Morgan?'

'Gewoon Morgan,' antwoordde de vrouw. 'De naam van mijn man gebruik ik niet. We leven tenslotte in de eenentwintigste eeuw, nietwaar?'

'Sorry,' mompelde Vanessa. Dit was het raarste sollicitatiegesprek ooit.

'Geeft niet,' vervolgde de vrouw. 'Je valt goed bij de jongens.'

'De jongens?' vroeg Vanessa. De tweeling holde op haar af en begon uit alle macht aan haar armen te trekken.

'Kom nou spelen!' riepen ze.

'De baan is vrij standaard.' Mevrouw Morgan was even met haar Treo bezig. 'Een paar dagen per week, alleen de middagen. Je haalt de jongens op van kamp, brengt ze naar hun therapeut, naar hun vriendjes, het gewone werk. Je weet vast wel wat er moet gebeuren.' Ze hield de telefoon tegen haar oor.

Kamp? Vriendjes? Pardon?

'Ik geloof dat er een misverstand in het spel is,' stamelde Vanessa, die moeite moest doen om rechtop te blijven staan met al die wijn in haar lijf en twee kinderen die haar op de grond probeerden te krijgen. Lijden voor de kunst was best leuk en aardig, maar haar naam was niet Nanny McPhee.

'Joehoe!' riepen de jongens. 'Mama, is Vanessa ons nieuwe vriendje?'

'Ja,' antwoordde de vrouw met haar oor nog steeds aan de telefoon. 'Zij is jullie nieuwe vriendje.'

O ja?

'Je kunt meteen beginnen,' zei mevrouw Morgan nog voor ze de hal in en de trap op liep. 'Ik betaal je achttien dollar per uur.'

O ja!

b en s besluiten eerlijk te delen

Ze was al drie keer heen en weer geweest, maar nog steeds had Blair niet al haar spullen naar vier hoog weten te krijgen. Er was geen portier, er was geen airconditioning, er was geen lift, maar ze vond het niet erg, want het was allemaal zo... filmisch.

Blair had een plan voor haar leven, een script waar ze zich precies aan wilde houden. Maar veel van wat ze tot nu toe gedaan had – een trouwjurk kopen, bij lord Marcus weggaan, een baan aannemen bij Bailey Winter, bij Serena intrekken – was niet gepland. Als iemand haar een week geleden gezegd had dat ze de hele vakantie zou moeten werken, was ze gaan gillen en schreeuwen. Maar hoewel vakantiewerk beslist niet in het verhaal van haar leven paste, had Blair nu helemaal niet de behoefte om te gillen. Ze voelde zich... gelukkig. Misschien was dit een les; misschien moest ze zich meer met de stroom laten meedrijven, in plaats van altijd volgens plan te willen leven. Misschien kwam alles inderdaad altijd gewoon weer goed.

Net als in de film.

Op weg om haar allerlaatste tas op te halen – een weekendtas van Paul Smith die ze nog maar een paar dagen geleden in Londen had gekocht – schrok Blair op de onderste trap van een slungelige, donkere jongen in een onberispelijk blauw Hugo Boss-pak, die net uit het appartement op de begane grond kwam. Ze bleef stokstijf staan.

Komt er in *Breakfast at Tiffany's* ook niet een knappe benedenbuurman voor?

'Hé hallo,' zei Blair met haar beste vaag Oost-Europese, Audrey-Hepburn-als-Holly-Golightly-accent.

'Hoi,' antwoordde de jongen schuchter. Zijn warrige bruine haar hing voor zijn blauwe ogen. Hij stak zijn handen in zijn broekzakken en richtte zich in zijn volle lengte op.

'Goedenavond,' zei Blair terwijl ze met opgeheven hoofd door de kleine, slecht verlichte ruimte liep die ze hier een hal noemden. Ze wurmde zich langs de glimlachende vreemdeling en bukte zich om haar tas te pakken. 'Neem me niet kwalijk,' vervolgde ze, en ze hing de tas vol schoenen over haar schouder.

Hij drukte zich tegen de deur van zijn appartement. 'Geen probleem,' zei hij. 'Kan ik je helpen?'

'Het lukt wel,' antwoordde Blair stoïcijns. Ze schonk hem haar charmantste glimlach. 'Kennen wij elkaar?'

'Ik ben Jason.' Hij stak zijn hand uit. 'Logeer je hier dit weekend?'

'O nee,' legde ze uit, 'ik kom bij mijn lieve vriendin Serena wonen. Op de vierde verdieping.'

'O, Serena ken ik.' Jason zweeg even. 'We hebben laatst een keer buiten op de trap biertjes zitten drinken. Maar ze zei niets over een mooie huisgenote.'

Over een knappe nieuwe buurman had ze ook nooit iets gezegd. Typisch.

'Het kwam ook een beetje plotseling,' verklaarde Blair. 'Het is een lang verhaal.'

'Ik heb alle tijd.' Zijn lippen plooiden zich in een flirterige grijns. Hij haakte zijn lange vingers in zijn achterzakken. 'En ik kan goed luisteren.'

'Is dat zo?' Blair verplaatste de tas naar haar andere schouder. Hij was toch wel een beetje zwaar.

'Niet alleen dat,' vervolgde Jason, 'maar ik wilde ook net een lekkere koude fles rosé gaan halen. Ben je al op het dak geweest? Misschien heb je zin in een welkomstdrankje?'

'Ik wist niet dat je daar op kon!' Een koel glas roze wijn met een breedgeschouderde, blauwogige vreemdeling klonk als een perfecte afsluiting van deze mijlpaal van een dag: nieuwe baan, nieuw huis... Nieuwe liefde? Serena was haar tekst voor morgen in haar hoofd aan het stampen. Als Blair nu met Jason iets ging drinken kon ze haar ook niet storen.

'Jazeker, en ik weet ook hoe,' zei hij met een knipoog. 'Ik zie je over een kwartiertje, oké?'

Onder normale omstandigheden was dit voor Blair amper genoeg tijd geweest om zich op een intiem samenzijn voor te bereiden, maar hier stond de nieuwe, verbeterde, werkende, altijd representatieve en relaxte zomer-Blair.

'Tien minuten geef ik je.' Ze liep de trap op en draaide zich glimlachend nog een keer om. 'Trouwens, ik heet Blair.'

Nadat ze een makkelijke roze gebloemde Lilly Pulitzer-tuniek en haar met witte schelpjes bezette teenslippers had aangetrokken, ging Blair naar boven. Jason stond al met een deken over zijn schouder geslagen en een fles in zijn hand op haar te wachten. Hij klom de roestige ladder op en duwde het zwarte stalen luik open. Toen stak hij met meer mannelijk fatsoen dan Marcus ooit aan de dag had gelegd een hand uit om haar omhoog te helpen. Blair nam hem gretig aan en liet zich het dak op trekken.

'Ik hoop maar dat het droog blijft,' zei ze terwijl ze op haar tenen een rondje draaide en driehonderdzestig graden New Yorkse skyline in zich opnam. 'Want die ladder ga ik niet meer af.' Het was maar half een grapje.

Jason draaide een kurkentrekker in de kurk, die met een bevredigende plop uit de fles kwam. 'Ik zei toch dat je hier een fantastisch uitzicht hebt,' zei hij plagend.

Het was niet zo indrukwekkend als het uitzicht op Central

Park vanaf het dakterras van Blairs penthouse aan Fifth Avenue, maar de nevelige zomerlucht boven de onopvallende gebouwen van de buurt zorgde voor een magische sfeer. De bomen waren niet zo netjes gesnoeid als de eiken en iepen rond het park, maar de ranke takken die boven de daken uitstaken waren weelderig groen. De Upper East Side, bedacht Blair, was eigenlijk net de kledinglijn van Bailey Winter: van Fifth Avenue tot Park Avenue was de haute couture, van Park Avenue tot Lexington was de Bailey Winter Collection en alles van daar tot aan de rivier was Bailey by Bailey Winter.

Zo kun je het ook bekijken.

'Echt leuk,' knikte ze. Ze nam een plastic bekertje koude wijn en ging op de versleten blauwe katoenen deken zitten die Jason op het warme teerdak had uitgespreid. Hij was niet zo zacht als haar favoriete kasjmier picknickkleed, maar ze had de perfecte zomeroutfit aan, er zat een knappe man naast haar en haar carrière in de mode kwam al aardig van de grond. Wat moest je met lage Britse adel? Ze was een New Yorkse en dit was een klassiek zomer-in-New-York-moment. Nee, dan was Londen toch maar een vochtig stinkgat.

'En waarom heeft Serena het nog nooit over je gehad?' vroeg Jason.

'Misschien wilde ze jou voor zichzelf bewaren,' antwoordde Blair ondeugend, al had ze waarschijnlijk nog gelijk ook. 'Op een waanzinnige zomer.' Blair tikte met haar beker tegen die van Jason. 'Tot nu toe.'

'Op een waanzinnige zomer,' herhaalde hij. 'Maar nee, ik geloof niet dat Serena in mij geïnteresseerd is. We hebben dus laatst een keer zitten drinken en ze leek me bezet, als je begrijpt wat ik bedoel.'

'Thaddeus Smith, bedoel je?' Blair en Serena hadden nog niet veel tijd gehad om bij te kletsen, maar ze wíst gewoon dat er tussen Serena en Thaddeus iets aan de hand was.

Net als de rest van de wereld gelooft ze namelijk alles wat ze leest.

'De enige echte,' beaamde Jason. 'Maar weet je, Blair,' vervolgde hij terwijl hij haar met zijn blauwe ogen aankeek. 'Ik hoef niet zo nodig iets met een filmster. Ik hou meer van gewone meisjes.'

Noemde hij haar, Blair Waldorf, *gewoon*? Wat een domme vergissing.

'Wacht, je zit toch niet in de filmbusiness, hè?' Hij bekeek haar wantrouwig. 'Zo zie je er namelijk wel uit.'

'Ik ben meer iemand voor achter de schermen,' zei ze zacht. Ze knipperde mysterieus met haar zwarte wimpers.

'Ik heb er niets tegen, hoor,' krabbelde Jason terug. 'Begrijp me niet verkeerd. Maar ik ben gewoon meer geïnteresseerd in andere dingen. Het recht bijvoorbeeld. Daar hou ik me vooral mee bezig, weet je.'

'Ik neem misschien rechten als hoofdvak als ik in de herfst naar Yale ga.' Ze kon toch best juriste en modemuze tegelijk zijn, met haute couture onder haar toga?

'Mooi en slim,' zei Jason. 'Het kan bijna niet waar zijn.'

Blair nam gulzig een slok wijn. Serena mocht die filmster houden. Jason was precies de goede man voor een Yale-vrouw.

Tenminste, *deze week* precies de goede man voor een Yale-vrouw.

Disclaimer: alle namen van plaatsen, mensen en gelegenheden zijn veranderd of afgekort om de onschuldigen te beschermen. Mij, vooral.

ha mensen!

Ik schaam me er niet voor om toe te geven dat 'Summer Lovin' (uit onze lievelingsfilm *Grease*, waar we stiekem vrijdagavond voor thuisblijven) een van de beste songs is die ik ooit gehoord heb. Het is niet alleen pakkend, het is ook waar: in de zomer draait alles om de liefde, toch? Maar deze zomer schijnt er een tekort aan te zijn.

We zijn al drie weken verder en onze vriendin *S* is nog steeds soloartiest! Wat is er aan de hand? Oké, ze is in de stad gezien met *T*, maar er is geen wet die zegt dat je niet met vrienden een hapje mag gaan eten, of wel soms? Trouwens, wij denken dat *T* een oogje op iemand anders heeft. Hier heb je het voor het eerst gehoord.

Intussen stort *B* zich volledig op haar werk. Het gerucht gaat dat ze nu al de op één na meest gevreesde persoon op die filmset is. We konden niet dichtbij genoeg komen om het gerucht te checken, maar het schijnt dat ze een verlovingsring aan haar rechterhand heeft – om de paparazzi op een dwaalspoor te brengen, precies zoals sterren altijd doen. Verder wordt gezegd dat *B* roze blosjes op haar wangen heeft: aanstaande-moeder-blosjes, geheime-liefde-blosjes of fantastische-nieuwe-schoonheidsspecialiste-blosjes? Haal die cameratelefoons voor de dag, mensen: bewijs moeten we hebben!

Meer liefdesupdates: het schijnt dat *D* en *V* nu echt uit elkaar zijn, en alweer hoorde je het hier voor het eerst. Hij is opeens veel bruiner en gespierder. Echt waar, hoor! En hoe zit het met *N* en zijn vakantieliefde? Wanneer toont hij haar zijn ware stadse aard? Hij zegt wel dat hij anders is dan andere stedelingen, maar *N* kan ook maar een beperkte tijd zonder stadse genoegens als vip-lounges in nachtclubs, liefdadigheidsfeesten en uitstapjes per privéhelikopter...

STORM OP KOMST
Mijn spionnen hebben me getipt over een bijzonder gespannen ontmoeting tussen een zekere zeer gerespecteerde fotograaf die tegenwoordig films maakt en een stel zwaargewichten uit Hollywood (twee inderdaad kogelronde broers), die zijn nieuwe project financieren. Het schijnt dat de stinkend rijke producers niet zo te spreken zijn over de gang van zaken en nog eens naar de casting willen kijken. Zou dit betekenen dat *V* niet de enige is die de zak krijgt? Wordt vervolgd.

Gezien
B, frappucino en clipboard in de hand, wanhopig zwaaiend naar taxi's op **Park Avenue**. Wat is er toch ooit met dat eindexamencadeau gebeurd? Klopt het dat ze geen rijbewijs heeft? Oeps! *N* op de boerenmarkt van **Amagansett**, dubbend boven de wilde bloemen. We wisten wel dat hij in zijn hart een romanticus was! *T*, die een onbekende gast op de set rondleidde – de rondleiding eindigde met een langdurig verblijf in de caravan van de ster, hoorden we. *V*, bij **Forbidden Planet**, waar ze een nieuwe voorraad stripboeken insloeg – zonder even bij *D* in de Strand langs te gaan, terwijl ze daarvoor alleen maar de straat had hoeven oversteken. Interessant...

IK WOU DAT IK TWEE HONDJES HAD...

Over liefde gesproken, ik heb eindelijk iemand gevonden. Of eigenlijk, twee iemanden: ze zijn allebei even onweerstaanbaar en lief en ze lebberen me aan een stuk door af. Ik weet dat het niet goed is om tussen twee broers te komen, maar tussen Luke en Owen zou ik nooit kunnen kiezen.

Misschien heb je afgelopen zondag dat grote artikel dat over ze in de krant stond wel gelezen: het zijn *puggles*, wat mij betreft de enige echte kruising: half jachthond, half mopshond, honderd procent liefde. En die van mij komen toevallig ook nog uit het asiel. Aan zwervertjes van goede komaf kan ik echt geen weerstand bieden. Het is de allernieuwste mode, dus verdoe je tijd alsjeblieft niet langer aan zo'n hooghartige chihuahua of kwijlende Franse bulldog.

Jullie e-mail

 Beste GG,
Ik loop stage bij een advocatenkantoor in Midtown en lig al weken in katzwijm voor een van mijn collega's. Hij ging altijd met ons mee borrelen, maar opeens is hij een echte huismus geworden: na het werk rent hij zo ongeveer naar huis. Denk je dat het iets gênants is, een pornoverslaving bijvoorbeeld?
– Verliefd

 Beste Verliefd,
Zo te horen is hij inderdaad verslaafd aan iets... of iemand. En er kan eerlijk gezegd maar één reden zijn waarom een borrelaar in een thuiszitter verandert: een meisje.
Dit is mijn advies: bied aan hem met zijn stropdas vast te binden en kijk wat hij zegt. Ja = pornoverslaving.

Nee, dank je = vriendin. Veel geluk!
– GG

Wat gebeurt er allemaal nog meer, mensen? Geef mij de primeur: sappige roddels, de beste aanbiedingen, de locatie van die nieuwe geheime As Four-boetiek, de vuile was op de set. En kan iemand me alsjeblieft datum en locatie van het ultrageheime afscheidsfeestje van *Breakfast at Fred's* doorgeven? Ik moet natuurlijk ruim van tevoren een afspraak met mijn kapper maken. Dus voor de draad ermee!

Je weet dat je van me houdt,

gossip girl

n gaat naar de stad

'Fuck you all very much!' De in Engeland geboren zanger van Sunshine Experience – een heel toepasselijke naam, maar niet heus – haalde een hand over zijn voorhoofd en slingerde zijn zweet het publiek in. De broodmagere zanger, die alleen een strakke leren broek aanhad en beroemder was om de modellen en actrices die hij aan de haak sloeg dan om zijn zangkunst, spuugde boos op de grond en beende van het toneel af om in de menigte feestgangers te verdwijnen.

'Jezus, wat vind ik ze goed!' riep Tawny, die in Nates bovenbeen kneep en per ongeluk de helft van haar Smirnoff Seabreeze over het suède bankje en haar broek met namaak Pucci-print kieperde.

Wat jammer nou.

Nate knikte en nam nog een slok van zijn derde biertje van die avond. Ze zaten in de overvolle grote zaal van nachtclub Resort in East Hampton: de dansvloer werd volledig in beslag genomen door blonde meiden in Diane von Furstenberg-jurkjes en gladgeschoren effectenmakelaarstypes in kaki broeken en Thomas Pink-overhemden – niet het soort publiek dat normaal op Sunshine Experience af kwam.

Het gerucht over een 'verrassingsoptreden' van de Engelse punkband had een week lang door de Hamptons gegonsd, en toen Tawny voorstelde om te gaan, had Nates enthousiasme hem zelf ook verbaasd. Hij was die zomer nog niet in Resort geweest – eigenlijk had hij helemaal nog niet veel gedaan, behalve goten schoonmaken, gras maaien, daken repareren en wiet roken met Tawny. Maar het was lekker om weer eens te feesten, om daar te zijn waar het allemaal gebeurde, met een koud biertje en een sexy blondje en geen zorgen aan je hoofd.

'Archibald!'

Tawny porde Nate zachtjes in zijn zij. 'Is dat een vriend van je?'

Anthony Avuldson baande zich een weg door de menigte, met zijn whisky-soda hoog boven zijn hoofd tegen het morsen. Hij had zijn blonde haar heel kort geschoren en was door de zon diepbruin geworden, waardoor zijn lach nog breder leek dan normaal. De uitsmijter, een stevige kerel zonder nek, knikte kortaf ten teken dat hij op de verhoging mocht komen die dienst deed als vipruimte.

'Archibald, vuile klootzak,' zei Anthony, die ter begroeting met zijn glas Nates flesje aantikte. 'Waar heb jij in godsnaam uitgehangen?'

'Hé,' groette Nate.

'Laat de coach je buffelen?' Knikkend met zijn hoofd op het ritme van de bonkende bas liet Anthony zich naast Nate op het bankje vallen.

'Zoiets ja,' antwoordde Nate.

Anthony moest schreeuwen om boven de muziek uit te komen. 'Man,' zei hij, 'ik hoorde dat Blair weer in de stad is. Hoe zit dat?'

Nate fronste, sloeg een arm om Tawny heen en drukte haar dicht tegen zich aan. 'Geen idee.' Hij haalde zijn schouders op.

Het meisje boog zich over Nates schoot en glimlachte naar Anthony. 'Ik ben Tawny,' zei ze.

'Hoe gaat-ie?' Anthony knikte haar toe. 'Anthony.'

'Kennen jullie elkaar van school?' wilde ze weten.

'Yep,' antwoordde Anthony. 'Hoe kennen jullie elkaar?'

Nate wenkte de serveerster. Hij moest zo snel mogelijk nog iets drinken.

'Op een dag viel Nate zomaar voor mijn voeten,' antwoordde Tawny voor ze de laatste slok van haar drankje nam. 'Ik ben gewoon een geluksvogel, denk ik.'

Anthony bekeek haar even en gilde toen tegen Nate: 'Jij bent hier de geluksvogel, eikel.'

De serveerster zag eruit als Jessica Simpson die Daisy van de *Dukes of Hazzard* speelt. 'Nog een rondje?' vroeg ze.

'Graag,' antwoordde Nate. Hoe meer vragen Anthony stelde, hoe meer drank er moest komen.

'Ik heb je in de stad nog nooit gezien,' vervolgde Anthony. 'Op welke school zit je?'

'O, ik kom niet uit de stad,' legde Tawny uit. 'Ik woon in Hampton Bays.'

'Cool,' riep Anthony uit. 'Volgens mij heb ik nog nooit iemand van hier ontmoet.'

Nate gaf Anthony een harde por met zijn elleboog.

'Wat?' vroeg Anthony. 'Dat geeft toch niet? Ik bedoel er niets mee, man.'

'Wat?' vroeg Tawny met een hand achter haar oor. 'Het is zo'n herrie!'

'Hé man,' ging Anthony achteloos verder, 'Isabel geeft morgen een feest. Ik hoorde dat Serena ook gaat. Heb je haar nog gezien de laatste tijd?'

De laatste keer dat Nate Serena zag, had hij op Blairs examenfeestje met Jenny staan zoenen. Het was gewoon een nostalgische zoen tussen oude geliefden geweest, maar hij wist wel zeker dat Blair en zij samen hadden besloten dat ze woedend op hem waren.

Dat is ook al geen nieuws.

Nate schudde zijn hoofd. Er gaapte opeens een enorm gat tussen hem en de mensen met wie hij opgegroeid was.

'Wacht, *Serena*?' vroeg Tawny opgewonden, half over Nate heen gebogen. Op deze manier had hij een ongehinderd uitzicht op haar decolleté, haar gepiercete navel en alles wat daartussen zat. 'Bedoel je die Serena met die buitenlandse achternaam?'

Ze boog wat verder naar voren en bood Nate alweer een blik op het Beloofde Land.

Doet ze dat expres? vroeg Nate zich af.

Nate keek snel of Anthony niet ook toevallig zat te gluren, maar die had zich omgedraaid en zat met een donkere schoonheid te praten. Nate herinnerde zich vaag dat ze op Grafton zat en een jaar jonger was dan zij.

'Ja, die bedoel ik,' antwoordde Nate, genietend van de verbazing op Tawny's gezicht. Had Serena een buitenlandse naam? Het was hem nooit opgevallen. Maar Serena kon hem nu even gestolen worden – Tawny was duidelijk onder de indruk. Zo voelde hij zich niet vaak; meisjes vonden hem altijd wel leuk of cool of knap of wat dan ook, maar zij keek hem aan met iets wat hij in de ogen van Blair of Serena nooit gezien had. Ze bekeek hem met... *ontzag*.

'We hebben een tijdje iets met elkaar gehad,' zei Nate stoer. Dat was waar, maar het was niet het hele verhaal.

'Nate Archibald!' riep Tawny uit. Ze boog weer naar voren, waarbij ze haar borsten uitnodigend tegen elkaar drukte. 'Je zit vol verrassingen!'

'Ken jij Serena ook?' Anthony mengde zich weer in het gesprek en probeerde intussen overduidelijk in Tawny's bloesje te kijken. 'Als ze over een paar dagen klaar zijn met filmen, komt er geloof ik een of ander superfeest. Kom ook joh!' schreeuwde hij boven de snoeiharde muziek uit.

'*Breakfast at Fred's*?' Tawny's ogen rolden bijna uit haar hoofd. 'Ik ben Thaddeus Smiths grootste fan. Van de hele wereld!'

De serveerster bracht hun drankjes en Nate nam zijn flesje gulzig aan.

'Ik weet niet.' Hij schudde zijn hoofd. Opeens had hij het gevoel dat hij in heel diep, donker water zijn hoofd boven probeerde te houden. Zijn geest was een beetje wazig van de joint die hij eerder op de avond nog had gerookt en de drie bier daarna, maar zelfs in die toestand wist hij dat het geen goed idee was om met Tawny aan zijn arm op Serena's feestje aan te komen. Blair was er vast ook, en ze mocht niet denken dat hij zijn leven alweer opgepikt had. Maar was dat dan niet zo? En gold dat ook niet voor haar?

'Toe,' smeekte Tawny. 'Ik wil Thaddeus Smith zo graag een keer ontmoeten. Zó graag!'

'Tegen zo'n mooi meisje kun je toch geen nee zeggen?' plaagde Anthony.

Nate Archibald kon sowieso nooit nee zeggen. Punt.

b neemt het heft in handen

De klap waarmee de deur dichtviel galmde tussen de muren van het kale appartement. Het viel niet mee om na al die trappen nog boos naar binnen te stampen, op rubberen teenslippers nog wel, maar Serena dreunde zo hard mogelijk over de houten vloer en smeet zonder aan haar iPod Nano en Dolce & Gabbana-zonnebril te denken haar witte leren Jil Sander-tas op de grond.

'Weer thuis, huisgenoot?' riep Blair vanuit de enige slaapkamer, die ze besloten hadden te delen. Ze waren praktisch zusjes, dus...

Ze ruzieden in elkaar geval wel als zusjes.

'Ja,' riep Serena terug. Ze haalde een Corona uit de ijskast en ging in de vensterbank zitten, met haar voeten bungelend uit het raam boven de brandtrap.

'Hoe was je werk?' Blair kwam de keuken in, gewikkeld in een gigantisch wit Frette-badlaken dat ze uit de goedgevulde linnenkast van haar moeder had gegapt. Ze haalde een pakje sigaretten uit Serena's tas en stak er bij het gasfornuis een aan.

'Gewoon, werk.' Serena keek somber door de openingen van de brandtrap naar het achterplaatsje beneden. Ze zuchtte. 'Echt Blair, er is eigenlijk geen bal aan.'

'Hoe bedoel je?' Blair had die dag stoffen van de kleermaker in Thirty-ninth Street naar het huis van Bailey Winter gebracht, waar de ontwerper onder het genot van een kopje 'thee' een privépassessie hield met een Saoedische prinses.

Blair zette het raam naast Serena open en leunde naar buiten. Ze blies een rookpluim de lucht in en keek van opzij naar Serena. Haar blonde haar bewoog zachtjes op de wind terwijl ze met een frons in haar voorhoofd met haar blote voeten zat te schommelen.

'Ik weet het niet.' Serena zuchtte en dronk haar flesje in een teug leeg. Het was een van de ergste repetitiedagen tot nu toe geweest. Ze had gehoord dat een paar crewleden haar Holly Go Home noemden en toen had Ken midden in haar scène ook nog 'fuck, fuck, fuck!' geroepen. 'Het was een lange dag.'

'Vertel me alles,' drong Blair aan.

Serena aarzelde. Ze hadden het er nooit echt over gehad, maar ze kende Blair goed genoeg om te weten dat ze niet dolblij was dat Serena in *Breakfast at Fred's* speelde. Het was tenslotte Blairs grote droom geweest, niet die van Serena; hoe zou Blair reageren als ze haar erover hoorde klagen?

'Ik heb een beetje moeite om dat acteren onder de knie te krijgen,' bekende Serena schaapachtig. *Dat is nog zwak uitgedrukt.* 'Ik dacht dat ik het wel kon. Ik bedoel, ik heb het eerder gedaan, maar dat was anders, zonder al die ouwe rotten erbij en mensen die op de set rondrennen en zonder die gigantische camera die je de hele tijd aankijkt als... als Darth Vader of zo.'

'Ga door.' Blair leunde uit het raam en blies rook de warme zomeravond in. Ze vond het heerlijk om anderen met hun problemen te helpen – Nee, het was heerlijk om te horen dat andere mensen problemen hébben.

'Ik kan het niet,' klaagde Serena. Ze keek fronsend naar haar Marc Jacobs-slippers. 'Het klikt gewoon niet.'

'Serena,' mompelde Blair dromerig, 'weet je op wie jij lijkt?'

'Hè?' Serena keek op. Blair leunde uit het raam, nog steeds met alleen die handdoek om en met in haar hand een sigaret die ze niet rookte, zodat haar askegel bijna drie centimeter lang was. Ze zag eruit als een gestoorde New Yorkse diva in een alcoholische trance.

'Je lijkt precies,' zei Blair, 'en dan bedoel ik ook *precies* op Holly Golightly. De brandtrap, je haar, het licht – het is gewoon perfect. Het is bijna griezelig.'

'Dank je,' zei Serena. Het was een van de aardigste dingen die Blair in al die jaren dat ze vriendinnen waren tegen haar gezegd had.

'Ik meen het,' verklaarde Blair. 'En ik ben hier de deskundige. Ik zit in de business, oké? Ik heb verstand van mode, ik heb verstand van uiterlijk, ik heb verstand van glamour en jij hebt het gewoon. Het kan me niet schelen wat Ken Mogul zegt: jij bént Holly Golightly,' vervolgde ze beslist. 'In elk geval als ik er iets over te zeggen heb.'

'Hoe bedoel je?' vroeg Serena.

'Wie is de grootste Holly Golightly-kenner ter wereld?'

Serena lachte. 'Jij. Wie anders?'

'Nou, dan bof je dus maar dat je mij kent,' zei Blair. Als zij zelf Holly Golightly niet kon zijn, kon ze op z'n minst Serena in Holly veranderen. Dat zou ook heel bevredigend zijn. 'Kom mee.' Ze maakte haar sigaret uit en nam haar vriendin bij de hand. 'We moeten aan het werk.'

Hun eerste bestemming was duidelijk: de stoep voor Tiffany.

Blair had een spijkerbroek en een geborduurd vestje aangetrokken, iets vaag Mexicaans dat ze vorige zomer bij Scoop had gekocht, en Serena opdracht gegeven zich net zo onopvallend te kleden. Toen de taxi voor de winkel stopte, duwde Blair Serena bijna naar buiten.

'Goed,' zei Blair op autoritaire toon. 'Laat maar eens zien hoe je loopt.' Blair posteerde zich voor de etalage en observeerde haar vriendin. Met al dat verkeer achter haar en de hoog oprijzende gebouwen om haar heen leek Serena heel klein, heel kwetsbaar; heel on-Serena-achtig; heel on-Holly-achtig.

Serena kwam houterig, met rare halve stapjes, als een bruids-meisje op een trouwerij, op de winkel af.

'Stop!' brulde Blair. Ze liep naar Serena toe. 'Wat moest dat voorstellen?'

'Hoe bedoel je?' Serena was amper verstaanbaar met het gebulder van het verkeer op de achtergrond en het geroeze-moes van toeristen en winkelende mensen om hen heen.

'Je doet je best niet,' verklaarde Blair, geleid door het beeld van een harde-maar-liefdevolle trainer uit een of andere inspi-rerende sportfilm die ze een keer op tv had gezien. 'Vooruit, laat het me zien! Ik wéét dat je een overtuigender loopje in je hebt.'

'Ik voel me belachelijk,' bekende Serena. 'Iedereen kijkt naar me, ik word er heel onzeker van.'

Die griet die er geen moeite mee heeft om in een nachtclub op de bar te gaan staan dansen, onzeker? 'Je mag niet onzeker worden,' zei Blair streng. 'Je moet zelfverzekerd zijn. Je moet cool zijn. Je moet het gevoel hebben dat je de hele wereld aankunt, dat jij de baas bent, dat jij bepaalt wat er gebeurt.'

En dat heet *acteren*?

'Maar ik hoef toch alleen maar te lopen?' vroeg Serena. Dit was heel anders dan lopen in een modeshow – wat ze uiteraard ook al gedaan had. 'Ik voel me zo stom.'

'Doe maar alsof dit de diploma-uitreiking is,' stelde Blair voor, denkend aan de irritante manier waarop Serena een paar weken geleden op het allerlaatste moment Brick Church in was komen rennen – in precies hetzelfde Oscar de la Renta-pakje als zij.

'Ik doe m'n best,' zuchtte Serena.

Blair nam haar positie voor de etalage van Tiffany weer in. Ze had nog veel werk voor de boeg, maar ze moest bekennen dat ze het wel leuk vond om Serena eens lekker rond te com-manderen. Allemaal in naam van de vriendschap.

een hectische zondag in het park
met v... en d

Met Nils sjorrend aan haar linkerhand en Edgar trekkend aan haar rechterhand – of was het Nils rechts en Edgar links? – wist Vanessa Abrams meteen waarom het nooit goed afliep als twee jongens om de aandacht van één meisje vochten.

Alsof ze die les niet allang geleerd had.

'Kom nou, kom nou,' dramde een van de jongens – wat maakte het ook uit wie van de twee het was? Hun handjes plakten, hun jongensstemmetjes zeurden en ze waren nog sterk ook. Ze hadden een stalen greep, en aangezien ze het vertikten om gewoon te lopen, werd Vanessa half over de schaduwrijke paden van Central Park gesleurd. Het deed Vanessa denken aan de tijd dat Aaron en zij zijn boxer Mookie hier uitlieten, alleen kon de tweeling nog minder wachten om naar buiten te gaan dan die hond. Als ze een staart hadden gehad, hadden ze als bezeten lopen kwispelen.

'Jezus,' mompelde Vanessa. 'Kalm aan zeg!'

Achttien dollar per uur, achttien dollar per uur. Ze had die dag al zesendertig dollar verdiend; geen vermogen, maar het ging rechtstreeks in de pot voor haar volgende project.

En een nieuwe woning, is dat wat?

Vanessa viel bijna voorover toen de jongens plotseling stil stonden voor een karretje met een parasol erboven.

'Mogen we een ijsje?'

Vanessa betwijfelde ten zeerste of hun moeder ooit van haar

leven met de kinderen naar het park was geweest, laat staan ijs voor ze had gekocht. Sinds dat bizarre sollicitatiegesprek had Vanessa haar nooit meer gezien, en mevrouw Morgan kwam op haar niet over als iemand die luchtig reageerde op ijsvlekken op haar Chanel-pakjes. Vader en moeder Abrams hadden Ruby en haar vroeger streng suikervrij opgevoed en hun kinderen liever Tofutti en fruit gegeven dan ijs en snoep, maar wat deze twee aten kon Vanessa eerlijk gezegd niets schelen.

'Welja, ijs, waarom niet?Wat jullie willen, hoor,' zei ze, terwijl ze zich uit de dodelijke greep van de jongens losmaakte en een verkreukeld briefje van twintig uit haar broekzak viste. 'Drie wafelijsjes, alstublieft,' zei ze tegen de ijscoman, die een krulsnor had en een tie-dye shirt uit ongeveer 1972 droeg.

De jongens sprongen op en neer, graaiend naar het ijs. Gretig scheurden ze de verpakking open, waarna ze lachend en schreeuwend met monden vol ijs naar de speelplaats renden.

'Wacht even!' riep Vanessa ze halfhartig na. Ze wist niet of het haar wel iets kon schelen als ze zoek raakten en zij werd ontslagen en in de gevangenis gestopt. Was het echt pas drie dagen geleden dat ze als eerste cameravrouw bij een grote Hollywood-productie aan de slag was gegaan? Of was het allemaal alleen maar een gruwelijke nachtmerrie?

Ze liet zich op een bankje onder een hoge, sierlijke eik zakken en zag hoe de jongens hun ijs verorberden en de verpakking op de grond gooiden. Oeps. Toen begonnen ze aan een duizeligmakend potje tikkertje; ze raceten onder de glijbaan en tussen de schommels door en vermeden telkens ternauwernood botsingen met wankele dreumesen en verontwaardigde oppassen.

'In de buurt blijven!' riep Vanessa zwakjes. Ze at haar ijs op en zakte onderuit op het verrassend comfortabele bankje van hout en beton. Auto's zoefden over Ninety-seventh Street door het park, wat een aangenaam, slaapverwekkend geluid maakte. De zon scheen fel, maar er was genoeg schaduw. Een seconde lang vond ze het bijna niet erg om daar als kinderjuf te zitten, in plaats van als een gewone volwassene die net als andere volwassenen op een mooie zondagmiddag van het park genoot.

Toen hoorde ze een vertrouwd stemmetje hoog gillen en haar ogen vlogen open.

Wie had gedacht dat zij een moederinstinct had? Een eindje verderop was iets aan de hand, en Vanessa herkende twee blonde hoofdjes. Ze stond op en rende erheen. Een van de jongens lag languit op straat; huilend hield hij zijn ontvelde knie vast. Zijn broertje stond naast hem en wees boos naar een skater die plat op zijn buik lag.

'Wat is hier aan de hand?' vroeg Vanessa zo streng als ze kon.

'Die grote jongen reed tegen Edgar op!' riep Nils.

Een blonde nimf met sproeten, een cheerleadertype in een ultrakort roze broekje en een ingewikkeld blauw sporttopje gleed soepel op het groepje af. 'Wat is er aan de hand?' snauwde ze. 'Jij let niet op je kinderen, dat is er aan de hand! Terwijl wij hier gewoon aan het trainen zijn!'

'Het zijn niet mijn kinderen,' antwoordde Vanessa bits. Ze aaide de snikkende Edgar over zijn hoofd en voegde eraan toe: 'En je hoeft niet zo onbeschoft te doen.'

'Vanessa, Vanessa, ik wil naar huis,' jammerde Nils, die weer aan haar arm begon te trekken.

'Dat lijkt me een goed idee,' zei Miss Lycra, die naast haar gevallen kameraad hurkte. Ze zag eruit alsof ze zo uit een reclame voor alcoholvrij bier kwam skaten.

'Hé.' Vanessa was niet in de stemming voor gezever van een huppelkut die ze niet eens kende. 'Kijk de volgende keer gewoon uit waar je rijdt.'

Intussen krabbelde meneer Skater-die-op-z'n-reet-gegaan-was overeind. 'Vanessa?' vroeg hij.

Vanessa knipperde ongelovig met haar ogen. Zag ze dingen die er niet waren?

Daar, onder de eiken van Central Park, zat, met skates aan zijn voeten en een suf sportbroekje en een strak wit t-shirtje aan zijn lijf, compleet met polsbeschermers, kniebeschermers en elleboogbeschermers, rood aangelopen en bezweet, Dan. Haar Dan.

'Dán?' vroeg ze zo geschrokken en in de war dat Edgar prompt ophield met huilen en overeind kwam.

'Hoi,' grijnsde Dan schaapachtig. De blonde huppelkut met haar niksige sporttopje stak een hand uit om hem overeind te helpen. Hij stond onvast op zijn skates. 'Hoi Vanessa... Wat is er aan de hand?'

'Wat er aan de hand is, is dat zij niet op die apen let die hier los rondrennen,' begon de blondine, terwijl ze haar broekje zo hoog optrok dat je haar kon liplezen. 'En ik doe echt mijn best om er heel Zen onder te blijven, maar...'

'Wie bén jij eigenlijk?' informeerde Vanessa.

'Wie ben jíj?' kaatste het meisje vinnig terug.

'Ik ben zijn vriendin,' antwoordde Vanessa.

Lycrakont deinsde achteruit.

'Wacht even,' beet Vanessa haar toe. 'Waar ben jíj mee bezig?' Ze bekeek Dan kritisch. Zijn outfit was zo compleet belachelijk dat ze bijna niet naar hem kon kijken. Ze wendde zich weer tot het meisje. 'Jij bent zeker de reden dat Dan bijna nooit meer thuis is.'

'Wonen jullie dan samen?'

De woorden uit Dans gedicht schoten door Vanessa's hoofd:

Ware liefde. Ware lust. Waarheid.

Boeddha was geen Jezus. En ik.

Ik ben ook maar een man.

'Wie zijn die kinderen eigenlijk?' vroeg Dan zich hardop af.

'We zijn haar vrienden,' zei een van de tweeling – Vanessa kon ze nog steeds niet uit elkaar houden – boos tegen Dan, en hij stak zijn tong naar hem uit.

'Je vrienden?' herhaalde Dan.

'Inderdaad,' zei Vanessa snibbig. 'Net zoals jij háár vriend bent, toch, Dan?'

Op Fifth Avenue beierde een kerkklok. Het was zo'n zuiver geluid dat zo absoluut niet bij de situatie paste dat Vanessa zin kreeg om te gaan gillen.

'Vanessa?' Het andere jongetje gaf een rukje aan haar hand. 'Ik voel me niet zo lekker.'

'Even wachten,' antwoordde Vanessa streng.

'Ik snap het niet,' stamelde Dan. 'Waarom ben je niet op de set?'

'Ik ben ontslagen. Niet dat het jou iets kan schelen.'

'Laten we even kalmeren voor we dingen gaan zeggen waar we spijt van krijgen,' opperde Ultrakorte Broek. Duiven pikten naar de kleverige resten van de ijsjes van de tweeling. Pikte er nou maar eens eentje in de kont van die blonde tut.

'Vanessa?' zeurde hetzelfde jongetje weer. 'Ik voel me zo...' Maar voor hij zijn zin kon afmaken braakte hij uitgekauwde ijswafel over Dans gifgroene Nike-skates. Dát is dus slecht karma.

de liefde is alweer voorbij

Nates benen voelden een beetje slap aan, net als wanneer coach Michaels hem bij te training op klieren had betrapt en hem strafrondjes liet lopen. Van 's ochtends vroeg tot 's avonds laat had hij paaltjes van de oprit, waar ze manshoog lagen opgestapeld, naar verschillende punten in de tuin gesjouwd. Met zere armen en knikkende knieën strompelde hij het huis in.

Knikkende knieën – en niet eens door een meisje.

Op weg naar zijn slaapkamer maakte hij een tussenstop in de lichte keuken en inspecteerde de ijskast. Regina, de meid/beheerster/kokkin van zijn ouders, zorgde altijd voor genoeg voorraad, maar Nate liet de terrine met eigengemaakte paté en de tomaten-orzosalade links liggen en pakte een fles Lorina. Toen hij nog klein was, was dit zijn lievelingslimonade, maar om een of andere reden hadden ze het altijd alleen maar als ze in East Hampton waren, en dus associeerde hij de frisse priksmaak met de zorgeloze zomers van zijn jeugd, toen hij nog uitbundige naaktzwemfeestjes organiseerde en de wijnkelder van zijn ouders plunderde.

Dat waren nog eens tijden, dacht hij toen hij bij zijn kamer kwam. Behalve de vraag of het wel zonnig genoeg was om de hele middag op het strand te blijven, of hij wel high genoeg was en of het hem ooit zou lukken om Blair in bed te krijgen, had hij niets gehad om zich zorgen over te maken.

Tegenwoordig was het leven zo veel ingewikkelder. Het was zomervakantie, maar evengoed liep Nate over een heleboel dingen te stressen: wat Tawny's vrienden met hem zouden doen als ze hem ooit zonder Tawny tegenkwamen, wat hij tegen Blair moest zeggen als hij haar op Yale weer tegenkwam, of wat Chuck Bass over haar verteld had waar was.

Met de geopende fles in zijn handen liet Nate zich kreunend op zijn zachte, onopgemaakte bed vallen. Hij deed zijn ogen dicht en probeerde zijn hoofd leeg te maken, maar er was iemand die hij telkens weer voor zich zag.

Drie keer raden.

Opeens had hij er spijt van dat hij haar de mosgroene kasjmier trui had teruggeven, de trui die hij nu ruim een jaar geleden van haar cadeau had gekregen toen ze met haar vader in Sun Valley op skivakantie waren. Als hij hem nog had, zou hij hem nu aantrekken, zijn ogen dichtdoen en aan simpeler tijden denken, toen hij en Blair nog bij elkaar waren en alles was zoals het zijn moest. Want behalve op de momenten dat hij haar kwaad maakte door iets stoms te zeggen of te stoned te zijn om zich hun plannen te herinneren, had Nate zich met Blair, hoe moeilijk ze ook was, altijd compleet gevoeld, alsof alle puzzelstukjes op hun plaats lagen. Nu ging Blair met die Engelsman trouwen. Was het echt waar? Opeens moest Nate het weten.

Hij richtte zich op, nam een slok uit de koude fles limonade en pakte de zwarte Bang & Olufsen-telefoon van zijn nachtkastje. Heel even aarzelde hij voor hij het overbekende nummer toetste.

Na twee keer overgaan nam ze op. 'Met Blair.' Ze klonk kortaf, zakelijk, alsof ze het nummer niet herkend had.

'Hé.' Nate ging op zijn buik liggen en frunnikte nerveus aan de lakens.

'Nate?' geeuwde ze, alsof ze zich nu al dood verveelde. 'God, sorry hoor. Ik ben zó moe.'

'Ja, met mij,' antwoordde hij sullig. Hij wist opeens niet meer waarom het zo'n goed idee had geleken om Blair te bellen.

'Ik werk tegenwoordig,' legde Blair uit. 'Het was nogal een hectische week.'

'Oké, te gek.' Blair had werk? Wauw, er was inderdaad veel veranderd.

'Ja,' zei ze instemmend. 'Bailey Winter zit me flink achter m'n reet aan.'

Nate had geen flauw benul waar ze het over had, maar besloot met haar mee te leven. 'Rot voor je.'

'Zo gaat het in de modewereld. Waar zit je trouwens?'

'East Hampton. Het huis van mijn ouders. Ik doe wat klusjes voor coach Michaels, ik help hem een beetje met zijn huis.'

'Ik wou dat ík hier weg kon,' antwoordde Blair dromerig. 'Heel even maar. Maar je weet hoe het gaat...'

'Ja,' beaamde Nate. 'Zo gaat het als je werkt.'

'Zei ik al dat ik de kleding voor die nieuwe film doe, *Breakfast at Fred's*?'

'Cool,' zei Nate mechanisch. Waarom had ze nog niets over haar verloving gezegd? 'En je bent dus weer terug uit Londen.'

'O ja.' Blair slaakte een diepe zucht. 'Ik moest terug naar New York. Dit leek me een goede manier om aan mijn cv te werken, weet je, om voor we naar Yale gaan een beetje werkervaring op te doen.'

'Goed plan,' zei Nate, die opeens wenste dat hij voor hij aan dit gesprek begon een joint had gedraaid. 'Zeker nu je, je weet wel, ook plannen voor later maakt.'

'Dat doe jij toch ook?' vroeg Blair. 'Je moet aan de toekomst denken, dat weet je toch, Nate?'

'Zeker,' zei Nate, al kwam hij meestal niet verder dan de vraag of hij burrito of pizza voor het avondeten moest laten komen. 'Maar goed, ik belde eigenlijk alleen maar even om je te feliciteren.'

'O joh, het is niks. Alleen maar een vakantiebaantje bij een van de beste modeontwerpers van Amerika.'

'Ik had het over je verloving. Ik heb het allemaal al gehoord.'

'Verloving?' herhaalde Blair. 'Wie heeft je dat verteld?'

'Chuck,' bekende Nate terwijl hij een kussen over zijn hoofd trok.

'Chuck zei dat ik verloofd was?' blafte Blair. 'Hij weet weer eens van niks, zoals gewoonlijk.'

'Hoe bedoel je?' Nate haalde het kussen van zijn hoofd en ging rechtop zitten.

'Nou, ik ben toch terug,' merkte Blair op. 'Het werd niks in Londen. Ik kon niet met hem trouwen. Ik moet aan mijn toekomst denken.'

Had iemand haar dan ten huwelijk gevraagd? Mocht ze willen.

'Je gaat dus niet trouwen? Dat mag ik Chuck wel eens aan zijn verstand brengen dan.'

Veel geluk ermee.

'Die gast is gek,' verklaarde Blair. 'Wat kan het mij schelen wat hij denkt? Ik snap niet dat je naar hem luistert.'

Nate haalde zijn schouders op, al kon Blair hem door de telefoon natuurlijk niet zien. 'Ik wist het gewoon niet, weet je, ik had niets meer van je gehoord. Maar ik ben blij dat je terug bent. Ik weet dat je er altijd van gedroomd hebt om Katherine Hepburn te zijn, maar het is al hartstikke gaaf dat je nu zo dicht bij het vuur zit.'

'*Audrey* Hepburn,' verbeterde ze. 'En ik zit niet dícht bij het vuur, ik ben zelf het vuur. In zo'n grote film is de kleding essentieel.'

'Weet je nog die keer dat we naar die film keken en jij hem de hele tijd op pauze zette omdat je de tekst met me wilde oefenen?' vroeg Nate weemoedig. Het had hard gesneeuwd en de scholen waren dicht en ze hadden 's middags in haar bed samen naar *Breakfast at Tiffany's* gekeken, alleen had Blair de band de hele tijd stopgezet om delen van de tekst op te zeggen en Nate over te halen mee te doen. Hij had zijn best gedaan, want het was altijd makkelijker om Blair haar zin te geven. Nu zat hij in de Hamptons en Blair in New York en was hun relatie voorbij – zelfs de slaapkamer van toen was veranderd in een pastelkleurige babykamer voor Blairs kleine zusje.

'Ik heb besloten dat werken in de mode, achter de schermen dus, qua carrièreplanning op de lange termijn verstandiger is,' legde Blair uit.

'Ja,' zei Nate. 'Serena is degene die het echt in zich heeft om filmster te worden.'

Au. Blair wachtte even voor ze verder sprak. 'Ik moet ophangen, Nate. Ik moet met een paar ontwerpen naar de set.'

'Oké.' Nate was teleurgesteld. 'Dat klinkt belangrijk.'

'Het ís ook belangrijk. Veel plezier op het strand.' Blair hing op.

Nate drukte op beëindigen en liet de telefoon op de grond vallen. Hij draaide zich om en ging op zijn rug naar het plafond liggen kijken. *Veel plezier.* Maar de Hamptons leken opeens helemaal niet meer zo leuk. De hele zomer strekte zich voor hem uit en hij voelde zich alleen en afgezonderd. Hij miste de stad, hij miste zijn vrienden, hij miste Blair. En geen plaatselijke stoot kon daar iets aan veranderen.

v vindt een vaderfiguur

Vanessa sloeg de zware deur met een klap achter zich dicht, stormde de hal van het huis van de Humphreys binnen en smeet haar oude versleten legerrugzak op de krakende parketvloer, waardoor prompt een hele stapel oude kranten omviel.

'Verdomme!' Ze bukte en stapelde de kranten zo netjes mogelijk op, maar het was altijd zo'n bende in het appartement dat het ook weer niet zo heel veel leek uit te maken.

'Wat gebeurt daar?' riep een zware stem. 'Wie is daar?'

Vanessa richtte zich op en keek schuldbewust om zich heen. Ze was zo uitgeput van haar middag met de onvermoeibare tweeling, zo boos over haar vernederende ontmoeting met Dan en die skatende slet van hem, zo laaiend op die psychoot van een Ken Mogul die haar ontslagen had, dat ze even vergeten was dat ze niet thuis was: ze kon niet zomaar met deuren slaand door het huis stampen. Officieel was ze maar te gast.

'Wat is dat allemaal voor kabaal?' Rufus Humphrey schuifelde de slecht verlichte hal in, met een stapel losse vellen tegen zijn brede borst gedrukt. Zijn schouderlange grijze kroeshaar zat met een groene zakjessluiter in een slordige staart, er zaten pindavelletjes in zijn zout-en-peper-kleurige baard en zijn bril was helemaal naar het puntje van zijn brede rode neus gezakt. Hij droeg een versleten beige korte broek met zakken vol pennen en markeerstiften, een veel te strakke, met wijnvlekken bezaaide lichtblauwe polo, waarin Vanessa een van Dans oude schoolshirts herkende, en een roze keukenschort met madeliefjes erop.

'Het spijt me vreselijk,' zei Vanessa. 'Ik wilde je niet storen.'

'Wat voor dag is het vandaag?' informeerde Rufus, die haar zonder enig blijk van herkenning strak aankeek.

Ze vroeg zich af of ze zich nog een keer moest voorstellen. 'Zondag.'

'Zondag, ja, zondag.' Rufus knikte. Hij zette zijn montuurloze leesbril af en stak hem in een van zijn vele broekzakken. 'En, ben je nu vroeg of laat thuis? Moet ik je op je kop geven of zo?'

Vanessa lachte, blij dat hij kennelijk toch heel goed wist wie ze was. 'Maak je maar geen zorgen. Ik heb me netjes gedragen.'

'Kom dan maar binnen,' zei hij hartelijk. Hij draaide zich om en liep naar de hete en wanordelijke keuken. 'Ik was met het eten bezig en ik heb even een verse tong nodig om te proeven wat ik tot nu toe in elkaar geflanst heb.'

Alsof ze het vandaag nog niet zwaar genoeg had gehad.

Even later zat Vanessa op een van de gammele, wiebelende stoelen aan de keukentafel, drinkend uit een glas troebel kraanwater terwijl Rufus Humphrey zich uitsloofde voor het gasfornuis. Wat hij ook aan het koken was, het rook goed en haar maag begon luidruchtig te rommelen. Het enige wat ze die dag gegeten had was dat haastig naar binnen gewerkte ijsje; na die toestand in het park had ze geen zin meer gehad om te lunchen.

Rufus gaf haar een houten lepel aan. 'Proef eens,' beval hij.

Ze blies op het dampende hoopje couscous en nam een hapje. 'Lekker.'

'Het is een tajine,' vertelde Rufus. 'Recept van Paul Bowles. Ik was helemaal vergeten dat ik het had. Waar is Dan? Die is dol op Paul Bowles. Dit zal-ie lachen vinden, dat weet ik zeker.

Ik heb de saffraan vervangen door vermouth!'

'Dan? Ik weet het niet precies,' bekende Vanessa. Ze friemelde opgelaten aan de witte linnen placemat met de kleine paarse bloemetjes erop geborduurd. Het ding leek totaal niet op zijn plaats in die muffe, ongeorganiseerde keuken.

'Herrie in het paradijs?' vroeg Rufus, energiek in de borrelende pan roerend.

Vanessa aarzelde. Ze was wel in de stemming om haar hart eens uit te storten. Ruby had ze niet meer gesproken sinds ze kwaad van huis was gegaan, haar ouders had ze al in geen tijden meer gezien. Het maakte niet eens uit dat Rufus Dans vader was, ze moest gewoon met iemand praten.

'Paradijs,' zei ze spottend. 'Ik geloof dat we daar al uit zijn gegooid.'

'Hoe bedoel je?' Rufus bladerde door een kookboek en knikte ernstig. 'Shit! Twéé theelepels. Nou ja... van zes theelepels ga je ook niet dood.'

'Ik bedoel,' verklaarde Vanessa met een brok in haar keel, 'dat ik denk dat we uit elkaar zijn.'

'Wat is er dan gebeurd?' informeerde Rufus. Intussen rommelde hij met veel kabaal in een la.

'Ik weet het niet,' loog Vanessa gegeneerd. Was het echt nodig om hem alle beschamende details te vertellen?

'Kinderen.' Hij schudde zijn hoofd. 'Jonge liefde.'

Of jonge *liefdeloosheid*.

Zo beheerst mogelijk vervolgde Vanessa: 'En weet je, hij weet niet eens wat er in mijn leven verder allemaal aan de hand is. Ik bedoel, ik ben vandaag mijn baan kwijtgeraakt. Ken Mogul heeft me ontslagen.' Ze slaakte een zucht en begon over haar hele lichaam te trillen. Nu ze de woorden hardop had uitgesproken kwam de werkelijkheid nog harder aan.

'Ontslagen?' herhaalde Rufus, terwijl hij zo te zien veel te veel honing bij de couscous deed. 'Maak je niet druk. Geloof het of niet, ik ben ook wel eens ontslagen. Ik was plaatsaanwijzer in het Brattle Theater, toen ik nog studeerde.' Hij grinnikte in zijn baard. 'Ik vloog eruit omdat ik tijdens een toneelstuk over communistisch Rusland obsceniteiten schreeuwde, maar dat is een lang verhaal.'

'Ik vind het in elk geval heel aardig van je dat ik hier mag logeren. Ik vind vast wel snel iets anders,' mompelde Vanessa ongelukkig. 'Ik kan Ruby bellen, misschien mag ik wel op de bank slapen. Of ik kan Blair Waldorf om hulp vragen. Ik bedoel, ik heb haar ook geholpen toen ze nergens heen kon.'

Die tante die elke week in een ander bed slaapt? Reken er maar niet op, zus.

'Hoofd koel, maat!' riep Rufus op zijn bekende heftige en surrealistische manier. 'Voor zover ik weet is dit huis van mij, niet van Dan. Jenny zit in Europa en daarna gaat ze naar die dure kakschool. Dan gaat naar Evergreen, *of all places*, en daarna mag ik hier hardop in mezelf gaan zitten praten en in m'n eentje m'n eigen eten opeten. Ik dacht het niet, maat.'

Vanessa was nog nooit 'maat' genoemd, zeker niet door iemands vader. Het had wel wat, vond ze. 'Ik weet niet,' protesteerde ze. Eindelijk was er eens iemand aardig tegen haar, en ze had geen idee hoe ze erop moest reageren. 'Ik weet niet of ik het prettig zou vinden om zo van je gastvrijheid gebruik te maken.'

'Als je er zo over denkt.' Rufus deed met een klap het deksel op de gietijzeren pan. 'Dan verzinnen we er toch iets op? Je gaat in het najaar hier naar de universiteit, toch? Daar verdien je dus niks en je moet te hard studeren om er veel bij te werken. Misschien kun je voor een klein bedrag Jenny's kamer huren. Als je maar belooft dat ik voor je mag koken.'

Vanessa wreef over haar stoppelige hoofd en keek met knipperende ogen naar Rufus, wiens haar alweer alle kanten uit stond.

'Ah! Chilipoeder!' schreeuwde hij, voor hij er een paar eet-lepels vol van in de pan kieperde.

Zeker, hij was een beetje vreemd, maar wel erg aardig en ze wist dat de huur meer dan redelijk zou zijn. Tot Dan naar Evergreen vertrok kon ze zich op de vlakte houden. En misschien was het nog wel leuk ook om met Rufus onder een dak te wonen. Werd hij de maffe vader die ze nooit gehad had. Eigenlijk had ze al een maffe vader, maar het kon geen kwaad om er nog eentje bij te hebben.

'Bedankt, Rufus.' Vanessa droogde met de rug van haar hand haar ogen af. 'Heel graag dan.'

'Top. Als je nu even borden en wijnglazen pakt. Het eten is klaar.'

Pak dan ook meteen even de maagzuurtabletjes.

a star is born – tweede poging

Serena verschuilde zich zo lang mogelijk in haar caravan, voor de miljoenste keer studerend op haar script en vechtend tegen de verschrikkelijke maandagochtendzenuwen. Ze dronk haar tweede *latte* van die ochtend en dacht terug aan haar repetities met Blair van dat weekend.

'Ogen dicht,' commandeerde Kristina, haar broodmagere Duitse visagiste. Kristina had krankzinnig dikke zwarte eyeliner op en Serena was een klein beetje bang voor haar.

Ze voelde de zachte streling van een kwastje op haar gesloten oogleden.

'Oké, open,' zei Kristina. 'Klaar.'

Serena deed met een zucht haar ogen weer open. Gelukkig hoefde ze in deze scène niets te zeggen, alleen maar te zingen: die ochtend zouden ze een directe verwijzing filmen naar de scène in de oorspronkelijke film waarin Audrey Hepburn op de brandtrap 'Moon River' zingt. Ken Mogul had besloten de scène in zijn geheel opnieuw op te nemen, dus stond Serena's caravan nu voor het vervallen flatgebouw in East Village waar haar personage in de film woonde. Serena dronk het laatste restje koffie op en dacht aan wat Blair haar een dag eerder gezegd had. Ze hoorde Blairs stem bijna in haar hoofd. Brr, griezelige gedachte.

'Je hoeft niet te doen alsof. Je bént Holly. Die jurk is jóúw jurk. Die stem is jóúw stem. Sta ervoor.'

'Ze wachten op je, geloof ik,' bracht Kristina haar in herinnering.

Nog één keer bekeek ze zichzelf in de met lampjes omzoomde spiegel. Ze zuchtte. Ze had zich zo goed voorbereid als maar kon, en toch moest er een wonder gebeuren wilde ze dit voor elkaar krijgen. Een wonder genaamd Blair Waldorf.

Ze stapte haar glanzende chromen Airstream-caravan uit en stond op de stoep van St. Marks Place. De straat voelde nog benauwder aan dan normaal: er liep een leger filmmensen rond in een woud van bloedhete lampen. Ken Mogul zat zoals gewoonlijk onderuitgezakt in zijn regisseursstoel, spelend met zijn nieuwe BlackBerry. Omdat ze niet in Barneys maar in de open lucht filmden, rookte hij er een sigaret bij. Blair stond tussen de twee caravans te wachten, samen met haar trouwe schaduw/assistente Jasmine. Het meisje had een groene kledingzak met het logo van de ontwerper Bailey Winter over haar schouder, klaar om Serena's jurk meteen na de opnames weer tegen de elementen te beschermen. Fijn om zo'n sherpa te hebben.

'Serena op de set!' riep de tweede regieassistent en Kens leger van medewerkers begon als een mierenkolonie rond te rennen.

Zodra hij zijn hoofdrolspeelster in het oog kreeg, sprong Ken Mogul uit zijn stoel, waarbij hij bijna in aanvaring kwam met een bebrilde stagiaire. Achter de regisseur ontwaarde Serena het hoekige profiel van Thaddeus Smith. Geleund tegen zijn caravan – net als die van haar een vintage Airstream, maar dan lichtblauw gespoten – stond hij in een klein zwart telefoontje te praten.

Ken stopte de BlackBerry in zijn achterzak – vreemd genoeg droeg hij vandaag een smokingbroek – en zei met zijn liefste stem: 'Holly, schat, wat zie je er oogverblindend uit. Die jurk is echt helemaal goed.'

Serena droeg Bailey Winters donkerblauwe fluwelen jurk en een paar allerliefste platte zilveren schoentjes met strikjes op de wreef. Natuurlijk had ze er de perfecte benen voor, al deed ze nooit aan sport.

Sport? Wat ordinair.

'Dank je,' antwoordde Serena bibberig. Was deze dag maar alvast achter de rug.

'Mooi,' blafte Ken. 'Een beetje licht hier graag! Nu gaat het gebeuren, mensen!'

Serena liep naar haar plaats op de set, precies zoals ze het gisteren met Blair geoefend had.

'Licht graag!' riep de regieassistent.

Een felle spot werd op Serena gericht. Ze knipperde niet eens met haar ogen. Ze keek in het licht en zag niets anders dan het licht en dacht niets anders dan dat zij daar stond, in het licht. Ze was Serena. Ze was Holly. Ze wist niet meer wie ze was. Ze wás alleen nog maar.

Sta ervoor, prentte ze zichzelf in.

'Als je zover bent, Holly,' riep Ken van buiten de lichtkring.

Ze was zover. Ze haalde diep adem en liep naar het trappetje voor het flatgebouw. Ze aarzelde niet, telde haar passen niet, struikelde niet en viel niet. Op het trappetje draaide ze zich naar de camera om.

'Wat een mooie avond,' zuchtte ze. 'Het is altijd een mooie avond.'

Ze liep verder en ging op de bovenste tree zitten. Ze zag dat Ken Mogul met een sigaret in zijn mond vol aandacht naar haar keek. Ze zag Blair doodstil tussen de caravans staan, een kritische blik in haar half toegeknepen ogen. Ze wachtte even en begon toen met een aandoenlijk trillinkje in haar stem te zingen.

Moon River, wider than a mile...
I'll be crossing you in style, someday.
Dream maker, you heartbreaker...

Ze zong alle coupletten van het lied, zonder begeleiding. Het was muisstil op de set en het licht was zo fel dat ze even vergat wie ze echt was, waar ze echt was: even wás ze Holly, en ze zong de longen uit haar lijf. Aan het eind rolde er een traan over haar wang. Ze keek omhoog in het licht, knipperend met haar ogen en met een flauw glimlachje om haar lippen. Ze had altijd in het middelpunt van de belangstelling gestaan; ze was er zo aan gewend dat ze het amper meer opmerkte. Maar nu voelde ze zich voor het eerst echt een ster.

Een hele tijd bleef het doodstil. Niemand verroerde zich. Niemand zei iets.

'Holly,' fluisterde Ken uiteindelijk heel zachtjes, maar iedereen kon hem horen – zo stil was het. 'Dat was ongelooflijk. Waar heb je dat in gódsnaam de hele tijd verborgen gehouden, lieverd?' Hij sprong uit zijn stoel en vloog de set op om haar in zijn armen te nemen. Een deel van de crew begon te klappen. Blair ook.

'Dames en heren!' riep Ken Mogul met Serena dicht tegen zich aan gedrukt. 'We hebben er een ster bij!'

Ken rook naar zuurkool en espresso. Ze kreeg er tranen van in haar ogen. Maar dat gaf niet – ze huilde toch al.

Disclaimer: alle namen van plaatsen, mensen en gelegenheden zijn veranderd of afgekort om de onschuldigen te beschermen. Mij, vooral.

ha mensen!

Liep ik laatst toevallig langs Barneys (oké, ik geef het toe: ik heb er de wacht gehouden) en raad eens? Ze waren open. Inderdaad: in vol bedrijf, zoals het hoort, en geen dag te vroeg. Ik pikte er een alleraardigst Margiela-broekje voor aan het zwembad op en toog naar Fred's, dat weer in oude glorie hersteld is. Blijkbaar is het waar wat ik gehoord heb: het filmen zit erop. Ben benieuwd hoe onze favoriete hoofdrolspeelster het ervan af heeft gebracht. Bronnen op de set melden dat (verrassing, verrassing) ze het heel aardig heeft gedaan. (Zo kennen we haar weer!) Ze zou de spijker zelfs zo precies op de kop hebben geslagen dat ook onze zuurpruim van een regisseur de lach niet meer van zijn gezicht kreeg en haar aan een stuk door verzekerde dat hij dol op haar was. Achter aansluiten, vriend. Nog beter nieuws is, zoals elke Hollywood-kenner je zal verzekeren, dat het einde van het filmen maar één ding betekent: afscheidsfeest. Ik heb gehoord dat dit feest een ouderwetse knaller wordt, dus duimen maar en check elk uur even bij de portier of de uitnodiging al binnen is. Die van mij was er natuurlijk dagen geleden al.

MEDEDELING VAN ALGEMEEN BELANG

We onderbreken dit programma voor een heel belangrijk nieuwtje: ABC Carpet & Home, de enige winkel in Manhattan waar je handgeweven tapijten uit Iran en Diptyque-kaarsen, die trouwens zo zalig ruiken dat je ze wel op wilt eten, onder één dak vindt, biedt zijn trouwe klanten nu een speciale dienst aan. Ga er eens langs en vraag naar Sisi; zij helpt je met het uitzoeken van een heerlijk donzen bed (die matrassen in studentenhuizen zijn namelijk veel te dun), een mooie Turkse kelim (om die saaie grijze muren mee op te vrolijken), een leuke kroonluchter (neem zo'n oude waarvan ze er maar eentje hebben, als tegenwicht tegen het – gruwel – tl-licht in de gangen) en alle kleine ditjes en datjes die een huis (ook al is het een piepklein studentenkamertje) gezellig maken. Je weet, je kunt niet vroeg genoeg met de voorbereidingen beginnen!

Jullie e-mail

Beste GG,
Vorig weekend zat ik aan de Hudson te picknicken en ik zweer je dat ik een zekere Hollywood-hengst met ontbloot bovenlijf voorbij zag skaten. Die hoekige kin en dat nog hoekiger wasbord zou ik uit duizenden herkennen. Was hij het echt? Want, weet je: hij had een piepklein broekje om zijn strakke kontje en volgens mij zag ik nog net een paar regenboogsokken uit zijn skates piepen. Wat nu? Zeg alsjeblieft niet wat ik denk dat je gaat zeggen.
– ThadRulz

Beste ThadRulz,
Sinds wanneer is skaten weer zo populair? Dat is echt even langs me heen gegaan. Maar goed, ik zeg alleen maar dit: hetero's mogen ook skaten. Ik weet er zó al een die net zijn liefde voor de sport ontdekt heeft. Als je bewijs wilt dat *T* het gezelschap van heren verkiest; er zijn mensen die zeggen dat hij met iedereen verhoudingen heeft gehad, van een zekere regisseur tot en met de veel en veel jongere vrouw van diezelfde regisseur. Je moet niet alles geloven wat je leest... tenzij je het hier leest!
– GG

Beste GG,

Ik zit in een lastig parket. Ik heb een hartstikke leuke buurvrouw met wie ik het geloof ik heel goed kan vinden. Oké, prima. Maar nu is haar al even leuke vriendin bij haar ingetrokken, en volgens mij kan ik het met haar nóg veel beter vinden. Wat vind jij? Moet ik van buurvrouw wisselen, of kan ik beter iemand in een ander postcodegebied zoeken?
– Besluiteloosje

Beste Besluiteloosje

Dapper van je. Als je er maar voor zorgt dat de affaire net zo lang loopt als het huurcontract, anders krijg je van die onaangename scènes op de trap! En ach, niets is toch leuker dan een triootje?
– GG

Gezien

N, peinzend op een bankje in Main Street in *East Hampton*. Waar zou hij zo somber van zijn? *D* en een onbekend meisje bij *Jamba Juice* in Columbus Circle, snakkend naar vocht na een zware training. Hé jongens, jullie weten toch dat er wel vier hotels in de buurt zijn, hè? *B*, die een paar propvolle kledingzakken naar het huis van haar moeder aan *Fifth Avenue* sleepte. Heeft ze deze zomer nog niet genoeg gekocht? Of heeft haar nieuwe carrière in de mode als bijkomend voordeel dat ze de restjes mee naar huis mag nemen? *T*, op de bloemenmarkt in *Chelsea* – op zoek naar een aardigheidje voor zijn favoriete tegenspeelster? *V*, met haar verzameld werk op weg naar het herenhuis aan *Fifth Avenue* waar ze tegenwoordig werkt. Haar bazin schijnt een echte filmfan te zijn, of misschien hoopt ze gewoon dat ze ontslagen wordt als ze haar pupillen een of ander ziek werkje laat zien.

Oké, zo kan-ie wel weer. Eigenlijk heb ik hier helemaal geen tijd voor; ik ben namelijk op weg naar die waanzinnige vintage boetiek in Elizabeth Street. Meestal heb ik het niet zo op tweedehands kleren – ze ruiken naar dooie mensen – maar het leek me wel grappig om me voor dat old-school Hollywood-feest op z'n old-school Hollywoods te kleden.

Oeps, praat ik mijn mond weer voorbij!

Je weet dat je van me houdt,

gossip girl

een echt Hollywood-einde

De bar op het dak van het Oceana Hotel was een gekkenhuis. Op elke willekeurige zomeravond was het er al druk, maar met een paar filmsterren erbij (oké, één filmster en een filmster-in-de-dop) was de chaos compleet. De bar met zwembad was meer een plek om te kijken en bekeken te worden dan een plek om te praten en gehoord te worden, dus was Serena een beetje teleurgesteld toen Thaddeus voorstelde daarheen te gaan. Nu de spanning van het filmen van haar afgegleden was, wilde Serena hem wel eens echt spreken, de mens achter de filmster beter leren kennen. Ze hoopte dat er nu, in het echte leven eindelijk iets tussen hen zou gebeuren, maar veel tijd samen hadden ze niet meer, want ze had gehoord dat hij de dag na het afscheidsfeest meteen zou vertrekken.

Blijkbaar was dat het enige wat ze over hem gehoord had.

'Wat wil je drinken?' schreeuwde Thaddeus toen de serveerster hun bestelling kwam opnemen. Ze zaten in het zogenaamde vip-gedeelte, maar er was geen enkel verschil met de rest van het smalle terras, of het moest het onbelemmerde uitzicht op de Hudson zijn. In elk geval hadden ze de goede avond uitgekozen voor een drankje aan de rivier. Overal werd ter ere van iets vuurwerk afgestoken. Gay Pride, misschien? Of was er vandaag een marathon gelopen? Serena kon die dingen nooit zo goed onthouden.

'Caipirinha!,' schreeuwde ze bijna in zijn oor.

Thaddeus herhaalde dit tegen de zwaar geïntimideerde serveerster, die zich haastte om de drankjes te halen en die waarschijnlijk voor rekening van het huis zou laten komen. Thaddeus hoefde nooit ergens voor te betalen, maar Serena eigenlijk ook niet: de beruchte modeontwerper Les Best had haar stapels kleren gegeven toen ze het gezicht van de reclamecampagne voor zijn parfum was, en waar ze ook kwam, kreeg ze door jongens drankjes en etentjes aangeboden. Het sterrendom stond zeker in haar sterren.

Thaddeus tikte met zijn vingers op tafel op het ritme van het nummer van de Scissor Sisters dat uit de handig verborgen speakers galmde. Glimlachend keek hij uit over de Hudson.

'Wat een prachtige avond,' merkte hij op.

'Zeker,' zei Serena instemmend. Ze zat ingeklemd tussen Thaddeus en de reling die om het terras liep. 'Ik ben zo blij dat we gewoon uit kunnen gaan zonder ons druk te maken over onze tekst of wat Ken morgen allemaal weer naar ons hoofd zal slingeren.'

'Shit, vertel mij wat.' Thaddeus stak een sigaret op, nam snel een trekje en gaf hem aan Serena.

Serena zoog aan het enigszins vochtige filter – voor de camera had ze al met Thaddeus gezoend, dus dat beetje speeksel kon ze wel hebben. De serveerster bracht hun drankjes en Thaddeus schoof haar glas over de tafel naar haar toe. 'Laten we proosten,' stelde hij voor. Hij hief zijn Pink Cosmo.

Pink Cosmo?

'Absoluut.' Serena tikte met haar glas tegen het zijne. 'Op een ongelooflijke film.'

'Op een ongelooflijke tegenspeelster,' verbeterde Thaddeus met één wenkbrauw opgetrokken, 'en een ongelooflijk debuut.'

Hij legde zijn arm op de rugleuning van het bankje en trok Serena een beetje naar zich toe. Zijn linkerhand rustte op haar linkerschouder. 'Dat vuurwerk gaat straks echt goed beginnen, hè?' Hij knikte in de richting van de rivier, waar al wat kleiner spul de lucht in was gegaan.

De dj zette een rustiger nummer op, iets van de Raves.

'Ik ken dit nummer!' riep Serena uit. Het klonk haar bekend in de oren, maar ze kon het niet goed plaatsen.

'Dat zijn de Raves,' verklaarde Thaddeus. 'Ik ben goed bevriend met hun drummer.' Hij nam de brandende sigaret van Serena over en nam steels een trek.

'O ja? Ik ken de zangeres, Jenny. We hebben op dezelfde school gezeten. Wacht even, volgens mij heeft ze iets met je vriend gehad, de drummer, hoe heet-ie...?'

'Nee.' Thaddeus lachte. 'Ik denk niet dat ze helemaal zijn type is.'

O? Wat is dan wel zijn type?

Serena snapte niet goed wat hij bedoelde, maar ze zat daar niet om het over Jenny Humphrey's liefdesleven te hebben. Ze nam een slokje van haar mierzoete drankje en knipperde met haar ogen naar het groepje meiden dat net achter het fluwelen koord rond het vip-gedeelte was neergestreken. De meisjes, allemaal met gruwelijk big hair en veel te veel eyeliner, zaten met hun mobieltjes giechelend foto's van haar en Thaddeus te maken.

Straks mailen ze die natuurlijk naar een of andere roddelsite, dacht Serena geërgerd.

O, stel je niet zo aan zeg.

Een enorme voorraad vuurwerk kwam met een gigantische klap tot ontploffing. Serena slaakte geschrokken een kreetje en kroop weg in Thaddeus Smiths warme, gespierde armen.

'Niet bang zijn.' Hij lachte. 'Het is alleen maar lawaai.'

'Ik geloof dat ze ons in de gaten hebben,' zei Serena, duidend op de snaterende meiden verderop.

'Ik zal er wel nooit aan wennen.' Thaddeus fronste zijn voorhoofd. 'Ik bedoel, straks staat er natuurlijk weer een of andere wazige foto van ons in de kranten.'

'Ja, raar hoor,' fluisterde Serena terwijl ze per ongeluk met haar neus langs Thaddeus' oor streek.

'Wil je me een plezier doen?' vroeg Thaddeus.

Voor Serena haar mond open kon doen om antwoord te geven, kuste hij haar teder op de lippen. De timing kon niet beter: boven de Hudson spatte het vuurwerk met een klap uiteen in een regen van twinkelende lichtjes die in een tel weer uitdoofden. Het was een verschrikkelijk cliché, maar ook verschrikkelijk romantisch, een onvervalst Hollywood-moment.

Zucht.

n's problemen met de vrouwtjes

'Gast! Nate!' Anthony Avuldsen hing toeterend uit het raampje van zijn zwarte BMW M3.

Nate ketende net zijn fiets vast aan een PRIVÉ. VERBODEN TOEGANG VOOR ONBEVOEGDEN-bord aan de rand van de parkeerplaats bij het strand. Hij had met Tawny afgesproken, maar Anthony's verschijning was een welkome verrassing. Na dat telefoongesprek met Blair... Hij kon er niets aan doen, maar sindsdien had hij het gevoel dat hij met het verkeerde meisje ging. Bovendien was hij zo'n twintig minuten te vroeg. Eens moet de eerste keer zijn.

'Hé,' riep Nate terwijl hij om de auto heen slenterde. 'Hoe gaat-ie?'

'Best.' Anthony grijnsde. 'Ik wou net naar huis gaan, maar waarom stap je niet in, dan maken we even een ritje.' Hij viste een verse joint uit het asbakje en zwaaide ermee. 'Gewoon even voor de lol, weet je wel?'

Meer aanmoediging had Nate niet nodig. Hij liep weer om en nestelde zich in de zachte, crèmekleurige leren stoel naast de bestuurder.

Anthony zette de muziek zachter en drukte op een knopje, waardoor Nates raampje naar beneden zoefde. Hij reed een rondje over de parkeerplaats en stuurde de auto straat op. 'Ga je gang, steek op,' drong hij aan.

Nate pakte de joint, haalde zijn trouwe Bic uit zijn sok en stak op.

'Was leuk laatst bij Isabel.' Anthony nam de joint van Nate

aan. 'Jammer dat je niet kon komen.'

Nate blies een lange sliert rook naar buiten. Hij bekeek zijn spiegelbeeld in de voorruit: hij had die ochtend geen tijd gehad om zich te scheren en zag er een beetje groezelig uit. Zijn t-shirt was smerig en zijn deodorant had de strijd uren geleden al opgegeven; zijn spijkerbroek zat onder de gras- en moddervlekken. Hij was onwaarschijnlijk bruin geworden, en toch zag hij er een tikje ongezond uit, waarschijnlijk kwam dat door de rooddoorlopen ogen van te weinig slaap.

Is slaapgebrek hier echt de boosdoener?

Hij nam de joint weer van Anthony aan en bekeek zijn vriend van opzij. Anthony droeg een Vilebrequin-surfshort met een krankzinnige print en een paar kapotte oude teenslippers. Hij had een zonnebril op, was minstens zo bruin als Nate maar had geen wallen onder zijn heldere ogen; hij zag eruit als honderden andere jongens in de Hamptons: als een vakantieganger, van het strand op weg naar huis, rokend achter het stuur. Gedeprimeerd blies Nate de rook uit. De wiet was prima, maar dat veranderde niets aan het feit dat hij moe was, en gespannen, en... jaloers. Waarom mocht Anthony de hele dag chillen op het strand, terwijl hij moest werken als een paard?

Misschien omdat Anthony geen prestatieverhogende middelen van zijn lacrossetrainer had gejat?

Nate tikte tegen het raam op het ritme van de oude Dylan-plaat in de cd-speler en stelde zich de ideale zomervakantie voor: hij ging natuurlijk naar het strand, om te surfen of gewoon een beetje in het zand te liggen, hij toerde wat in de open Aston Martin van zijn pa, rookte met Anthony en zijn andere vrienden een jointje en bleef tot de middag met Blair in bed liggen. Misschien nam hij Blair wel mee op een boottocht langs de kust van Maine. Kon hij haar leren vissen. Kreeft eten. Veel seksen. Slapen. Nog meer seksen. Een beetje zwemmen. Weer seksen.

'Hé, ben je er nog?' vroeg Anthony.

'Sorry,' mompelde Nate, terug op aarde.

'Geeft niet.' Anthony stopte voor rood. Drie meiden slenterden langs in bikinitopjes en surfshorts. Ze waren misschien een jaar of dertien, maar toch zagen ze er leuk uit. 'Hoe zit het trouwens met die Tawny, man? Wat een stuk is dat.'

'Ja.' Nate gaf de joint terug. 'Ze is wel oké. Maar ik weet het niet hoor. Misschien hoef ik even geen meiden meer of zo.'

Anthony barstte in lachen uit en verslikte zich bijna in de joint. 'Ja hoor. Dat heb ik al zo vaak gehoord.'

'Shit, man,' verduidelijkte Nate, 'ze is gewoon geen Blair. Snap je wat ik bedoel?'

'Tja, er is maar één Blair,' antwoordde Anthony op de lijzige toon van de doorgewinterde blower. Hij maakte de peuk uit in het asbakje en streek door zijn door de zon gebleekte haar. 'En, wordt het nog wat tussen jullie?'

Nate schudde ongelukkig zijn hoofd. Hij zat vast aan een leven als contractarbeider. Blair maakte carrière in de mode. Hij was te stom geweest – zo stom dat hij haar telkens weer in de steek liet of het per ongeluk met haar beste vriendin deed of wat dan ook – om in de gaten te hebben dat het leven zonder Blair niets waard was.

Kennelijk is Blair niet de enige *drama queen*.

terug naar de plaats delict

Serena sloop stilletjes het gammele metalen trappetje naar haar caravan op – of zo stilletjes als mogelijk was op haar hoge, zilvergrijze Michael Kors-schoenen. Ze hoorde daar helemaal niet te zijn; de acteurs waren allemaal van hun taak ontslagen en de enigen die er nu nog waren, waren de mensen die de set moesten afbouwen. Maar Serena had ingestemd met een plannetje van Blair en was uit op het kleine zwarte jurkje dat Bailey Winter speciaal voor de feestscène voor Holly had ontworpen. Het was het perfecte jurkje voor morgen op het échte feest.

Binnen knipte Serena het licht aan en deed de bordkartonnen deur achter zich dicht. De kaptafel lag nog vol met make-up en haarproducten, en al haar kleren, met zorg gelabeld en keurig gestoomd door Blairs stalker/assistente, hingen met telkens twee centimeter tussenruimte aan een verrijdbaar rek.

Hebbes. Serena griste het volmaakte jurkje van het rek. Het was precies voor haar op maat gemaakt; een eenvoudig jurkje zonder poespas, ondanks de inktzwarte kraaltjes op de smalle schouderbandjes. Dit was een stuk gemakkelijker dan winkelen.

Ja, stomvervelend, dat winkelen.

Serena scheurde de plastic zak open, haalde de jurk van het hangertje en stopte hem opgevouwen in haar tas. Eigenlijk was het niet de bedoeling dat ze zomaar kleren meenam. Het stelen uit haar caravan gaf haar een kick die ze nog maar één keer eerder had gevoeld, toen ze als tienjarige een pakje kauwgum uit een winkel had gestolen.

Een klop op de deur joeg haar de stuipen op het lijf. Vlug ritste ze haar oranje canvas Hermès-tas dicht. 'Wie is daar?' vroeg ze met trillende stem. 'Thad?'

Een magere man met een prachtig bruin kleurtje stak zijn hoofd naar binnen. Zijn bruine stekelhaar stond kunstzinnig alle kanten op en hij had grote groene ogen met mooie lange wimpers onder perfect bijgewerkte wenkbrauwen. Hij droeg een strak zwart truitje zonder mouwen en had complexe tattoos van vissen op zijn lange, dunne armen.

'Nee, ik ben het,' zei Serena verontschuldigend. 'Thads caravan staat hiernaast.'

'O lieve help!' De jongen bloosde diep. 'Het spijt me vreselijk. Ik moet ook niet zomaar de eerste de beste caravan in rennen.'

'Nee, nee, geeft niet.' Serena ontspande zich nu ze besefte dat deze man haar niet wegens diefstal kwam oppakken. 'Ik ben Serena.'

'O lieve hemel, hoi!' riep de onbekende man uit. Hij sprong met uitgestoken handen en rinkelende portefeuilleketting de caravan in en liet de deur met een klap achter zich dichtvallen.

Hoezo, onopvallend een jurkje stelen?

'O, lieve hemel, *Serena*. Wat enig om je eindelijk te ontmoeten.' Hij nam haar vrije hand in de zijne en liet niet meer los.

'Eh, ja, vind ik ook,' stamelde ze. Hij sprak met een heel flauw accent dat ze niet goed thuis kon brengen en ze wist absoluut niet wat ze moest zeggen. Zou ze deze vent moeten kennen?

'Shit, wat doe ik nou? Ik storm hier zomaar naar binnen. Je bent met iets bezig en ik overval je als de eerste de beste zwijmelende fan. Het spijt me vreselijk. Je denkt vast dat ik niet goed bij mijn hoofd ben.' De jongen liet haar hand los en schudde lachend zijn hoofd.

'Nee, nee, ik ben helemaal niet bezig, hoor,' loog ze. Ze drukte haar tas dicht tegen haar borst. 'Ik kwam alleen even iets halen wat ik vergeten was.'

'Thad zei dat jullie klaar zijn met filmen?' vroeg de jongen. 'Vind je het erg als ik even ga zitten? Ik ga even zitten.' Hij ging op de stoel voor kaptafel zitten en sloeg zijn benen over elkaar.

Ga je gang, neem een stoel.

'Ja, we zijn klaar. Godzijdank!' Serena deed haar best om minder verbaasd te kijken dan ze was. Wie *wás* die vent?

'Het is gekkenwerk, maar iemand moet het doen.' Hij sloeg zijn benen opnieuw over elkaar en bekeek haar van top tot teen. 'Maar je ziet er fantastisch uit. Heel mooi. Precies zoals Thad zei.'

'Oké. Thad,' herhaalde ze. Ze begon wantrouwig te worden.

'O lieve hemel, ik vergeet compleet me voor te stellen. Dat doe ik wel vaker. Ik praat en praat maar, want meestal word ik zo zenuwachtig, maar jij bent zo lief en mooi, ik zou niet weten waarom iemand zenuwachtig van jou zou worden, tenzij je een jongen bent die met je uit wil...'

Serena bloosde. Wat was dit voor iemand?

'En ik kakel maar door,' vervolgde hij. 'O lieve hemel, ik kan toch zo stom zijn. Ik ben Serge. Ik vind het zo leuk om je eindelijk eens te ontmoeten.'

'Serge,' herhaalde ze. *Serge? Serge? Wie was in godsnaam Serge?*

'Serge. Thads vriendje?' verduidelijkte hij. 'Niet te geloven dat we elkaar na al die tijd nu pas voor het eerst ontmoeten. Als ik Thad zie, krijgt ie een dreun van me. Om ons zo bij elkaar vandaan te houden. Belachelijk gewoon.'

Thads... *wat*?

'O, Thad heeft het altijd over je,' loog ze. 'Het is wel gek dat we elkaar nooit eerder hebben gezien.'

'Maar ook een béétje logisch,' gaf Serge toe, spelend met een tube camouflagecrème. 'We moeten best discreet zijn, dus meestal zit ik gewoon maar wat in mijn kamer. Ik bedoel, we zitten niet eens in hetzelfde hotel. Mij hebben ze in het Mercer gestopt. Maar jij weet hoe het zit – jij hebt overal in de stad met hem geposeerd voor die foto's. Je bent een engel. We stellen het allebei heel erg op prijs.'

Die foto's? De kus was alleen maar voor de fotografen geweest? Thad had haar alleen maar gebruikt? Serena liet zich tegen de muur zakken. Ze snapte niet hoe ze zich zo had kunnen vergissen. Ze dacht dat ze echt iets met elkaar hadden, maar hij was gewoon een mooie homo met een leuke vriend die hij geheim moest houden. Ze moest er even bij gaan zitten.

'Ja.' Serena liet haar tas op de grond vallen. Ze ging op de inbouwbank zitten, schopte haar schoenen uit en trok haar benen onder zich. 'Ach, Thad is een geweldige vent. Ik ben blij dat ik iets voor hem kan doen.' Ze zuchtte. Het was bijna de waarheid. Ze had beledigd of kwaad of gekwetst moeten zijn, maar eigenlijk verbaasde het haar alleen maar dat ze het niet in de gaten had gehad.

Niet dat ze zoveel aanwijzingen had gekregen.

'Ik zei al tegen hem dat hij zoveel geluk had met een tegenspeelster als jij. Ik bedoel, soms worden zijn tegenspeelsters zo raar bezitterig dat ze echt gaan denken dat ze iets met hem hebben. Alsof ze fantasie en werkelijkheid niet uit elkaar kunnen houden. Ik bedoel, hallo? Het is maar film hoor.'

'Mmm.' Serena knikte.

'Maar jij bent heel anders,' dweepte Serge. 'Je lijkt wel een ouwe rot, terwijl dit nog maar je eerste film is! Ik wil dat jij van nu af aan in al Thads films speelt. Beloof het!'

'O, hou op.' Serena giechelde. Het was best moeilijk om

beledigd of boos te zijn terwijl Thaddeus en zijn vriend allebei zo aardig waren.

'Nee, ik meen het echt!' riep Serge uit. Hij sprong op uit zijn stoel en plofte naast haar op de bank. 'Je móét dit weekend echt naar ons huis in Palm Springs komen. Het wordt zó leuk! En ik weet niet of je geïnteresseerd bent, maar ik denk dat ik een heel leuke vent voor je weet.'

'O, echt?' Dat klonk goed. Op zijn smaak durfde ze wel te vertrouwen!

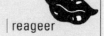

Disclaimer: alle namen van plaatsen, mensen en gelegenheden zijn veranderd of afgekort om de onschuldigen te beschermen. Mij, vooral.

ha mensen!

Ik heb letterlijk vijf minuten om dit te schrijven – geen idee wanneer de zomervakantie zo'n heksenketel is geworden, maar met die tennislessen bij Ocean Colony en happy hour op het dak van het Metropolitan vliegen de dagen gewoon voorbij. Laten we maar met jullie mail beginnen, want iedereen denkt de laatste tijd toch maar aan één ding...

Beste GG,
Weet jij hoe ik aan een uitnodiging voor het grote feest van aanstaande donderdag moet komen? Mijn vriendje zegt dat hij er met me heen gaat, maar ik ben bang dat-ie bluft en zijn Jeep op het laatste moment panne krijgt of zoiets. Maar ik wil er echt heel, heel graag heen, dus er moet een plan B komen. Help!
– BigFan

Beste BigFan,
Het schijnt dat ze de gastenlijst goed in de gaten houden. Dus hopelijk bluft die vent van je niet, want anders sta je straks achter de dranghekken toe te kijken hoe de limousines voorrijden, samen met de rest van het gewone volk. Sorry!

Beste GG,
Ik ben net met mijn familie in Amsterdam geweest. Ik wist te ontsnappen en heb ook even de echte bezienswaardig-

heden gecheckt. Nadat ik in een coffeeshop een beetje
hasj had gerookt, zag ik volgens mij achter een raam in de
rosse buurt die griet *J* dansen. Had ik nou maar om een
lapdance gevraagd. Zeg dat zij het was!
– 1zaam

 Beste 1zaam,
Sorry. Haar ouders mogen dan alternatievelingen zijn, *J* is
het niet. Ze bestudeert de schone kunsten en misschien de
schone kunsten van schone jongelingen, maar lapdancing
in de rosse buurt en hitsige toeristen staan niet op het les-
programma.
– GG

PERFECTIONEER JE KOETJES EN KALFJES
Een handige opfriscursus voor al mijn medefeestbeesten. Plezier!

1) Je wordt in het nauw gedreven door een wellustige, slecht
geklede regisseur die je uitnodigt voor een auditie bij hem thuis.
Jouw reactie:
a) Droom maar lekker, viespeuk.
b) Waarom bij jou thuis? Pak je videotelefoon, dan zie ik je op het
   toilet!
c) Met alle plezier, meneer Mogul.

2) Terwijl je in de rij staat voor de wc vraagt een zwaar gebouwd
producerstype je wat je van zijn film vond. Jouw reactie:
a) Ik vond dat er wat castingproblemen waren. Die jonge
   onschuldige dame bijvoorbeeld, had best wat onschuldiger
   gemogen… maar het was niet slecht.
b) De kleding was mooi, al vind ik eigenlijk altijd dat minder
   meer is als het om kleding gaat.
c) Ben je al bezig met deel 2?

3) Een wereldberoemde, onwaarschijnlijk knappe, internationaal erkende filmster vraagt je ten dans. Jouw reactie:

a) Dansen? Ik ga liever ergens heen waar het stil is, weg van al die paparazzi.

b) Hou me vast. Toe, hou me vast.

c) Ik heb altijd gevonden dat homo's het best kunnen dansen!

4) Een of ander would-be sterretje struikelt over haar veel te lange benen en gooit haar fruitcocktail over je nieuwe suède Sigerson Morrison-balletschoentjes. Jouw reactie:

a) Niets – je smijt gewoon je drankje in haar gezicht.

b) Mijn schoenen! Mijn grootste trots! Mijn raison d'être!

c) M'n rug op. Dans ik toch op blote voeten!

Al klaar? Niet vals spelen.

Oké, het goede antwoord is vier keer C. Alsof je dat nog niet wist. Zie jullie vanavond!

Je weet dat je van me houdt,

gossip girl

d heeft een gouden kaart

Dan had Bree in allerlei soorten sportkleding gezien en natuurlijk spiernaakt, maar nog nooit in vol ornaat voor een avondje uit. Dus toen hij in Seventy-seventh Street het metrostation in stapte, was hij verbaasd om haar zo te zien, een sprookje in een eenvoudig wit zijden topje, met haar blonde haar, dat hij nog nooit los had gezien, golvend over haar schouders. Haar lange, geborduurde, turquoise rok zag eruit als iets wat ze op een vlooienmarkt in Turkije op de kop had getikt.

Dan droeg het enige wat hij had voor een feest: een mooi donkergrijs, scherp gesneden pak van Agnès B, een geschenk van zijn voormalige agent, uit de tijd dat hij op het punt stond de grote literaire ontdekking van het jaar te worden – in plaats van een wispelturige alweer-bijna-ex-student die zijn vriendinnetje belazert.

'Hé, schoonheid,' riep hij brutaal, terwijl hij van de onderste tree op de stoep sprong. Traplopen ging écht makkelijker sinds hij met zijn trainingprogramma was begonnen.

'Dank je.' Bree gaf hem een kus op zijn wang. 'Voel je je in balans? Je ziet er goed uit. Hopelijk ben ik niet te gewoontjes gekleed.'

'Nee, je ziet er precies goed uit. Zullen we gaan?'

In wolken uitlaatgassen wandelden ze langs Lexington Avenue. Het vroegeavondlicht glinsterde in de ramen van Starbucks.

'Vertel,' begon Bree, die onder het lopen haar armen om haar middel sloeg, 'ik snap nog steeds niet waarom jij op dat feest bent uitgenodigd.'

'Ik weet het eigenlijk niet,' bekende Dan. 'Ik ken Serena al heel lang... Of misschien heeft Vanessa me op de lijst gezet? Wat maakt het uit? Een feest is een feest, toch?' Ze liepen Seventy-first Street in.

'Dat is zo.' Bree knikte stijfjes. Ze maakte een nerveuze en gespannen indruk voor iemand die meestal zo Zen was. 'Over Vanessa gesproken...'

'O ja.' Dan voelde instinctief naar zijn pakje Camel.

Jammer dat hij zijn ginsengsigaretten niet bij zich had.

Bree zuchtte. 'Misschien moet je er nog maar eens goed over nadenken. Ga mediteren. Haal diep adem. Zoek je centrum. Uiteindelijk wordt het wel helder. Ik kan je niet zeggen wat je moet doen, weet je. Het is jouw leven. Maar ik zou wel willen dat je een paar antwoorden vond. Meer willen we toch ook niet van het leven?'

'Nee, nee, inderdaad.' Dan keek naar links en naar rechts voor ze Third Avenue overstaken. Misschien zou er een taxi over hem heen denderen, dan hoefde hij dit gesprek niet te voeren.

'Ik weet het niet.' Bree zuchtte weer en begon gedachteloos haar haren te vlechten. 'Ik vertrek na de zomer toch naar Santa Cruz. Ik wil je helemaal niet claimen. Maar we hebben wel een leuke tijd gehad, hè?'

'Zeker. Het was te gek.' Hij zweeg even. 'Hoor je dat?'

Een dof geraas verbrak de avondlijke stilte: het geluid van toeterende claxons en stationair draaiende motoren, vermengd met af en toe een losse kreet en het niet-aflatende geklik van duizend camera's.

'Is dat het feest?' vroeg Bree. 'Wat een herrie.'

Dacht ze dat het feest van de maand een stille bedoening zou zijn?

'Kom mee.' Dan nam haar bij de hand, blij dat hij een reden had om het gesprek kort te houden. Hij had helemaal geen zin om het over zijn relatie met Vanessa te hebben. En hij moest toegeven dat hij ook helemaal geen antwoorden had. 'Ik wil niet te laat komen.'

Holly Golightly's stille straat was niet stil meer. Aan beide kanten van het huizenblok stonden dranghekken en beveiligers, en door de straat liep een heuse rode loper naar het herenhuis. De rij limousines op Second Avenue was twee blokken lang en op de hoek was met touw een gebied afgezet voor journalisten en fotografen. Bij de deur overhandigde Dan zijn uitnodiging aan een kleerkast van een uitsmijter, die bars knikte en hun veel ruwer dan nodig was een stempel op hun hand gaf.

'Iets drinken?' vroeg Dan aan Bree toen ze langs een lange tafel vol elegante champagneglazen liepen.

'Ik weet niet of ik vanavond wel moet drinken,' antwoordde Bree. Ze klonk zo streng dat Dan de indruk kreeg dat ze vond dat híj ook niet zou moeten drinken.

Goh, die moet je er echt bij hebben op een feestje.

Dan pakte twee glazen – als zij niet dronk, moest hij maar voor twee drinken – en sloeg er onmiddellijk een achterover. Zacht boerend zette hij het lege glas op tafel terug, waarna hij zich met het tweede glas in de ene hand en Bree aan de andere een weg door de menigte baande. Duwend en trekkend kwamen ze in de hal aan. Bree rende meteen de trap op. Begon ze nu toch de smaak te pakken te krijgen?

'Dit is een goede oefening,' merkte ze op.

'Ja ja,' zei Dan, die hijgend achter haar aan kwam.

Hoe hoger ze kwamen, hoe harder het gegil van meiden en het bonken van de bas. De brosse muren van het oude herenhuis stonden nog behoorlijk stevig, maar al dat lawaai konden ze toch niet aan. Op de overloop van de derde verdieping werden ze geconfronteerd met het surplus van de verdieping erboven: vanaf de laatste overloop keek op hen neer de griezelig uitgedoste Chuck Bass, met op zijn schouder zijn witte aapje in een roze tutu, zwaaiend met een glinsterend zilveren toverstokje.

'Romeo!' riep Chuck Dan met een meisjesachtig hoog stemmetje toe.

Dan knikte beleefd naar Chuck. Hij walgde van die klootzak met zijn enge mintgroene eighties Prada-pak. Hij nam Bree bij de hand en trok haar mee de trap op: er zou enige handigheid voor nodig zijn om haar veilig langs Chuck te loodsen.

'Wie is dat?' wilde Bree weten.

'Niemand,' antwoordde Dan beslist. Ze haastten zich de trap op. Andere feestgangers ontwijkend denderden ze op de overloop bijna over Chuck Bass heen... tot ze tegen Vanessa op botsten. Alweer. Hier moesten ze toch eens iets anders op verzinnen.

Vanessa werd vergezeld door dezelfde jongetjes als een paar dagen eerder in Central Park, maar deze keer zaten ze niet onder het ijs. In hun chique blauwe blazers met koperen knopen, geruite korte broeken en gesteven witte overhemdjes zagen de kinderen eruit om door een ringetje te halen. Hun blonde haar zat in een kaarsrechte scheiding. Ze zagen er doodongelukkig uit.

'Dan,' hakkelde Vanessa verrast. 'Wat doe jij hier?'

'Ik... ik dacht dat jij me misschien op de lijst gezet had... voordat...' stamelde hij. 'Ik dacht niet dat je er zou zijn na, je weet wel...'

'Hun zus heeft aan de film meegewerkt.' Vanessa legde haar handen op de hoofden van de jongens. 'Dus ik moest wel.'

'Hoi,' zei Bree opgelaten. 'Ik ben Bree. We hebben elkaar een paar dagen geleden eigenlijk al ontmoet.'

'Ik ben Vanessa.' Ze grijnsde spottend. Bree? Wat was dat nou weer voor achterlijke naam?

'Ik ben Edgar,' zei een van de jongetjes opeens. Hij stak trots zijn borst vooruit en gaf Bree een hand. Was hij zijn kotspartij in het park alweer vergeten?

'Ik ben Nils,' zei het andere jongetje. Hij duwde zijn broertje zachtjes opzij en keek stralend naar Bree op. De tweeling was net een stel mini-Chuckjes, vond Dan.

Ze zijn er vroeg bij, die jongens van Upper East Side. Bree zakte door haar knieën en keek de jongentjes doordringend aan. 'Jullie hebben allebei een heel helder aura.'

Vanessa gniffelde. Dan hield zijn hoofd schuin en bekeek haar aandachtig. Ze was eigenlijk nog steeds dezelfde: geschoren hoofd, arrogante blik, maar in plaats van haar gewone zwarte spijkerbroek droeg ze nu een zwarte broek van een of andere chique glanzende stof, en in plaats van een gewoon katoenen t-shirt een glad zwart topje dat er zacht en teer uitzag – misschien was het zijde. Ze maakte een bijna vrouwelijke indruk en, al klonk het vreemd, soms vergat Dan gewoon dat ze dat ook was: een vrouw.

'Zullen we even ergens praten?' vroeg hij schuchter.

Vanessa haalde haar schouders op. 'Als je je los kunt rukken.' Bree had de jongens op schoot en las hun handen.

'We hebben best veel om over te praten, hè?' gaf Dan toe. Bree begon in het Sanskriet te zingen.

Veel om over te praten? Zeg dat wel.

de wereld is een schouwtoneel

Omdat er in het appartement bijna geen meubels stonden, had de dronken menigte de grootste kamer tot dansvloer gebombardeerd. Blair had drie Bellini's weggewerkt, dus ze was van harte bereid om haar plicht te doen en met haar lekkere billen te schudden. Bovendien kende ze de feestscène uit *Breakfast at Tiffany's* uit haar hoofd, en ze wist wat er van haar verwacht werd. Natuurlijk, Serena was Holly – daar kon nu niemand meer omheen – maar dat betekende niet dat zíj geen te gekke avond kon hebben. Ze had drank zat en het feest van haar dromen om op te schitteren. Én een leuke jongen om mee te dansen.

'Hé,' mompelde Jason in haar oor. 'Goed om je weer te zien.'

Ze gaf een perfecte imitatie van een van de feestgangers op het grote feest in de oorspronkelijke film, maar alleen een echte kenner als zij zou dat stukje choreografie herkennen. Haar op de jaren twintig geïnspireerde Blumarine-jurkje bewoog verleidelijk mee met haar bewegingen en in haar hand hield ze een ouderwetse parelmoeren sigarettenhouder. Het enige accessoire dat ze toch maar achterwege had gelaten was de met diamantjes bezette tiara. Ze had geen kroontje nodig om de rol van prinses te spelen.

'Dans!' commandeerde ze terwijl ze Jasons slanke, zachte hand pakte en hem naar zich toe trok. Hij had de leukste, meest ontwapenende lach die ze ooit had gezien en hij was zo lang en zag er zo netjes uit.

'Goed, mevrouw!' Hij maakte het bovenste knoopje van zijn

lichtblauwe Steven Alan-overhemd los. Die bijna-sulligheid van hem was zo opwindend!

Blair kwam dichter naar hem toe en koesterde zich in zijn lengte, die haar het gevoel gaf dat ze klein en teer en sexy was. Net als die Hollywood-ster met haar grote ogen? Ze rook de zeep op zijn huid en het bier in zijn adem. Alle andere feestgangers verdwenen naar de achtergrond toen ze dromerig in zijn lachende ogen keek. Op dat moment kon ze zich moeilijk voorstellen dat ze ooit andere jongens leuk gevonden had, inclusief lord Hoe-heet-ie-ook-alweer en mister Wiet.

'Hé, weet je...' Blair knipperde suggestief met haar ogen. 'Serena gaat weer terug naar haar ouders, maar ik denk dat ik hier blijf...'

'Dan zijn we buren.' Hij glimlachte. 'Daar kunnen moeilijkheden van komen.'

'Ik hou wel van moeilijkheden.'

Je meent het.

'Oké...' Jason grijnsde. Hij bukte zich en kuste haar traag. Zijn lippen smaakten naar het bier dat hij de hele avond gedronken had en iets pepermuntachtigs. Hij was zalig. Het was een perfecte, *perfecte* eerste kus.

Naderhand lachte ze naar Jason voor ze om zich heen keek. Ze stond met hem te schuifelen terwijl alle anderen stonden te springen op het snelle nummer van Madonna dat de dj net opgezet had. Blair drukte zich nog dichter tegen zijn warme lijf, ook al moest het intussen vijfenveertig graden in het veel te volle appartement zijn. En toen zag ze uit haar ooghoeken mister Wiet staan. Godverdegodver. Zelfs nu wist Nate weer een perfect moment voor haar te verpesten.

Nate Archibald stond hand in hand met iemand die Blair niet kende, en het was niet eens een van die L'École-sloeries met hun eeuwige Marni. Dit meisje droeg beslist geen Marni, eerder... H&M.

Alles aan dit meisje was overdreven – haar teint, haar borsten, haar lippen, haar make-up. Het zag er allemaal even nep uit. Erger dan haar getoupeerde haar en belachelijke oranjebruine kleurtje was haar outfit: ze droeg een perzikkleurige capribroek en een met lovertjes bezette tanktop, gecompleteerd door een paar vieze espadrilles en een waarschijnlijk op een straathoek gekochte rugzak, een imitatie Prada. Blair had nog nooit zo iemand gezien. Ze was een ramp. Blair keek steels naar Bailey Winter, die aan de andere kant van de kamer stond. Ze had er goed geld voor over gehad om te kunnen horen wat hij Graham Oliver op dat moment toefluisterde.

'Is er iets?' vroeg Jason met zijn neus in haar hals.

'Sorry,' mompelde ze voor ze zich van hem losmaakte, 'geef me even een minuutje.'

Maar als je net je eerste liefde met een ander hebt gezien, duurt het langer dan een minuutje voor je je hebt hersteld.

hoe gaat-ie, vriend?

'Gaat het wel goed met je?' vroeg Vanessa, want Dan bleef veel te lang stil en het begon haar op de zenuwen te werken. 'Laten we gaan zitten.' Ze wees naar de vensterbank achter hen. Het raam keek uit op de achtertuin en stond een beetje open, waardoor er een aangenaam briesje naar binnen waaide. Beneden in de tuin stond een groepje mensen rond een verpieterde sering te roken.

'Er is wel veel veranderd sinds we van school zijn, hè?' Dan stak zijn hand uit, maar trok hem weer in voor hij haar echt had aangeraakt. 'Ik weet niet wat er de afgelopen weken nou eigenlijk gebeurd is.'

Vingers afgehakt. Ik voel niets meer.

Voel jou niet. Of jou. Jou.

'Wat er gebeurd is,' begon Vanessa op strenge maar niet onvriendelijke toon, 'is dat jij iemand anders hebt ontmoet. Het geeft niet. Ik bedoel, het doet wel pijn, geloof ik. Maar ik vind het eigenlijk vooral erg dat je het voor me verborgen probeerde te houden, vooral omdat je op Blairs feest nog zo'n scène maakte omdat je niet bij me weg wilde...'

'Scène?' herhaalde Dan. 'Heb ik een scène gemaakt?' Hij had met haar in een hoekje zitten praten. Er was helemaal geen scène geweest. Goed, zijn speech op de diploma-uitreiking, dát was een scène geweest, maar die had ze gelukkig gemist.

'Doet er ook niet toe. Waar het om gaat is,' vervolgde Vanessa, 'dat ik ook niet helemaal eerlijk ben geweest.'

Een onaantrekkelijk en dronken meisje, dat Vanessa zich als figurant in de film herinnerde, kwam de trap op gestommeld. Ze droeg een knalrood Team Jolie-t-shirt en een miljoen zilveren armbanden om haar arm. Ze zag Vanessa wel, maar deed net of ze haar niet herkende. Dit feest was zeer zeker niet Vanessa's ding. Chagrijn.

'Heb je iemand anders?' Dan zag eruit alsof hij moest huilen.

'Nee, natuurlijk niet.' Ze wapperde met haar hand. 'Maar ik heb wel vreemd nieuws: je vader zei dat ik een kamer bij hem kon huren... ook al zijn we uit elkaar...'

Dan kromp ineen en wreef met zijn schoenzool over zijn enkel. Hij had niet gedacht dat ze officieel uit elkaar waren, maar blijkbaar was het wel zo. 'En?' vroeg hij.

'En ik heb gezegd dat ik dat wel wilde.' Vanessa keek naar Dan, benieuwd naar zijn reactie, maar hij stond nog steeds over zijn enkel te wrijven, als een hond met hardnekkige jeuk. 'Ik bedoel, ik heb niet veel geld en hij zei dat hij het goed met me wilde maken, dus...'

'Ach,' zei Dan na een tijdje, 'ik denk niet dat het zo vreemd zal zijn.'

O nee?

'Volgens mij wordt het best leuk,' vervolgde hij.

O ja?

'Dus, vrienden?' vroeg hij.

'Vrienden,' knikte Vanessa.

Vrienden...?

kijk eens wie we daar hebben –
en wie hij bij zich heeft

Thaddeus Smith sloeg zijn ijskoude caipirinha achterover en boog zich naar Serena toe. 'Wie is dát?' fluisterde hij haar sexy in het oor. Zijn adem rook naar de kruidige rum uit zijn cocktail.

Hij wees niet, maar dat was ook niet nodig: iedereen zou meteen geweten hebben op wie Thaddeus Smith doelde. Nate Archibald was binnengekomen.

Ze stonden dicht bij elkaar in het minuscule keukentje, van waaruit de hele ruimte het beste te overzien was. Serena had dan ook goed zicht op Nate – voor het eerst sinds Blairs woeste examenfeest. Die avond had Serena haar longen uit haar lijf gedanst, terwijl Nate waziger dan ooit op de grond zat en uiteindelijk opgestaan was om de kleine Jenny Humphrey te kussen. Kapitein Archibald was zo kwaad geweest toen Nate zijn diploma niet kreeg dat hij hem meteen de dag na de uitreiking persoonlijk naar East Hampton gebracht had voor zijn werkvakantie. Serena had geen gelegenheid meer gehad afscheid van hem te nemen, maar ze had toch wel geweten dat ze Nate snel weer zou zien. En hier was hij, zo bruin van het buitenleven dat zijn toch al perfecte tanden nog witter leken en zijn toch al adembenemend mooie ogen nog groener sprankelden. Zijn borst leek breder, zijn armen steviger. Natuurlijk was hij Thaddeus Smith opgevallen.

'Dat is Nate,' antwoordde Serena achteloos.

'He of ho?' wilde Thaddeus weten.

Serena haalde haar schouders op. 'Hij is overal voor in,' giechelde ze. 'Maar hij is niet alleen, zo te zien.'

Een heel bruin, heel blond meisje hield zich aan Nates arm vast alsof hij een reddingsboei was, haar lange, brandweerwagenrood gelakte nagels in zijn biceps geslagen. Haar wijd opengesperde ogen schoten opgewonden heen en weer, alsof ze aan de drugs was.

Heel goed mogelijk.

'Zeg alsjeblieft dat het zijn zusje is,' fluisterde Thaddeus. 'Heeft ze nou blauwe oogschaduw op? Dat moet ik Serge vertellen als ik weer in het hotel ben.'

Serena bekeek het nieuwe meisje aandachtig. Ze had inderdaad blauwe oogschaduw op. Ze was ook van top tot teen in perzikroze gehuld – wel een beetje veel van het goede. Ze had dof blond haar. Ze was eigenlijk net Stripper Barbie op het strand.

Stripper Strand-Barbie? Wat een goed idee.

'En waar heeft ze die kleren vandaan?' vroeg Thaddeus vals.

Serena had geen tijd om te roddelen, want Blair kwam op haar afgerend met een paniekerige blik in haar ogen die Serena maar al te goed kende.

'Shit,' zei Serena binnensmonds.

'Wie. Is. Dat. *Verdomme*?' siste Blair kwaad toen ze het krappe keukentje in kwam.

Serena hoefde niet te vragen wie ze bedoelde.

'Ach lieverd,' zei Thaddeus vriendelijk. 'Om háár hoef jij je toch geen zorgen te maken?'

'Ik snap gewoon niet,' snauwde Blair, 'dat Nate het lef heeft om hier met die del te komen aanzetten. Waar heeft-ie haar vandaan – het winkelcentrum?'

Tja, daarvan zijn er op Long Island genoeg.

Thaddeus klopte op het aanrecht. 'Ga zitten,' beval hij. 'Relax.'

'Shit!' Blair deed wat hij zei en ging op het aanrecht zitten. 'Ik moet iets drinken.'

'Blijf maar lekker bij ons,' zei Thaddeus terwijl hij zich naast haar op het aanrecht hees en beschermend een arm om haar heen sloeg.

'Ik had niet gedacht dat het echt waar was.' Chuck Bass wurmde zich langs Serena en voegde zich bij het drietal in de keuken. 'Maar zien is geloven, nietwaar, dames?'

'Hoi Chuck,' zei Serena met een zucht. Ze ging tussen Thaddeus' gespreide benen tegen het aanrecht staan; het laatste wat ze wilde was dat Chuck Bass haar mooie tegenspeler in zijn klauwen kreeg.

'Blair, ook weer in het land!' riep Chuck uit. 'Goed je weer te zien.' Hij boog zich naar voren en drukte een snelle kus op haar wangen.

'Dag Chuck,' antwoordde Blair, die zijn kussen plichtsgetrouw in ontvangst nam. 'Wie is dat wijf?' Nu hij er toch was, kon ze net zo goed gebruikmaken van Chucks enige goede eigenschap: je kon altijd op hem rekenen voor de laatste roddels, ook al klopte er geen bal van.

'Ik heb over haar gehoord, maar haar nog nooit in het echt gezien,' verklaarde Chuck trots. Hij nam een slok uit een net geopende fles Dom Perignon. 'O! Niet meteen kijken,' fluisterde hij op luide toon, duidelijk genietend van de situatie, 'maar volgens mij komen ze kennismaken.'

Nate leidde Tawny door de drukte op de dansvloer naar het groepje bekende gezichten in de keuken. 'Hé,' schreeuwde Nate boven het lawaai uit. 'Serena. Blair.' Ze waren nog mooier dan hij zich herinnerde. Alsof ze met elfenstof bestoven waren.

'Nate!' In een poging een ondraaglijk pijnlijke ontmoeting te voorkomen, sprong Serena naar voren om haar oude vriend in haar armen te sluiten. Te laat.

'Hallo,' zei Blair ziedend, zwaaiend met haar bespottelijk lange sigarettenhouder als met een wapen, 'kan iemand me misschien even een vuurtje geven?'

Thaddeus Smith haalde zijn zilveren Zippo met initialen tevoorschijn en gaf Blair vuur. De dj ging over op Madonna's 'Papa Don't Preach' en een stelletje hyperactieve figuranten sprongen de dansvloer op en begonnen zogenaamd met een microfoon in hun handen mee te zingen.

'Eindelijk, een echte heer,' zuchtte Blair theatraal. 'Heeft iemand mijn vent gezien?' Wacht maar tot Nate haar met Jason zag tongen. Ha!

'Blair,' stotterde Nate. 'Je ziet er fantastisch uit. Welkom terug.' Hij wist niet wat hij anders moest zeggen. Hij voelde zich een domme lul.

Blair sprong van het aanrecht en wankelde aangeschoten op haar hoge Jimmy Choos toen ze met een bons op de gebarsten plavuizen landde. 'Ja, dank je.' Ze knikte. 'Neem me niet kwalijk. Ik heb zo'n zin om te dansen. Ik moet alleen mijn partner zien te vinden.' Ze beende de huiskamer in.

Serena glimlachte verontschuldigend naar Nate. 'Trouwens, ik ben Serena.' Ze stak haar hand naar het nieuwe meisje uit en zag dat ze mooie amandelvormige blauwe ogen en leuke sproetjes in haar gezicht had. Maar let ze niet altijd op de positieve dingen?

'Ik ben Tawny,' zei het meisje met een plat accent.

'O ja, sorry,' mompelde Nate. 'Serena, dit is Tawny.'

'En Thaddeus.' Serena kneep in de arm van de filmster. 'Dit zijn Nate en Tawny.'

Thaddeus sprong van het aanrecht en schudde eerst Nate en toen Tawny warm de hand. Een dronken meisje in een paars American Apparel-jurkje danste per ongeluk tegen hem op. Zachtjes duwde hij het meisje terug de kamer in.

'Leuk jullie te ontmoeten,' zei hij met een innemende lach.

Hij kan écht goed acteren.

'Ahum!' Chuck Bass schraapte overdreven zijn keel. 'En ik ben Chuck.'

'Tawny.' Het meisje hing haar kinderachtige perzikkleurige rugzakje recht en gaf hem een hand, terwijl ze zich met grote ogen en bijna kwijlend alweer naar Thaddeus omdraaide.

'Aangenaam,' kirde Chuck. Hij gaf haar een handkus en maakte een diepe buiging. 'Zullen wij elkaar eens wat beter leren kennen, schat? Vind je toch niet erg, Natie?'

Nate zou gezegd hebben dat Chuck moest doen wat hij niet laten kon, maar hij werd afgeleid door Blair, die hand in hand stond met een of ander bankierstype en met haar hoofd in haar nek uitbundig lachte. Ze stelde hem voor aan een ouder, onberispelijk gekleed mannetje, en de vertrouwde, opgewonden manier waarop ze met beide mannen flirtte, vervulde Nate met verlangen.

'Sorry,' stamelde Nate. 'Ik moet weg.'

Onderweg naar de deur hoorde hij Chuck zeggen: 'Trouwens, wat ben je mooi bruin.'

Tawny? Jazeker.

b zorgt voor inspiratie

'Lieve schat! *Lieve, lieve* schat!' gilde Bailey Winter tegen Blair. 'Je moet – ik herhaal, móét – deze zomer bij mij op het eiland komen logeren. Je bent gewoon pér-féct.'

Ze stonden in de deuropening van de slaapkamer – nog één stap en ze kon de keuken niet meer zien. Opgelaten stopte ze haar donkere, bijna schouderlange haar achter haar oor. Ze kreeg altijd graag complimentjes, maar wat moest je zeggen als iemand je perfect noemde?

Dank je wel, misschien?

'Ik begin aan een nieuwe collectie. Summer/Winter gaat-ie heten.' Bailey maakte een gebaar dat vermoedelijk op de seizoenen sloeg, maar meer weg had van een epileptische aanval. 'En jij, m'n schat, bent Winter.'

Jason legde een grote, kalmerende hand in haar nek. 'Maar dat is te gek, Blair,' zei hij lief.

Het wás ook te gek, maar vanuit haar ooghoeken zag ze Nate, met zijn glinsterende groene ogen en perfect verwassen blauwe polo, bij Serena en Chuck en die hoer van de Hamptons weglopen en het feest verlaten. Waar ging die verdomme heen?

'En Serena is Summer!' riep Bailey uit, waardoor Blair weer een beetje bij zinnen kwam. Hij rukte zijn bril met spiegelglazen van zijn hoofd en keek in vervoering op naar het licht.

Blair zocht oogcontact met Serena aan de andere kant van de dansvloer. Het was natuurlijk nooit haar droom geweest om één van twee muzen te zijn, maar als ze de schijnwerpers met iemand moest delen, deed ze dat het liefst met haar beste vriendin. Zo gul was ze wel.

'Jullie moeten natuurlijk wel allebei bij me komen wonen. Voor de inspiratie, schat! Maak je geen zorgen, in het strandhuis heb ik genoeg ruimte voor gasten!' zingzegde hij met een knipoog naar Jason.

Blair zag hoe Nate in de gang bokste met Jeremy Scott Tompkinson, een jongen uit zijn lacrosse-team. Ze vroeg zich wel eens af hoeveel jongens elkaar in de kleedkamer eigenlijk vertelden. Had hij het hele team verteld over de eerste keer dat ze het met elkaar deden? En dat hij het met Serena gedaan had? Blair keek omlaag en zag dat haar handen tot kleine rode vuistjes gebald waren.

'Nou, ik kom graag, hoor.' Jason trok Blair tegen zich aan. 'Als zij me erbij wil hebben.'

Bailey zette zijn bril weer op en schoof hem naar het puntje van zijn neus. 'Als zij je niet wil, neem ik je wel!' Hij lachte en klapte in zijn handen. 'O, je schrikt je natuurlijk dóód! Rustig maar, ik bijt niet. Tenzij je dat wilt natuurlijk!' Bailey lag dubbel van de pret.

Blair lachte zuinig. Het kostte haar de grootste moeite zich op Baileys staccato opmerkingen te concentreren. Hij had gezegd dat ze perfect was – dat had ze wel gehoord. Maar wat zei hij nou over bij hem komen wonen? Dat was misschien wel een goed idee. Hoewel ze net tegen Jason had gezegd dat ze hier zou blijven, had ze er ook geen bezwaar tegen om tot ze in de herfst naar Yale vertrok in Baileys vorstelijke herenhuis op de hoek van Sixty-second Street en Park Avenue te bivakkeren. Audrey Hepburn had als muze toch zeker ook wel zo'n soort regeling gehad? 'Ik heb zo het idee dat mijn moeder dan iedere middag "thee" komt drinken,' merkte ze op.

'Zit zij dan ook op Georgica?' vroeg Bailey, met zijn onnatuurlijk hoge wenkbrauwen nog hoger opgetrokken. 'Wat enig!'

'Georgia?' Blair fronste haar voorhoofd. Moest Bailey echt altijd zo vreemd doen?

'Nee schat Georgicá. Het strand? In East Hampton? Waar we dus straks allemaal zitten?' legde hij uit. 'Gaat het wel goed met je, lieverd?'

Wacht even, de Hamptons? De Hamptons waar Nate en die kleine hoer de hele zomer zouden zijn? Waarom had hij dat niet meteen gezegd?

Hij hád het meteen gezegd.

'Ja,' zei Blair, ook al schudde ze van nee. 'Het gaat prima met me.'

'Ik vrees dat het gastenverblijf een beetje achter op het terrein staat en een tíkje dicht bij de buren, maar die zijn er eigenlijk bijna nooit. Misschien ken je ze wel, schat. De Archibalds? Hun zoon schijnt er deze zomer zitten. Hij is ongeveer van jouw leeftijd. Godsgruwelijk knappe vent?'

O ja, die kende ze wel. En je weet wat ze zeggen: een goede buur is beter dan een verre vriend!

met z'n drieën op het dak

Dan stommelde de ladder op, duwde het luik naar het dak open en klom naar buiten, de nacht in. Het gebouw was niet zo hoog dat je East River kon zien, maar de dompige vissengeur was duidelijk aanwezig. Desondanks had de nacht in zomers New York iets magisch. Hij stak een Camel op en inhaleerde gulzig. Dwars door het hobbelige teerdak heen voelde hij het bonken van de bas, hoorde hij het doffe roezemoezen van de feestgangers. Hij moest even zitten en in stilte over de dingen nadenken. Hij liep naar de rand van het dak om de achtertuin in te kijken en stapte in het donker bijna op Bree, die daar met haar ogen dicht in de lotushouding zat, haar turquoise zigeunerrok als een waaier om haar heen.

'Bree, alles goed?'

'Dan,' antwoordde ze kalm. Ze deed haar ogen open en glimlachte naar hem op. 'Je rookt.'

Shit.

Hij gooide de brandende sigaret over de rand. 'Sorry,' zei hij schaapachtig.

'Je hoeft geen sorry te zeggen,' zei ze, zo neutraal dat het neerbuigend klonk.

Dan ging naast haar op het dak zitten. In de achtertuin was het zo donker dat hij nog net de toppen van de seringen en de gloeiende sigaretten van de rokers kon onderscheiden. Hij deed zijn ogen dicht en probeerde zich voor te stellen dat ze op een bergtop zaten, maar zelfs zijn dichtersfantasie kreeg dat niet voor elkaar.

Er is hier geen zuurstof. Niet genoeg voor twee...

'Je mag best roken, hoor,' vervolgde Bree. 'Ik heb liever dat je het niet doet, want het is slecht voor je lichaam en ook voor de aarde, maar je bent je eigen mens. Je bepaalt zelf wat je doet.'

Dan had weinig zin om tegen haar in te gaan. Hij nam nog een sigaret en stak hem op. Zo. Hij voelde zich meteen een stuk beter.

'Het spijt me dat je helemaal achter me aan moest komen,' zei Bree verontschuldigend.

Dan besloot maar niet te zeggen dat hij niet naar haar maar naar nicotine en een paar minuten stilte op zoek was geweest.

'Maar ik dacht dat je beneden met Vanessa aan het praten was. Het lijkt er in elk geval op dat jullie elkaar veel te zeggen hebben.'

Dan wist niet hoe hij hierop moest reageren. Hij geloofde eigenlijk helemaal niet dat Vanessa en hij de rest van de vakantie als 'vrienden' onder één dak zouden wonen. Als vrienden met bepaalde privileges dan misschien?

'Ik ben niet boos of zo,' stelde Bree hem gerust, en het klonk alsof ze het meende. 'We hebben het leuk gehad de afgelopen weken, of niet?'

'Absoluut,' knikte Dan. Hij wist wat er ging komen.

'Ik vond het een leuke ervaring om je te leren kennen, om je een beetje te leren begrijpen, als mens. Dat is toch altijd weer een magische reis, vind je ook niet?'

'Zeker, zeker,' antwoordde Dan. Haar filosofische gewauwel begon een beetje afgezaagd te worden. Hij zou blij zijn als hij er niet meer naar hoefde te luisteren.

'En je mag best verdrietig zijn als die reis voorbij is,' zei ze. 'Maar onze wegen scheiden zich. Jouw levenspad heeft je naar een groot Hollywood-feest geleid. Dat is niet iets wat ik kan begrijpen. Mijn pad leidt me ergens anders heen.'

Hij had zijn hele opleiding en toekomst op het spel gezet voor een verhouding met Vanessa. En zijn hele toekomst met Vanessa had hij op het spel gezet voor Bree? Waar had hij gezeten met zijn hoofd?

Bree stond op en rekte zich met haar handen hoog boven haar hoofd en diep uitademend uit. In het donker waren alleen haar spierwitte truitje en witblonde haren te zien, waardoor het leek alsof ze zonder benen in de ruimte zweefde.

'O, Dan.' Ze snufte zachtjes. 'Afscheid nemen is best moeilijk, hè? Ik probeer te bedenken wat mijn yogi zegt over loslaten, maar het blijft moeilijk. Ik bedoel, ik ben nog maar een beginneling.'

Opeens leek afscheid nemen helemaal niet zo moeilijk.

Dan omhelsde haar halfhartig, want hij vond dat dat zo hoorde, en zag haar door het luik verdwijnen. Hij was opgelucht dat ze uit elkaar gingen en dolblij dat ze hem eindelijk alleen liet. Hij had veel van haar geleerd; over de natuur, over lichaamsbeweging, over spiritualiteit, maar hij had het breekpunt bereikt: nu wilde hij alleen nog maar een sigaret, een paar minuten rust, en dan zou hij naar beneden gaan en samen met Vanessa naar huis gaan – als vrienden.

'Balen,' sprak een mannenstem vanuit het duister.

Waarom was het zo moeilijk om even een paar tellen voor jezelf te krijgen?

'Wie is daar?' Dan zag alleen het gloeiende puntje van een sigaret en rook de onmiskenbare geur van wiet.

'Sorry, man.' Nate Archibald kwam een stap dichterbij. 'Het was niet mijn bedoeling om mee te luisteren. Je wist natuurlijk niet dat ik hier was.'

'O, hoi.' Dan herkende de bal die vorig jaar Jenny's hart gebroken had. Jenny was er snel weer overheen gekomen, dus Dan had niets tegen hem.

'Je neemt het goed op,' stelde Nate vast.

'Ach, weet je,' antwoordde Dan filosofisch, 'het hing in de lucht. Ik dacht dat ik haar leuk vond. Ik bedoel, ik dacht dat ik aan verandering toe was. Maar weet je? Ik had het mis. Ik denk dat ik de fout maakte om te vallen voor het *idee* van iemand anders, ook al waren we helemaal niet geschikt voor elkaar.'

'O?' Nate kuchte. Wat Dan zojuist beschreven had, klonk hem bekend in de oren.

'Het punt is,' vervolgde Dan, 'dat er beneden een meisje zit. En zij is de enige, man. Zij is de *enige*.'

De enige wát?

'Ik begrijp geloof ik precies wat je bedoelt,' zei Nate. Zijn stem klonk een octaaf hoger dan normaal. 'En die griet had nog gelijk ook – er zijn wegen, weet je, en soms... scheiden die zich. Toch?'

Tjonge.

'Ik weet niets van wegen,' antwoordde Dan, al was dat hele gedoe met die wegen die zich scheidden ontleend aan 'Het pad dat ik niet nam', het gedicht van Robert Frost waaruit hij in zijn toespraak op de diploma-uitreiking geciteerd had. 'Ik ben dat hele newagegezeik een beetje zat, om je de waarheid te zeggen.'

'O ja?' vroeg Nate. Hij vond het best cool klinken.

n gaat af door zijdeur

Nate schoof langs een paar meiden in wezenloze dansmodus en keek om zich heen. Het was zo druk dat hij bijna geen bekende gezichten zag. Of misschien was hij gewoon te ver heen.

Hij had niet verwacht om op dit domme Hollywood-feest een of ander groot inzicht te verwerven. Dit moest de zomer worden waarin hij zijn wilde haren kwijtraakte, waarin hij afscheid nam van feestjes en wiet en meiden waar je alleen maar last van had. Dit moest de zomer zijn waarin hij zijn handen uit de mouwen stak en zwaar, eerlijk werk verzette en zichzelf leerde kennen en zich voorbereidde op zijn studie aan Yale. Kapitein Archibald en coach Michaels hadden besloten dat Nate naar Yale zou gaan als een ander mens, als een man die zijn verantwoordelijkheden aankon. En nu had Nate opeens het gevoel dat hij die persoon al was. Dat ging snel.

Iets wat Dan gezegd had, was hem bijgebleven: dit was zijn leven; hier, in dit groezelige, overvolle appartement wachtte het op hem. Het meisje dat bij hem hoorde was hier, en als hij ook maar enig eergevoel had, ging hij dat nu vertellen aan het meisje dat níét bij hem hoorde.

Maar hij kon Tawny nergens vinden, zo vol was het in de kamer. Nate baande zich een weg over de dansvloer, zonder te reageren op het uitnodigende gezwaai van een of andere kleine, griezelig bruine mafkees die in huis een zonnebril op had. Hij had nu geen tijd voor geintjes: hij was een man met een missie.

Nate glipte het piepkleine keukentje in en klom op het aanrecht. Vanuit de hoogte keek hij de kamer rond, op zoek naar Tawny. Het appartement was stampvol. Een paar gezichten herkende hij – Isabel en Kati zaten zoals gewoonlijk in een hoekje met elkaar te smiespelen, die kale, sombere griet stond met een stel kinderen te praten – maar er waren vooral een heleboel mensen die hem niets zeiden.

Toen opeens zag hij haar: dat opvallende blonde haar zou hij overal herkennen. Het golfde vol over haar sproetige schouders, waarvan er een bloot was omdat haar perzikkleurige truitje afgezakt was. Nate moest toegeven dat het er sexy uitzag. Hij zag dat ze tegen Chuck Bass stond op te rijden. Chuck had zijn mintgroene jasje los geritst en schudde met zijn blote borst op een dance-remix van dat nummer van Ciara. Getver.

Nate voelde dat er iemand aan zijn broekspijp trok en keek omlaag. Serena lachte naar hem op.

'Wat zoek je?' vroeg ze terwijl ze zich naast hem op het aanrecht hees.

'Hoi,' zei Nate. Hij hielp haar omhoog, blij met het gezelschap van een oude vriendin.

Serena keek om zich heen en zag waar Nate naar staarde: de bijna obscene vertoning van Chuck en Tawny op de dansvloer.

'Weet je,' fluisterde Serena in Nates oor. Haar adem rook zoet en kriebelde aangenaam in zijn oor. Het was een fijn, vertrouwd gevoel. 'Je hoeft je nergens zorgen over te maken. Chuck Bass is alleen maar een geile, ongevaarlijke gek, en daarom houden we ook zoveel van hem.'

'Ik maak me ook geen zorgen,' zei Nate. 'Zo is het helemaal niet.'

'O nee?' vroeg Serena. Ze kende Nate, en als het om meisjes ging was ze wel zo verstandig hem niet op zijn woord te geloven. Hij zat er eigenlijk altijd naast.

Ze is actrice, weet je nog? Ze doet alleen maar alsóf ze dom is.

'Ik dacht van wel, maar ik heb me vergist,' bekende Nate. 'Hé, waar gaan ze heen?' Tawny had Chuck bij de hand genomen en nu glipten ze met z'n tweeën een deur door.

'Dat is de badkamer,' verklaarde Serena.

Dubbel getver.

'Ze doen maar.' Nate haalde zijn schouders op. Hij was niet langer geïnteresseerd in meisjes die op feestjes de badkamer in doken met jongens die ze amper kenden. Het kon hem niet schelen wat er op dit moment achter die deur gebeurde. Toen zag hij opeens Blair, blootsvoets en stralend op de dansvloer, in de armen van een veel langere gast in een conservatief grijs pak. Hun lippen raakten elkaar en Nate moest zijn ogen dichtdoen.

'Ik ga ervandoor,' mompelde hij. Hij had genoeg van dit feest. Nate schonk Serena zijn bekende, ontwapenende, scheve lach. Hij sprong van het aanrecht en verdween in de menigte.

eindmuziek, aftiteling

Serena bleef op het aanrecht zitten en pakte de sigaret die ze met vooruitziende blik achter haar linkeroor gestoken had. Ze streek de kreukels in haar 'geleende' zwarte Bailey Winterjurkje glad, stak een van de pitten van het gasfornuis aan en bukte zich om haar sigaret in de vlammen te houden. Ze inhaleerde diep, zette het gas uit en richtte haar aandacht weer op de nog steeds deinende dansvloer.

'Waar is Nate heen?' Blair stormde de keuken in.

'Wie zal het zeggen?' lachte Serena. Ze hielp Blair op het aanrecht en gaf haar de sigaret die ze net had opgestoken. Daarna keek ze met een tevreden lachje om haar volmaakte mond om zich heen. 'Waar is Jason?'

'Even naar zijn appartement,' antwoordde Blair. 'Hij heeft nog wat koude kip in de ijskast en ik sterf van de honger.'

Serena nam de sigaret weer van Blair aan. 'Wat een geluk heb jij toch weer,' zei ze met een lief stemmetje.

O ja, Blair is degene die altijd geluk heeft.

Serena liet haar hand in die van Blair glijden. Ze boog zich naar haar toe en fluisterde in haar met een van die beroemde Bvlgari-*B*'s versierde oor: 'Dit wordt een te gekke zomer.'

Blair legde haar donkere hoofd op Serena's schouder. 'Ik hoop maar dat de Hamptons groot genoeg zijn voor ons allemaal.'

Bij wijze van antwoord gaf Serena een kneepje in Blairs knie. Blair keek om zich heen. Als ze met haar ogen knipperde, leek het *precies* de feestscène uit *Breakfast at Tiffany's*. Ze had zo vaak van dit moment gedroomd, ze had dit moment in haar hoofd zo vaak beleefd dat het vertrouwd aanvoelde. Het voelde fantastisch aan.

Daar waren Kati en Isabel in precies hetzelfde zwarte Tocca-jurkje. Ze zwaaiden en lachten opgewonden om te verbergen dat ze over Blair en Serena hadden zitten roddelen. Blair wist wel zo ongeveer wat ze over haar zeiden. Daar had je Chuck Bass, dansend met die foute blondine, zijn blote borst glimmend van het zweet. Alle anderen in de kamer keken hún kant op. Was het Serena of Blair die hun aandacht trok? En deed dat er eigenlijk wel toe?

Welnee.

De woest zwetende dj waar Bailey Winter zijn ogen niet vanaf kon houden, zette een nieuwe plaat op. Hij moest Blairs gedachten gelezen hebben, want de kamer vulde zich met een strakke staccato beat en een sexy stem begon een overbekende tekst te zingen:

Moon River, wider than a mile...

I'll be crossing you in style, someday.

Dream maker, you heartbreaker...

'Dat ben ik!' riep Serena uit.

Blair pakte Serena's hand stevig vast. 'Je klinkt geweldig,' zei ze gemeend.

Dit was de perfecte slotscène voor de film in haar hoofd. De muziek was precies goed, en de gasten verdrongen zich op de dansvloer. Een lieve jongen haalde beneden een bord koude kip voor haar. En ook al was het maar een ongemeubileerd hol, in haar ogen was het appartement helemaal chic. Blair kon haar geluk niet op. Dit was haar huis. Dit was haar feest. Goed, de film was afgelopen, maar de zomer moest nog beginnen.

Disclaimer: alle namen van plaatsen, mensen en gelegenheden zijn veranderd of afgekort om de onschuldigen te beschermen. Mij, vooral.

ha mensen!

O. Mijn. God. Ik wist niet dat een mens zo'n kater kon hebben, maar het is natuurlijk helemaal mijn eigen schuld: wanneer leer ik nou eens niet zo achter de champagne aan te zitten? Aan de andere kant, ik ben wel altijd de spil van het feest. En wat voor feest! Ik weet zeker dat de gelukkigen die erbij waren het met me eens zullen zijn: het op een na beste knalfeest van de zomer. Het ziet ernaar uit dat iemand haar best doet gastvrouw van de eeuw te worden, denken jullie ook niet?

MIX 'N' MATCH

Ook zo benieuwd wie er met wie naar huis ging? Hier volgt een compleet overzicht:

T is inderdaad een monohomo. Zodra het feest afgelopen was nam hij de eerste de beste taxi naar het Mercer, waar hij zijn geheime liefje in de armen viel. Volgens de geruchten hebben ze daarna samen achtenveertig uur in de bruidssuite doorgebracht.

Die fantastische ontwerper, die ene die ook 's nachts en binnenshuis zijn Ray-Ban-zonnebril ophoudt, heeft die goddelijke dj weten mee te lokken naar zijn huis aan Park Avenue; ongetwijfeld heeft hij hem een gratis outfit uit zijn nieuwe mannenlijn beloofd. Benieuwd of de dj de rest van de zomer in de Hamptons staat te draaien...

S ging alleen naar bed. Zijn de wonderen dan echt de wereld nog niet uit?

D en *V* namen samen een taxi naar zijn... pardon, hun huis in de Upper West Side, maar hun relatie is officieel ten einde. Aparte slaapkamers, mensen. Aparte slaapkamers.

N is gezien in de nachttrein naar het eiland, helemaal alleen. Dus wat is er geworden van...

Ordinaire geblondeerde del in perzikroze? Zij en *C* zijn nog tot diep in de nacht doorgegaan en eindigden om vijf uur 's morgens in Bungalow 8. Er is nog steeds niets van ze vernomen.

Willen jullie weten waarom *S* alleen naar bed ging? Omdat haar huisgenote een verdieping lager onder de wol kroop. Maar *B* was beslist niet alleen...

ALS WE NU EENS VAKANTIE HIELDEN...

Mensen, laten we niet vergeten dat de zomer bedoeld is om te relaxen. Juli staat alweer voor de deur en als het straks Quatorze Juilliet is (is dat niet iemands verjaardag?) zijn we officieel halverwege de vakantie. In het najaar is er weer tijd genoeg om te werken, te studeren, te netwerken en te tobben over stageplaatsen voor volgende zomer. Nu mogen we nog even spelen, dus geen gezeik en chillen met die billen. O, wie hou ik nou voor de gek? In deze stad kunnen we nooit zomaar chillen! Oké, *N* misschien wel, maar mensen zoals jij en ik mogen nooit verslappen. Over nooit verslappen gesproken...

Gaat *B* nog een hart breken? Ze heeft al twee aanbidders afgewezen en het moet nog juli worden!

Kan *S* weer wennen aan een leven zonder camera's? Gaat ze met *B* naar de Hamptons om samen in de schijnwerpers te staan of vertrekt ze naar Hollywood en slijt ze de rest van haar dagen met

T, haar nieuwe vriend voor het leven?

Maakt *N* het weer goed met *B*? Gaat hij op zijn knieën terug naar *S*? Of besluit hij eindelijk volwassen te worden en niet meer achter de meisjes aan te zitten? En is het laatste woord over zijn kleine vakantieflirt nu echt gesproken? Denk van niet. Het huis van zijn coach is tenslotte nog niet helemaal af...

En de Hamptons? Is de zomerspeeltuin voor de rijken van New York groot genoeg voor *B, S* en *N*? En kan de rest van Manhattans elite er dan ook nog bij? De locatie mag dan veranderen, de sterren zijn karakterspelers – die veranderen eigenlijk nooit.

En allemachtig: wat is er in godsnaam met *V* en *D* aan de hand? Drie tegen een dat ze vóór Independance Day weer bij elkaar zijn. Wedje leggen?

Ik blijf erbovenop zitten en kom binnenkort met antwoorden. Dat is tenslotte míjn vakantiewerk en niemand kan zo buffelen als ik. Iemand moet het doen.

Je weet dat je van me houdt,

gossip girl

Ben je verslaafd aan
Gossip Girl?

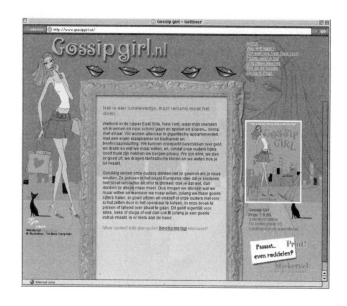

Kijk voor de laatste roddels op

www.gossipgirl.nl

SLOTERVAART

Pieter Callandlaan 87 b   1065 KK Amsterdam
Tel. 615 05 14
slvovv@oba.nl